さな密室

小林泰三

会社の書類を届けにきただけなのに……。森の奥深くの別荘で幸子が巻き込まれたのは密室殺人だった！　閉ざされた扉の奥で無惨に殺された別荘の主人，そしてそれぞれ被害者とトラブルを抱えた，一癖も二癖もある六人の客。犯人はこの中にいる――。犯人当ての「大きな森の小さな密室」。遺跡の発掘現場で発見されたのは，絞殺された若い女性の遺体。死亡推定時期は百五十万年前!?　抱腹絶倒の「更新世の殺人」。ミステリでお馴染みの七つの「お題」を天才殺人者やマッドサイエンティストなど一筋縄ではいかない探偵たちが解く。精密な論理が黒い笑いを構築する全七篇のミステリ連作集。

大きな森の小さな密室

小　林　泰　三

創元推理文庫

MURDER IN PLEISTOCENE
AND OTHER STORIES

by

Yasumi Kobayashi

2008

目次

大きな森の小さな密室

大きな森の小さな密室……………犯人当て

蓮井《はすい》錬治《れんじ》の別荘は森の奥深くにあったため、最寄《もよ》りのバス停から一時間近くも歩かなくてはならなかった。漸《ようや》く辿り着いて、玄関のチャイムを鳴らすと、勝手に入って居間で待っていてくれとインターフォン越しに言われた。

居間には男女四人の先客がいたが、互いに見知らぬ者同士のようで、無言でただじっとソファに座っている様子はまるで病院の待合室のようだった。

あまりの手持ち無沙汰に沢口幸子《さわぐちさちこ》は雑誌ぐらい持ってくればよかったと後悔した。仕方がないので、友達にメールでもしようかと携帯電話を取り出したが、この場所には電波が届いていないらしく、「圏外」という文字が表示されていた。

そんな時、突然隣で同じように退屈そうにしていた派手な化粧の女が煙草の煙を吐きながら話し掛けてきたのだ。「あんたも蓮井に金借りてんの?」

「えっ?」幸子はきょとんと女を見返した。

「借りてないのかい? じゃあ、これから借りるとこだね。悪いことは言わない。蓮井から金を借りるのはよすんだね。でないと、あたしみたいににっちもさっちもいかなくなっちまうよ」

幸子は漸く事情が呑み込めてきて、慌てて首を振った。

「違うんです。わたし、会社の用事で蓮井さんに書類を届けにきただけなんです」

「書類って、何の書類かね？」二人の会話に中年男性が割り込んできた。

二人は不審そうな目で男を見た。特に派手な化粧の女は殆《ほとん》ど睨むような目つきだった。

「おっと、これは失敬」男はばつが悪そうに頭を掻いた。「ついあんたの話が耳に入っちまってね。俺は小さな工場を経営しとる山田《やまだ》というもんだ」

山田が差し出した名刺には有限会社の社名の後に「代表取締役社長　山田秀人《ひでと》」と書かれてあった。

派手な化粧の女は名刺と山田の顔を何度も見比べた。「こんな名刺いくらでも作れるからね。何の証明にもならない。だいたい、あんた見ず知らずの人間が持ってる書類にどうして興味があるんだい？」

「その書類がそちらのお嬢さんの将来に関わるかもしれんからだ」山田は幸子に向き直った。

「その書類は約束手形ではなかったかな？」

「ええ。その通りです。なんでも今日中に蓮井さんに渡さなければいけないそうで、うちの社長から言付《ことづ》かってきたんです」

「見せて貰っていいかね？」

「あんた何を企んでるんだい？」派手な女は執拗に問い掛ける。

「あっ。別にお見せしても構わないと思います」幸子は女に気を遣いながら、封筒から手形を取り出した。

　山田は受け取った手形を引っくり返した後、唸《うな》った。「やはりな」

「何が『やはり』なのさ」派手な女が言う。

「この手形には裏書がない」

「どういうことだい？」

「おそらく、このお嬢さんの会社の社長と蓮井はつるんどるんだろう。お嬢さん、あんたのおうちは金持ちかい？」

「いいえ。ただ父の兄は田舎に少し土地を持ってるそうですが……」

「蓮井はこの手形と引き換えにあんたに金を渡すはずだ」

「ええ。社長にそう聞いています」

「そして、その時、この手形に裏書するように言うはずだ。まるで、領収書か何かのように」

「書くとどうなるんですか？」

「社長がした借金をあんたが肩代わりすることになる。おそらく、あんたの伯父《おじ》さんの土地が目当てだろう」

「蓮井ならやりかねないよ」女は吐き捨てるように言った。

「今おっしゃったこと、本当なんですか？　まさかうちの社長がそんなことするなんて……」

「残念だが、そうだとしか思えない。とにかく、金を渡されても決して裏書はしないように。それから、なるべく早くその会社は辞めた方がいい」

幸子は山田の言葉にすっかり動揺した。

簡単な用事を言い付かってきたとばかり思っていたのに……。

もし、山田という男の言うことが本当なら、社長はわたしを罠に掛けようとしていることになる。しかし、今まで勤めてきた会社の社長をそう簡単に疑っていいものだろうか？

「とにかく、事前にあいつの企みがわかって、あんたラッキーだったよ」派手な女は幸子に微笑みかけた。「あたしは岩井順子《いわいじゅんこ》。あいつに騙されて、毎月金を支払わされてるんだ。よろしくね」そして、山田にも話し掛けた。「あんたも蓮井に騙されたお仲間かい？」

「ふん。おまえの借金など、たかがしれてるだろう。払えないなら、早いとこ自己破産しちまえ。俺の肩には会社と従業員の生活がかかっとるんだ。破産すらできやしねぇんだよ」

幸子は重苦しい気分のまま、部屋を見回した。

あとの一人は幸子より少し年上に見える地味な服装をした女性で、ずっと俯《うつむ》いている。もう一人はかなりの年配の男性で、先程から三人のやりとりを見て、にやにやと笑っている。

「なんだい、爺さん。何がおかしいんだ？」

「いや。錬治のとこには、毎度個性の強い客が集まるな、と思っとったんだ」

「爺さん、蓮井にいくら借りてるんだ？」

「わしは借金などしとらん」

「嘘つけ。じゃあ、なんでこんな山奥に来てるんだ？」

「山奥も何も、わしの家はこの近くだ。わしは錬治に頼まれて来たんだ」

「何を頼まれたんだ？」

「パソコンについて、ちょっとな」

「パソコン？　あんたパソコンに詳しいのか？」

「そこそこな。錬治は金を持ってるくせに、けちなんで今までパソコンを持ってなかったんだ」

「このご時世にパソコンなしで、よく金貸しなんてやってられるもんだ。それをやっと買おうってのか？」

「どうしても、インターネットに接続しなくちゃならん理由ができたらしい。ところが、錬治のやつ、電器屋でカタログを見た途端、激怒した」

「なんでだ？」

「値段が高過ぎるというんだ。テレビより不便なのに、テレビより高いというのが、許せなかったらしい」

「テレビより不便かどうかは、使い方次第だと思うけど」順子が言った。

「錬治に有意義な使い方なんてできるもんか。あいつはビデオ予約だって、まともにできたためしはないんだ。とにかく、パソコンに金を使いたくない錬治はわしになんとかならんかと言ってきた」

「なんで爺さんに言ってくるんだ？」山田が尋ねる。

「この村で他の誰にパソコンのことを訊くんだ？」

「中古パソコンでも薦めりゃいいのさ」順子が口を挟む。

「それが困ったもんで、錬治は中古が嫌いなんだ。貧乏臭いのは許せんらしい」

金は出したくないのに、中古は嫌いだなんて、なんてわがままなのだろう、と幸子は思った。

「じゃあ、どうするんだ？」

「わしが作ってやることにした」老人が言った。

「あんたに作れるのか？」

老人は頷いた。「もういくつも作っとる」

「パーツを買い揃えるぐらいなら、ちゃんとしたメーカー製を買った方が安いって聞くけど？」

順子が尋ねる。

「それは最新のパーツの話だろ。錬治が使うんなら、十年前ぐらいので充分だ。うちの物置に転がってるやつで間に合う」

「いくらなんでも、十年前のはないんじゃない？」

「使うのはどうせブラウザだけだろ。メーラーやワープロを使うようなやつじゃない。とにかく、今日はあいつの希望を聞きにきたんだ。そうすれば必要なスペックを決めて、値段を決めることができる」

「爺さん、金取るのか？」

「当たり前だ」

「家にあるパーツで作るのに？」

「わしの工賃だ。それでも、メーカー製のパソコンよりはずっと安い」老人はにやりと笑った。

「ところで、そこのお嬢さん、どうする？　会社に戻って、社長に事情を聞くか？　それとも、錬治を問い詰めるか？　後の方だったら、わしが手伝ってやってもいいぞ」

「今からじゃ会社に帰るのは無理だろ」山田が言った。「駅まで行くのにはバスしかないが、発車まで五時間半もある。街に着く頃には真夜中だ」

「歩いていけないのかい？」順子が尋ねる。

「いくつもの峠道やトンネルを抜けていかなくちゃならない。途中で、確実にバスに追い抜かれる」

「わたし、蓮井さんに会ってみます」幸子は考えた末、言った。「それに、まだわたしを騙そうとしてるって決まった訳じゃないし」

「そう。決め付けはよくない。まあ、わしも十中八九、錬治の悪巧みに違いないと思うがな。よし、わしが立ち会ってやるぞ。わしは岡崎徳三郎《おかざきとくさぶろう》だ。徳さんと呼んでくれ。この村には長くいる。錬治の餓鬼《がき》の頃から知っとるんだ。大船に乗ったつもりで……」

「すみません。でも、自分のことですから、一人で会ってみます……徳さん」

「遠慮することはないぞ。この村はいろいろと奇妙なことが多いんだが、わしはいつも解決しとるんだ。この間も村はずれの屋敷で……」

「ありがとうございます。でも、本当に今回は一人でなんとかしてみようと思います」

「そうかい。そこまで言うのなら、仕方ないか」徳さんは残念そうに言った。そして、ふと地味な女性の方を見た。「そうか、まだあんたがいた。あんた何しにきたんだ？」

女性はちらりと徳さんを見たかと思うと、また顔を伏せた。

「なんだ、あんた。話し掛けられたら、顔ぐらい見たらどうかね」

女性は顔を上げた。「わたしに何か御用ですか?」

「いや。あんたの助けになれるんじゃないかと思ってね」

「わたしの助け?」

「あんたも、錬治に借金しとるんだろ」

女性はまた顔を伏せた。

「ほら。図星だ」

「人のことあんまり穿鑿《せんさく》しない方がいいんじゃない?」順子は女性に助け舟を出したつもりらしい。「ここに来てるってことは、あたしみたいにやばいことの一つや二つしてるんだろうからさ」

女性はきつい目で順子を睨んだ。「わたしはそんなんじゃありません!」

「そんなんじゃってどういうことよ?!」順子はむっとした口調で返した。

「わたしはあなたのような種類の人間じゃないってことです」

「なんだって!!」順子は女性に摑み掛かろうとした。

慌てて、幸子と徳さんが取り押さえる。

「おいおい。こんなとこで喧嘩しとる場合じゃないだろ」徳さんが宥《なだ》める。「ここにいる人間は、みんな錬治に苦しめられとる訳だから、言わば仲間みたいなもんじゃないか」

「おまえは違うだろ。あいつの友達だ！」山田は怒鳴るように言った。「わしがあんな餓鬼の友達だと？　冗談じゃない。わしだって、世が世ならば、錬治なんかのためにパソコンを作って、小遣い稼ぎなんかするような人間じゃないぞ」

「いつまで怒鳴り合っているつもりなんですか？　少し静かにしてください」女性はつんとした様子で言った。

「初めまして。わたし、沢口幸子と申します」幸子は女性に自己紹介した。「せっかく知り合ったんですから、仲良くしましょうね」

女性は幸子を値踏みするように、じろじろ眺めた。「わたしは、緑川令子《みどりかわれいこ》です。まあ、みんなこの場限りで、この先会うことはないでしょうけど、わざわざ喧嘩する必要はないですわね」

「緑川さん、あんた先生かい？」徳さんが尋ねた。

令子の顔色が変わった。「どうして、それを？」

「やっぱりそうか」徳さんは嬉しそうに言った。「なに、あんたの立ち居振る舞いを見てそう思っただけだ。あんたの喋《しゃべ》り口調はそれなりに丁寧だが、普段から指示を受けるのではなく、指示を出すのに慣れているようだ。年齢や服装から考えて、企業の幹部には見えない。だから、教師だと思ったんだ」

「人のことをじろじろ観察するのはあまりいい趣味じゃありません」令子は徳さんを睨む。

「ああ。そうだな。だが、この趣味も役に立つことはあるんだ。例えば、この間の事件……」

突然、居間のドアが開き、若い男性が入ってきた。

全員が男性の方を見た。

男性は驚いたように、五人を見回す。「僕の顔に何か付いてますか？」

「すみません。話をしている時に急にドアが開いたものだから、みんな驚いてしまったんです」

幸子が弁解する。

「あんたも借金かい」徳さんが嬉しそうに言った。

「えっ？　ああ。皆さんも借金のことで来られてるんですか？」

令子は顔を背けた。

「ねえ。あんた、いくら借りてるんだい？」順子が興味深げに尋ねた。

「借金をしてるのは僕ではなく、劇団の後輩なんです」

「劇団？」山田が不審そうに言った。

「ええ。僕は俳優をしている穴倉忠則《あなくらただのり》といいます」

「あっ!!」順子が叫んだ。「そう言えば、テレビドラマで見たことある！」

忠則は困った顔をした。「すみません。僕はテレビ俳優じゃないので、テレビドラマに出たことはないんです」

「あら、そう」順子は間違えたことを特に気にしていないふうだった。「後輩のために、わざわざこんな山奥に来るなんて優しいんだね」

「今まで、錬治と話していたのかい？」

「はい。何度もお願いしたのですが、なかなかわかっていただけなくて……」

「時間を遅らせていたのはおまえか！」山田は不機嫌そうに言った。「十一時からの約束だったのにもう昼前だ。とにかく次は俺の番だ」山田は立ち上がって、蓮井の部屋へ向かおうとした。

「ちょっと待って。あたしの方が順番は先よ。十時って約束だから」

「何を言ってるんだ？　遅れて来たくせに」

「遅れるも何も一日の最初のバスが着くのが十時過ぎなんだから、仕方ないでしょ。十時に来れないのがわかってて、予定を決めるんだから、あいつの根性は腐ってるわ」順子は山田を押し退けて、部屋を出ていった。

「あの女ぁ」山田も続けて出ていこうとする。

徳さんが山田の肩を叩いた。「まあ。順番は守ろうじゃないか。切羽詰《せっぱ》まっとるのはみんな同じじゃろ」

山田は舌打ちして席に座った。

と、すぐに順子が戻ってきた。

「ありゃ。もう済んだのか？」

順子は首を振った。「これから昼飯を食べるから、続きは午後一時から始めるんだって」

「飯だと?!　俺はここで一時間半も待ってるんだぞ」

「仕方ないわよ。借金をしているこっちの方が弱い立場なんだもん」順子は諦め口調で言った。

「それより、みんなどうすんの？　どっかで昼ご飯食べる？」

「そうだ。蓮井が飯を食ってる間、すきっ腹を抱えて待ってなきゃならん理由はない」山田は怒鳴るように言った。

「爺さん、ここらへんで飯を食えるところはないか？」

「ない」

「『ない』って、じゃあ昼飯はどうすりゃいいんだ？」

「知らん。だいたいこんな森の中に飯屋があると思うのがどうかしとる。『注文の多い料理店』じゃあるまいし」

「ちょっと遠くてもいいから、飯が食えるところを教えてくれ」

「バスが来るのを待つなら、いくつかあるぞ」

「バスが出るのは五時間半後じゃないか」

「錬治に何か食わしてくれって頼むか？」徳さんが言った。

「そんなこと頼める訳ないだろ。畜生！　蓮井のやつ、困らせようとして、わざとこの時間帯にしたんだな」

「どうするの？」順子が言った。「このまま一時間、ここで顔を突き合わせて待ってるの？」

「そんな気の滅入ることしてられるか。ちょっと森の中を散歩してくる」山田は不機嫌そうな表情のまま出ていった。

「あんたはどうするの？」順子は令子に尋ねた。

「外は寒いようだし、ここで本でも読んでるわ」令子はバッグの中を探った。「ああ。ついてないわ。確か本を持ってきたはずなのに……。そうね。雪が降るってこともないでしょうから、わたしも気晴らしに出ていくわ」令子も部屋を出ていった。

「あんたは？」順子が今度は幸子に尋ねた。

「えっ？　わたしは特に用事はないんでここにいてもいいんですが……」

「この森にはたいして面白いもんはないが」徳さんが口を挟んだ。「ちょっと先に滝があって、それだけは見ごたえがあるかもな」

「じゃあ、それを見にいくことにします。岩井さんも一緒に行きます？」

「いいわ。あたしは滝なんかに興味がないから。その辺りをぶらついてくるよ」

「穴倉さんは？」

「僕は、もう用事はないんですが、バスが来るまでは身動きとれないですね。夕方まで近くをハイキングすることにします」忠則はコートを羽織った。

「みんないなくなるのか。じゃあ、わしが出ていく必要はないな。一眠りさせて貰うよ」徳さんは椅子の背に凭《もた》れると、目を瞑《つむ》った。


滝は想像以上の凄さだった。

数十メートルの高さから、目の前の岩場に叩き付けるように水が落下している。そして、もうもうと立ち上る水煙が霧のように広がって、周囲の景色は真っ白になっていた。

幸子は滝の迫力に圧倒され、目を離すことさえできなかった。

「この場の空気自体が滝の水で洗浄されているような気がしますね」忠則が言った。

「ええ。滝の近くではマイナスイオンが発生するとか何かの雑誌で読んだような気がしますわ」

「こんなところで暮らしていると、長生きできそうですね」

「徳さんが元気なのも、ここの空気がいいからかもしれませんね」

忠則は腕時計を見た。「おや。もうすぐ一時ですね。一応戻りますか？　それとも、もう少し散策しますか？　どうせあなたの順番はまだ先だし、僕の用は午前中に済ませてしまった」

「そうですね」幸子は少し迷った。もう少し忠則とここで過ごしたいような気もする。いけないいわ。わたしは大事な用で来たんだから、とにかく仕事を済ませないと。

「やっぱりいったん戻ることにします。皆さんの用が早く済むかもしれませんし」

「じゃあ、戻りましょうか。ちょっと残念ですが」忠則は微笑んだ。

二人は談笑しながら、蓮井の別荘へと戻った。

居間には順子と令子がいた。

「あらあら。誘ったのはどっちなの？」順子が二人を見て冷やかすように言った。

「そんなんじゃありません」幸子は慌てて否定する。

忠則は少し寂しそうな表情をしている。

しまった。強く否定し過ぎちゃったかしら？

「山田さんと岡崎さんはどうしました？」

「知らないわ。わたしが戻ってきた時にはいなかったから」令子が答える。

「山田だったら、さっきいたわよ。もう書斎に行ったわ。緑川さんが戻ってきたのはそのすぐ後」

「岡崎さんは？　ここにずっといるって言ってなかった？」

「さあ。トイレか何かじゃない？」

そこに突然、山田が血相を変えて飛び込んできた。「大変だ!!」

「何かあったんですか？」幸子が尋ねた。

「何度ノックしても返事がないから、ここに戻ろうとしたら……」山田はスリッパを脱ぎ、持ち上げた。「これを見てくれ」

令子と順子が同時に悲鳴を上げた。

スリッパにはべったりと血が付いていた。

「どうかしたのかい？」徳さんの暢気《のんき》な声がした。山田の背後から部屋の中を覗いている。

「蓮井の部屋の前の廊下に血が流れていたんだ」山田が青ざめた顔で言った。

「とにかく部屋の様子を見にいくよ！」順子が走り出す。

全員がそれに続く。

「何よ。廊下、真っ暗じゃない。何も見えないわ。電気点《つ》けてよ」

「それが故障しているらしいんだ。だから、外光が入っている居間の前に戻るまで、血で濡れているのに気が付かなかったんだ」山田が説明する。

確かに暗くて床の様子はよくわからなかった。

廊下の端にぼんやりとドアが見えた。

順子はドアを叩いた。「蓮井さん！　何かあったの？」

返事はない。

令子がドアノブを回した。「鍵が掛かってるみたい」

「僕がやってみます」忠則はコートを脱ぎ捨てると、ドアを両手で押した。

唸り声を上げる。

「何かがドアの向こうで引っ掛かってるみたいです」忠則が指をドアの隙間に入れながら言った。

「わしも手伝おう」徳さんが後ろから押した。

出し抜けにドアが開いた。

「わ！」忠則はそのまま部屋の中に転がり込んだ。

部屋の中の強い光で一瞬全員の目が眩《くら》んだ。

そして、目が慣れると同時に凄惨な現場が目に飛び込んできた。

「わあああ!!」最初に声を出したのは忠則だった。彼は血溜まりの中に突っ伏していた。

ドアのすぐ側には別の体があった。

それは蓮井錬治の変わり果てた姿だった。

「みんな動かないで！」幸子が言った。

「何言ってるの？　すぐ手当てしなくちゃ……」順子が反論する。

「もう手遅れよ」令子が低い声で言った。

「確かにそのようだ」徳さんは身を屈めて蓮井の体を観察した。「腹からは腸《はらわた》が飛び出しているし、首には包丁が根元まで刺さっている。これではどうしようもない」

「警察に連絡しよう」呆然と忠則が立ち上がる。

「ちょっと待って」幸子が言った。「その前にみんなこの部屋の様子をよく見ておいてください」

「なぜだ？」山田が尋ねる。

「証拠隠滅《いんめつ》を防ぐためだよ」徳さんが代わりに答える。「そうじゃな。お嬢さん」

幸子は頷いた。「皆さん、この部屋の中をよく見て特徴を覚えておいてください。そして、決して何にも触らないで。忠則さん、ゆっくりと部屋から出て」

「証拠隠滅ってどういうことかしら？」順子が怯えたように尋ねる。

「この部屋は密室だったのよ」幸子が答える。

「密室って、ただ蓮井の体がドアに倒れ掛かって押さえていただけだろ」山田が反論する。

「確かにおかしい」忠則は幸子に賛同した。

「何がおかしいっていうんだ？」

「蓮井さんはいつドアに凭れ掛かったのかってことですよ」

「そりゃ、死ぬ直前だろ。苦しんでドアのところに倒れ込んだんだ」

「じゃあ、犯人はどうやってこの部屋から出たんですか？」

「そりゃ、蓮井がドアに凭れ掛かる前だろ」

「ちゃんと死体を見てみな」順子が指摘する。「こんな状態で動けてたなら、ゾンビだよ」

「じゃあ、ドアの前に凭れてから自殺したんだ」

「腹から腸が飛び出しているような状態で、自分の首に根元まで包丁を突き刺すようなことができる？」

「窓は？」令子は窓際に駆け寄った。「内側から鍵が掛かってるわ」

「触らないで」幸子が後に続く。「本当だわ。確かに鍵が掛かってる」

「密室殺人だ」徳さんが呟くように言った。

「なんだって?!」山田が聞き返す。

「密室殺人だ。錬治は密室の中で殺されたんだ」

「他に出口はないんですか？」忠則は部屋の中を見回す。

「ない。このドアと窓だけだ」徳さんは断言した。「とりあえず警察に連絡しておこう」

「ちょっと待って」幸子は部屋から出ていこうとする徳さんを呼び止めた。

「徳さん、どうしてわたしの言うことを聞いてくれなかったんですか？」

「どういうことかの？」

「わたしは何にも触れないでと言ったはずですね」

「ああ。確かにあんたはそう言ったよ」

「じゃあ、その手は何ですか？」

徳さんの手は血で汚れていた。「爺さん、部屋に入ってから、死体に触ったんだな」山田が睨み付ける。「何か細工しやがったな」

徳さんは自分の手を見詰めた。

「警察にはわたしが連絡するわ」令子がさっとその場を離れる。

「ちょっと待って」幸子が言った。

「何か？」令子が答える。

「わたしも一緒に行くわ」幸子はゆっくりと部屋から出た。「皆さん、わたしたちが警察に電話している間、お互いの様子を確認しておいてください」

「どういう意味だ？」山田が言った。

「だから証拠隠滅を防ぐためだ」徳さんが言った。「お嬢さんが先生に付いていくのも、同じ理由だ」

「俺たちの中に犯人がいるとでもいうのか？」

「絶対とは言い切れないが、そう考えるのが自然じゃろ」徳さんは機嫌がよさそうだった。

「ここにいる者の殆どに動機がある。そして、機会もあった」

「爺さんだって、容疑者だぞ！」

「わしには動機がない」

「わかるものか！　ここにいる理由だって、コンピュータがどうのこうのというのは、あんたが言ったことだ。本当だという証拠はない」

突然、順子が笑い出した。「山田さん、必死ね。そう言えば、一番切羽詰まってたのは、あんたじゃないの？　ねえ、社長さん」

「貴様ぁ!!　何が言いたい?!」山田は口から泡を飛ばした。

「皆さん、静かにしてください」幸子が手を叩いた。「それでは全員で居間に移動しましょう。それなら、構わないでしょ」

「わしは嫌だ」突然、徳さんは廊下に座り込んだ。「わしはここで死体と部屋を見張ることにする。それが年長者としてのわしの務めだ」

「ちょっと。徳さん、どういうつもりなんだい？」順子が言った。

「計画が狂ってしまった」徳さんはぽつりと言った。

「徳さん、今なんて言ったんですか？」幸子が尋ねた。

徳さんは目を瞑りもう何も言わなかった。

「わかったわ。二つのグループに分かれましょう」幸子が言った。「緑川さんと山田さんとわたしは居間に行って、警察に電話する。徳さんと岩井さんと穴倉さんはここに残るというのはどう？」

「このまま、ここで言い合っていても時間が経つばかりだ。それでいこう」忠則は賛成した。

残りの者も数秒間、顔を見合わせ、結局幸子の提案に従った。

「なんでいつも現場にあんたがいるんだ？」谷丸《たにまる》警部はげんなりした顔で言った。

「何を言っとる？　殺人現場に居合わせたのはこれが初めてじゃわい」徳さんは廊下に座ったまま言った。

「それになんで廊下に座っとるんだ？」

「座っちゃまずいか？　年寄りに立ちっぱなしはこたえるんだ」

「何も立ちっぱなしでいろとは言っとらんだろ。居間に椅子があるからそこで話を聞こうと言っとるんだ」

「いいや。わしはここで話がしたい。ここでなければ、いっさい話はせん」徳さんはきっぱりと言った。

「警部、徳さんを説得するのは時間の無駄だと思いますよ」谷丸警部の相棒の西中島《にしなかじま》が言った。

「ちょっとやそっとで自分の考えを枉《ま》げたりしませんから」

「そんなことわかっとる」谷丸警部は不機嫌そうに言った。「だが、ここでは現場検証の邪魔になるんだ」

「鑑識班が到着するまでまだ少し時間があるじゃろ」

「そりゃそうだが……じゃあ鑑識が来るまでだぞ」

「それで結構」徳さんはにやにやと笑った。

「じゃあ、話を聞かせて貰うぞ」谷丸警部は手帳を取り出した。「第一発見者は六人全員で間違いはない訳だな」

「まあ、そういうことになる」

「最後に蓮井錬治に会ったのは？」

「岩井順子という女だ」

「ちょっと待ってよ！」順子が口を挟む。「それじゃあ、あたしが犯人みたいじゃないのさ!!」

「岩井さん、すみません」谷丸警部が宥める。「我々は客観的な事実を集めているだけでして」

「あの時蓮井はちゃんと生きてたわ」

「誰かそれを証明できる方はいますか？」

「いる訳ないじゃない。あたし独りで蓮井の部屋に行ったんだから」順子は慌てて付け足す。「でも、あたしは絶対に犯人じゃない。もしあたしが犯人だったら、どうやって密室から出たっていうのよ」

「それはあなただけに当て嵌《は》まることではありません。密室云々《うんぬん》を言い出せば、この中に犯人は一人もいないことになる」

「そうだ。思い出したわ」順子が叫んだ。「あたしたちが死体を見付ける前に山田が独りで蓮井の部屋に行ったんだった」

「あの時は部屋に入らなかった」山田が焦りながら言った。「そもそも俺がこの家に戻ってきた時、もうこの女は居間に座ってたんだ。次はこの女が蓮井に会う番だったのに、居間にじっと座ってるのはおかしいんじゃないか？」

「何よ。あんたに順番譲ってやったんじゃないか！」

「徳さんはここに残るっておっしゃってましたね」忠則が発言した。「どこに行ってたんですか？」

　全員が徳さんの顔を見る。

「わしか？　わしは飯を食いにいっとった」

　山田が徳さんの胸倉を摑んだ。

　慌てて、西中島が引き離す。「何をされるんですか?!」

「だって、このじじい、この近くに飯を食うところはないって言ったんだぞ」

「それは本当のことだ」

「じゃあ、おまえはどこで飯を食ったんだ？」

「自分の家だ。ここから歩いて、十分くらいのところだ」

「嘘を吐《つ》いたんだな!!」

「嘘ではない。わしの飯はあるが、あんたに食わせる飯はないということだ。わしはとても正直に答えた」

「このくそじじいが……」

「まあまあ。各時刻の全員の行動については、後で厳密に確認させて貰います」谷丸警部は険悪な空気は苦手らしく話に割って入った。「とりあえず、全員にチャンスはあった訳でして」

「その言い方はないんじゃないですか？」令子が低い声で言った。「それじゃあ、まるでこの六人の中に犯人がいると言ってるようじゃありませんか」

「いえ。そういう訳ではなくてですね……」

「そういうことなんだろ」順子が言った。「この中の誰かが犯人だってことはもう決まってるみたいだよ」

「付近の調査はされたんですか？」忠則が尋ねる。

「付近……と言っても殆ど森だし、道は一つしかない。犯人が潜んでいる可能性は少ない」

「森の中に隠れているんじゃないか？」山田が言った。

「仮にそうだとしても、長期間は隠れていられません。食料だって底をつく。犯人がよっぽどの馬鹿でない限り、あり得んでしょう」

「このじじいの家は調べたのか？」

「徳さんの家へはすでに捜査員を送っています」西中島が答えた。「特に不審な点はないそうです」

「じゃあ、やはりわたしたち六人の中に犯人がいると考えるしかなさそうですね」幸子は淡々とした口調で言った。

「いや。だから、そういうことではなくてですな……」

「犯人が窓から逃げた形跡はないんですか？」忠則が質問する。

「窓はわたしが確認しました」令子が言う。

「窓の様子はどうだったんですか、警部さん？」忠則は令子を無視した。

「鑑識が到着するまで詳しいことは言えませんが、現時点で内側から鍵を掛けられているのは確かです。また、窓の外にも目立った痕跡はありませんな」

順子は部屋の入り口に立って、床を見詰めていた。

「どうかしましたか？」

「廊下の血は部屋の中から流れ出したものだね」

「おそらくそうでしょうな」

「もっと流れ出してもいいんじゃないかしら？　ドアから二、三十センチの間に収まっているようだけど」

「それはなんとも言えませんな。廊下の床は部屋より少し高くなっていますから。むしろ、廊下の床が絨毯《じゅうたん》になっているため、毛細管現象で吸い上げたのかもしれません」

忠則は血の跡から少し離れて座っている徳さんを見て呟いた。「なるほど……そういう訳か」

「穴倉さん、何か気付いたの？」幸子が尋ねた。

「謎はすべて解けた！　犯人はこの中にいる!!」

さて、蓮井錬治を殺したのは誰でしょう？　勿論犯人は本短編の登場人物の中にいます。おわかりの方は、次のページから始まる解決編でご自分の推理が合っているかお確かめください。わからない方も、ここで今一度お考えになってみてください。

密室の謎が解ければ、自ずと犯人が明らかになります。ご健闘を！

「謎はすべて解けた！　犯人はこの中にいる‼」徳さんが芝居がかった調子で言った。

「そんなことだろうと思ってたよ。さあ、もったいぶらずに早く教えてくれないか」谷丸警部が言った。

「まあ、そう焦りなさんな。まず問題を整理してみよう」徳さんは床に胡坐《あぐら》をかいたままにやにやと笑った。「今回の事件で最大の謎は何じゃろ？」

「密室殺人のトリックに決まってるじゃない」順子が呆れたように言った。「今更何言ってるの？」

「ところがそうじゃないんじゃよ。どうやってやったかは、それ程重要なことではない。そんなトリックは山程思い付く。そうじゃろ、警部さん？」

谷丸警部は頷いた。「おそらく鑑識が到着すれば、密室のトリックについては、すぐに片が付くでしょう。以前、訳のわからない密室に出くわしたことはあったが、今回のはそれに比べて遙かに単純に見える」

「じゃあ、何が謎なの？」順子が尋ねた。

「なぜ、密室トリックが行われたか……ですよね、徳さん」幸子が答えた。

「その通り。最大の謎は密室トリック自体が仕掛けられたその理由だ」

「馬鹿馬鹿しい。理由は捜査の攪乱《かくらん》に決まってるだろ」山田が言った。

「本当に？　密室トリックはたいてい手が掛かるが、それでどれだけ捜査が攪乱できる？　他殺を自殺や事故に見せ掛けるというのなら、話はわかる。だが、今回のように、明白に他殺だった場合、捜査の攪乱は殆ど起こらない」

「じゃあ、なんで犯人は密室トリックなんかを仕掛けたんだよ？」順子が発言した。

「そう。さっきから、それを言っておる。この殺人が密室殺人になることでメリットがあるのは誰だろう？」

「メリット？」忠則が問う。

「そうだ。わざわざ面倒なトリックを仕掛けたのは、メリットがあったからだ」

「逆に言うと、この部屋が密室でなかった場合、デメリットがある人を捜せばいいのね」幸子が言った。

「その通り。お嬢さん、筋がいいぞ」

「今考えたんだけど」順子が口を開いた。「山田がノックするだけでドアは開けないだろうと犯人は予想してたのかしら？」

「もし、山田さんがドアを開けようとして、密室でなかったとしたら、第一発見者は山田さん一人になっていた訳だ」忠則は考え込んだ。「山田さんに見られて拙《まず》いものって何だろう？」

「何も山田さんに拘《こだわ》る必要はないんじゃない?」令子が言った。「最初にあの部屋に行くのが山田さんだとは限ってなかった訳だし」

「なるほど。犯人は、とにかく一人だけが第一発見者になるのを防ぎたかった訳か」警部は相槌を打った。

「でも警部、最初に部屋に行った人が独りでドアを抉《こ》じ開けていたら、どうしたんでしょう?」西中島が訊いた。

「そう言えば、そうだな。……山田さん、独りでドアを開けようとは思わなかったんですか?」

「思わなかった」

「なぜですか? ドアの下から血が流れ出しているような状況なのに」

「血だとわかったのは、居間に戻ろうとした時だったからだ」

「部屋の前では血だとわからなかった? なぜそんなことに?」警部は驚いたようだった。

「ブレーカーが落ちていたからだ」徳さんが説明した。「この廊下には窓がないので、錬治の部屋のドアを閉めると真っ暗になってしまうんだ」

「午前中は廊下の電気は点いてたんですか?」警部が全員に尋ねる。

「点いていました」

全員が同意する。

「だとすると、犯人がブレーカーを落とした可能性が高い訳だ」警部が言った。

「なぜ犯人がブレーカーを?」

「すぐに血だと気付かせないためだろう。暗くて血に気付かなかった山田氏は居間に戻って初めて血に気が付く。これなら、一人だけが第一発見者にならず、全員が部屋に向かうことになる」

「わかったわ!!」順子が叫んだ。「やっぱり山田が犯人なんだ。蓮井を殺した後、密室を作ってそれから居間に戻って、血に気が付いた振りをした。これなら辻褄《つじつま》が合うよ」

「いい加減にしろ!」山田が順子の腕を摑んだ。

「岩井さん、そんなことをしても山田さんに何の得もありませんよ。誰もいない時に殺した後、自分は何食わぬ顔をして、誰かが部屋に行くのを待ってればいいんですから」警部が宥めた。

「わたしたちが居間にいる時に突発的に殺してしまって、対処に困ったのかも」

「それは無理だ」徳さんが言った。「ブレーカーは玄関にある。みんなのいる時に殺したら、ブレーカーを落としにいく時に誰かに見られたはずだ」

「じゃあ、誰が犯人なんですか?」幸子が尋ねた。

「そうだ。もうそろそろ教えてくれないか」警部も痺れを切らしたようだった。

「簡単なことだ。犯人は犯行現場を密室にする必要があった。その理由は、死体発見までの流れを再現すれば、おのずと明らかになる。密室の完成後あの部屋に向かったのは山田さんだった。山田さんはノックをして返事がなかったので、居間に戻ってきた。ドアを開けようとはしなかったんだろ」

「当たり前だ。他人の家だぞ」

「その通り。仮にドアを開けようとしたとしても、開かなければ、他人の家のドアを理由もなく無理に抉じ開けようとする人間はまずいない。

さて、居間に戻ろうとした山田さんは自分のスリッパに血が付いているのに気付いた。あの時は慌てて全員が部屋に向かった。もちろん、全員が動いたのは偶然だ。おそらく犯人の目論見としては、何人かが動けばそれでよかったんだろう。

部屋の前はご存知の通り真っ暗だった。ドアを叩いたのは順子さんだったね」

「ああ。そうさ。当たり前の動作だよ」

徳さんは頷いた。「そう。その動作にも何の不思議もない。その次は、緑川さん、あんただ」

「わたしはドアノブを回しただけです」

「あの時、あんたは何と言った？」

「ええと、『ドアが開かないわ』だったかしら？」

徳さんは首を振った。「あんたは、『鍵が掛かってるみたい』と言ったんだ」

「それが何か？」

「特に問題はない。ドアノブを回して開かなければ、鍵が掛かっていると思うのは至極当然だ。しかし、あの時は錬治の身に何かあったと思っていたはずだから、普通ならなんとか抉じ開けようとするのではないかな？」

「だって、わたしより先に穴倉さんがドアを押し始めたから、邪魔にならないように後ろに下がったんです」

「穴倉さん、あんた、なんで緑川さんにドアを開けるのを任せなかったんだ？」

「女性の力じゃ無理だと思ったんです」

「あの時、あんたは全力でドアを押していたのかい？」

「ええ。力いっぱい押していました」

「あの時、あんたは何と言った？」

「緑川さんと同じです。『鍵が掛かっているようだ』とか、そんなことです」

「『何かがドアの向こうで引っ掛かってるみたいです』と言ったんだ。あんたは、あの言葉でここにいる全員に暗示を掛けたんだ」

「ちょっと待って、どういうこと？」幸子は動揺した。

「徳さん、まさか……」

「そのまさかだ。犯人は穴倉だ」

「ちょっと待ってください」穴倉は驚いたように言った。「何か引っ掛かっているようだと言ったのは、本当にそう感じたからです。たったそれだけのことで犯人扱いされる謂《いわ》れはない」

「あんた以外に密室の恩恵を受ける人間はいないんだよ」徳さんは悲しそうに言った。「あんたはドアが開いた瞬間、部屋の中に突っ込んでいっただろ」

「ええ。力が入っていましたから」

「そして、血溜まりの中に倒れた」

「ええ。それはご覧になってたでしょ。この血塗《ちまみ》れの服が証拠だ」

「あんたは戻ってきてからずっとコートを着ていた。そして、ドアを押す直前に脱ぎ捨てた。全員の目が暗闇に慣れる前に素早くことを済ます必要があったからだ」

「何を言ってるんだ？　意味がわからない」

「あんたは錬治の流した血溜まりの中に倒れ込むことによって、元々服に付いていた錬治の血を隠したんだ。あれだけの傷だ。相当の返り血を浴びたことだろう」

「徳さん、ちょっと待って」幸子は慌てて言った。「それは状況証拠に過ぎないわ。穴倉さんが血溜まりの中に倒れ込む前に、服に血が付いていたかどうかはわからないわ」

玄関からどやどやと足音が近付いてきた。

「漸く鑑識班のお出ましのようじゃの」徳さんはゆっくりと立ち上がると背伸びをし、廊下の隅に落ちている忠則のコートを指差した。

「そこのコートの内側を見てくれ。錬治の血で汚れているはずだ」

忠則はコートを摑みとろうとしたが、一瞬早く西中島が拾い上げた。

「おっと。こいつを血溜まりに放り込まれたら大変ですからね」西中島はコートを裏返した。

そこには夥《おびただ》しい量の血痕が付いていた。

「畜生!!　ずっとコートの側から離れないから、おかしいと思ってたんだ」忠則は吐き捨てるように言った。

「隙を見て、何か理由を付けて、コートを死体にでも掛けるつもりだろうと思ったんだ。だから、わしはずっと監視しとったんじゃ」

「美鈴《みすず》はあいつのために、酷《ひど》いことをさせられて、そして、死んでしまった」忠則は歯を食いしばった。「当然の報《むく》いだ」

「美鈴さんって……」幸子は呟くように尋ねた。

「劇団の後輩だ。綺麗な子だった」

「蓮井がどんなことをして報いを受けたのかは知らんが」谷丸警部は手錠を取り出した。「殺人を犯した者は報いを受けなければならないのは知っているな。神妙にしてくれよ」

「そもそもこの家を訪ねてきた六人には全員アリバイがなかったんだ。昼の一時間程の間、全員がばらばらに外に出ていった。穴倉と沢口さんは一緒に戻ってきたから、休憩時間の間、行動を共にしていたような印象を与えていたが、そうじゃないんじゃろ」

「ええ。わたしはずっと滝を見ていたんですけど、穴倉さんがそこに来たのはここへ戻る五分程前でした」

「その時にはすでに犯行を終えていた訳だな」谷丸警部が言った。「凶器は準備してきたのか？」

「最初は脅すだけのつもりだった。だけど、あいつが美鈴を侮辱するようなことを言った時、ついかっとなって……」

「おそらくそれは本当だろう。その後の工作に比べて、殺人自体はお粗末過ぎた。腸が出るまで切り裂いて、なお首に刃物を刺せば、自殺と判断される可能性はない。また、大量の返り血を浴びてしまったことも犯行後に気付いたんだな」

「最初はこのまま自首しようかとも思ったんだが、そのうちこんなやつのために人生が台無しになるのが馬鹿らしくなってきたんだ」

「それで、密室のトリックを考え付いた訳か。どうやって、密室を作ったんだ？　蝶番《ちょうつがい》に細工したのか？」

「ドアの隙間に接着剤を流し込んだだけだ」

「こりゃまた単純なトリックだな。鑑識が調べればすぐわかる」

「トリック自体は重要じゃなかった。ただ、ドアが簡単に開きさえしなければよかったんだ。ドアを力いっぱい抉じ開ける振りをして、血溜まりに飛び込むことができれば……」

「すぐに廊下の血に気が付かせないためにブレーカーを落として廊下を暗くし、血を見て山田さんが驚いた後、全員でドアの前に駆けつける。誰か別の人間にノブを回させて、開かないことを確認させてから、コートを脱ぎ素早く抉じ開ける振りをして、部屋の中に突っ込んだ訳か。短時間に考えたにしては、よくできたトリックだ」

「なぜ気が付いた？」忠則は徳さんに尋ねた。

「わしの手が血で汚れとったからじゃよ。ドアを抉じ開ける時、わしはあんたの背中を押した。血が付くのは、その時しかなかった。コートの着脱で、背中にまで、血がひろがったんだろう。ドアを押す時、服の血が付かないよう気を遣い過ぎたせいで、背中のわしの手にまで、気が回らなかったとみえる」

　幸子は呆然と手錠を掛けられる忠則を見詰めていた。

忠則は目を逸《そ》らした。

「お嬢さん、こんなことは早く忘れるこった。いい男はいくらでもおる」徳さんが優しく声を掛けた。

「ありがとう、徳さん」幸子は微笑み掛け、ふと真顔になった。「ところで、警察を待っている時、徳さんは『計画が狂ってしまった』って呟いてましたけど、あれはどういうことでしたの？」

「なんだ、そりゃ？」谷丸警部が尋ねた。

「なんでもないさ。ただ、友達と約束した温泉旅行がふいになっちまうんじゃないかと思ってな」

「事情聴取なんか、一時間もあれば済んじまうぞ」

「問題なのは、時間じゃなくて、軍資金……そうだ。ものは相談なんだが」徳さんは目を輝かせた。「警部さん、あんた手作りパソコン買う気はないかな？　安くしとくよ」

氷橋……………倒叙ミステリ

八月五日午後四時十分

乙田《おつだ》三郎太《さぶろうた》は不慣れな手付きでワインをグラスに注いだ。血のような色をした赤ワイン。

「あら珍しい」二ノ宮《にのみや》里香美《りかみ》は面白そうに乙田の顔を見た。「あなたがワインを注いでくれるなんて、どういう風の吹き回し？」

ワインが数滴乙田の指の上に零《こぼ》れた。

乙田はグラスを置くと、指を舐《な》めた。

「なんだか、指を怪我した人みたいね」里香美は白い歯を見せて笑った。

ぞくりとする笑顔だ。もう四十近いとはとても思えない少女のような新鮮な笑顔――だが、瞳の奥には油断のならない光が宿っていた。

この女、俺の心を見透かしているんじゃないだろうな。

乙田は、まるで里香美の言葉の暗示に掛かったように、一瞬自分が本当に指を切って傷口の血を舐めているような錯覚を覚え、背筋に寒気を感じた。

唇から指を外し、確かめる。

大丈夫。怪我などしていない。

血を流していたら、まずかった。もちろん致命的ではない。俺の計画はそんな些細なことで破綻することはない。しかし、この部屋に俺の血痕は残さないに越したことはない。

「いいじゃないか。たまには俺だって、サービスするさ」

「あなたの分は？」

「今日はよしておくよ」

「あら。どうして？」ガウン姿の里香美は乙田に体を擦《す》り寄せる。「ゆっくりできるんでしょ？」

「そのつもりだったんだが」乙田は額の汗を手の甲で拭った。「社に戻らなければならない。ちょっとトラブルがあったんだ」

「あら。どんなトラブル？」

里香美が質問することは想定の範囲内だ。うろたえることはない。

「山口《やまぐち》のやつが疋田有言《ひきだゆうげん》先生の原稿をなくしてしまったらしい。すぐに対応しないと穴が開いてしまう。それに先生に謝りにいかなくてはならないし……」

「もう一度原稿のデータを送って貰えばいいのに」

「疋田先生はワープロなんか使うものか。いつも自分用に作らせた専用原稿用紙に書くんだ。そして、編集者に必ず足を運ばせて、原稿を手渡す。ファックスで送ることもしないし、コピーもとらない」

「今時、そんな人いるんだ。イササカ先生みたいね」

「今更、執筆スタイルを変えてくれとも言えないだろ。疋田先生はもう八十だし」

「謝るのは、誰か他の人にやらせればいいのに」

「そんな訳にいかないのはわかってるだろ。疋田先生のところに下っ端《したっぱ》の編集者を一人で謝罪にいかせる訳にはいかない。やはり、編集長の俺が……」

「あら。もう編集長気取りなんだ」

「いや。正式には来月からなんだが、もう実際には編集長の業務をやってるんだよ。対外的にはもう編集長さ」

「じゃあ、わたしの担当からもはずれるの？」里香美は乙田の後ろに回り、体をくっ付け、ワイシャツの上から抱きしめた。「編集長でも担当を続けられるんでしょ？」

「続けられないことはないが、来月からは担当からはずれることにした。君だけを特別扱いしたら、変に思われちまう」

「わたし、特別扱いにして貰ってもいいぐらいあなたの会社に稼がせていると思うけど？」里香美は苛立たしげに、ぐびりといっきにワインを飲み干した。

乙田は笑みが零れそうになるのをなんとか抑えた。

里香美は妙な顔をして、グラスを覗き込んだ。

「どうかした？」

「なんか変わった味のワインね」

敏感な女だ。だが、もう遅い。

「確かに、君は超売れっ子作家だ。疋田先生の本の売り上げと比べても、比較にならないぐらいだよ。でもね。作家の格というのは、売り上げだけでは決まらないんだ」

「そんなこと言って、奥さんが怖いだけなんでしょ」里香美は少し呂律《ろれつ》が怪しくなった。「今回の出世も奥さんのおかげだもんね。だから、この間も別れ話なんか切り出したのよ」

「確かに、家内の父はうちの社の重役だが、今回の人事は関係ない」

これについては、乙田にも自信はなかった。確かに出世させてくれと頼んだことはないが、義父が勝手に手を回した可能性はある。

乙田にとって出世はどうでもよかった。ただ、安泰によき夫の役をまっとうできさえすれば、地位などはどうでもいい。

「絶対に別れて……なんか……やらないわ。編集長の地位に……縋《すが》りつく必要なんてないじゃない。わたしには、あなた一人の……生活費ぐらいなんとでもなる……のよ」里香美は目を擦《こす》った。「あれっ？　ちょっと……酔ったかしら？　やけに回るの……早い……お酒ね……」

「疲れてるからだろ。しばらく小説のことは忘れて休んだ方がいい」

里香美は目を半分閉じ、こくりと頷いて、乙田にしな垂れ掛かった。

「君にとって、僕の収入ぐらいなんとでもなるような端金《はしたがね》だということは本当だと思うよ」乙田は里香美の首筋に唇を近づけ囁いた。「でもね。僕の妻は君の百倍も資産家なのさ。ちょっとした火遊びでそれを棒に振る訳にはいかないんだよ」

里香美は目を見開いた。そして、両手で乙田の二の腕を強く摑んだが、すぐにその力は抜けていった。目を瞑《つむ》り、ふっと後ろに倒れ掛かる。

乙田は里香美を支え、そっとベッドに横たえた。

ワインに入れたのは里香美が常用している精神安定剤だ。アルコールと同時に服用すると、効果が増幅する。検出されても、本人のミスという結論になるだろう。

ガウンを脱がせ、里香美を全裸にする。

張りのある艶やかな肌だ。

これが見納めだな。

乙田は里香美の裸身をじっくり眺めると、手袋を嵌《は》め、彼女を抱きかかえた。

バスルームに入り、彼女をバスタブの中に座らせる。蛇口を捻《ひね》り、湯で満たす。

乙田は携帯温度計で、湯の温度を確認した。熱過ぎても、冷た過ぎても計画に支障をきたすことになる。

やがて、彼女の胸まで湯が溜まったところで、蛇口を閉める。

里香美の頭ががくんと垂れ、湯に浸かる。

乙田は慌てて髪の毛を摑んで引き上げる。

危ない。危ない。今、溺れられたら、すべてが台無しになっちまう。

頭をそっと壁に凭《もた》れさせると、ベッドルームにとって返し、ポーチを開け、発泡スチロールの容器から、薄い直方体状の氷をいくつか取り出した。表面はすでに融け掛かっている。

乙田は寒剤を撒いたビニールシートの上に慎重に氷同士を密着させ、直線状に並べ、接合する。

一つの長く薄っぺらい氷の棒になった。

乙田は再び、バスルームに戻り、バスタブの縁に氷の棒を橋のように架けた。ちょうど眠る里香美の体を跨《また》ぐ位置だ。

その氷の橋にこのホテルの備品であるドライヤーをゆっくりと置き、プラグをコンセントに差し込むと、スイッチを入れた。

ドライヤーから風が吹き出す。

里香美はぴくりともしない。

乙田は時計を見た。

実験では、いつも三十分程で橋は落ちていた。

つまり、はっきりさせておかなくてはならないのは今から三十分後のアリバイだ。

乙田は準備してきたものをすべてポーチに収めると部屋から出た。

廊下には誰もいない。

だが、エレベータホールに監視カメラが向けられているのを乙田は知っていた。

持っているのはポーチだけであることがはっきりと映るように、ゆっくりと腕を振って、エレベータへと向かった。もちろん部屋に向かう時も同様の配慮をしている。

逸《はや》る気持ちを抑えてロビーを横切り、外に出てタクシーを捉まえ、社に向かう。アリバイ工作の一環として領収書を発行させ、何食わぬ顔で編集室に入った。

室内の何人かはちらりと乙田の顔を見て会釈《えしゃく》したが、大部分は気にも留めていない様子だった。

乙田は時計を見た。

そろそろだ。今のままでも充分だと思うが、駄目押しをしておこう。

「みんな、注目!!」乙田は声を張り上げた。

全員がこっちを見ている。うまくいった。

乙田はごみ箱を高く掲げた。「今、廊下のごみ箱を覗いたら、こんなものが入っていた」ごそごそと紙の束を取り出す。「企画書まるごと全部だ」どんと机の上に投げ出す。「俺たちが情報産業だということがわかってないやつがいるようだな。誰だ、こんなことをしたのは?」

若い女がおずおずと立ち上がった。「あの。わたしですが……」

「君はバイト君だな。教育係は誰だ?」

「あっ。俺っす」編集者が手を挙げる。

「おまえは馬鹿か?! 何年編集やってるんだ?」

「まずかったっすか?」

「当たり前だ。企画書は機密文書として取り扱え。不用意にごみ箱なんかに捨てるな」

「でも、その企画、二ノ宮里香美特集のものっすよ。他社にぱくられることなんてないでしょ」

乙田はどきりとした。

くそっ！　なんでよりによって、あいつの特集なんだ？　駄目だ。顔色に出すな。

「なぜ、そう言い切れるんだ？　二ノ宮里香美だって、いつまでもうちにばかり書いてくれるとは限らんぞ。別にうちと専属契約を結んでいる訳じゃないんだからな」

みんなの顔に不審の色が浮かんだ。二ノ宮里香美が他社に書くことは当面考えられないと思っているんだろう。その思いは乙田も同じだった。ただし、他社はもちろん自社でも書くことはもはやないだろう。計画通りにことが進んでいれば。

これ以上、この話題で引っ張るのは不自然だ。ここで打ち切ろう。充分、全員の印象には残ったはずだ。

「とにかく、これからは気を付けるように。この話はこれで終わりだ」

ちょうど終業時のベルが鳴った。もっとも、定時勤務している者など一人もいないが、印象には残ったはずだ。

乙田はそれからの数時間、努めて部屋から出ないようにして、デスクワークに専念した。ここから現場のホテルまでタクシーで十五分程だ。仮令《たとえ》トイレであっても、長時間席をはずしたという印象は残したくなかった。

彼女の死亡が五時前後、発見は早ければ即時、遅ければ明日の昼だろう。即時という可能性は部屋のブレーカーが落ちたことにホテルの従業員が疑問を持った場合、明日の昼は掃除が入る時間を過ぎた場合だ。

乙田はニュースサイトをチェックした。新聞は早くても明日の朝刊になるだろうが、ウェブサイトならすぐに報道される可能性もある。

その後、午後十時になっても、何も報道されなかった。

どうやらまだ犯行は発覚していないか、警察で止められているのだろう。今日はこのまま何事もなく、帰宅するのがいいだろう。

「乙田さん！」さっきのバイト女性が突然声を掛けてきた。

「なんだ？」

「お客さんです」

「客？」

「はい。事件のことで伺いたいことがあるそうです」

八月五日午後十時十五分

応接室に入ると、その客は窓からぼうっと夜景を眺めていた。

「わたしが乙田ですが」

振り向いた中年男の顔は全く見知らぬものだった。

「おお。初めまして。思ったよりお若いですな」

「失礼ですが……」

「ああ。申し遅れました」男は名刺を差し出した。「こういう者です」

名刺には

弁護士　西条源治《さいじょうげんじ》

と書かれていた。

弁護士？

乙田は途方に暮れた。てっきり刑事が来たと思ったのだ。タイミングとしては少し早過ぎるが、二ノ宮里香美の担当編集者である乙田のところに刑事が訪ねてきても不思議なことではない。

刑事にはしらを切り通すつもりだった。二人が愛人関係にあったことは誰にも知られていない。万一、里香美が誰かに話していたとしても、証拠を突き付けられてから認めれば済む話だ。こちらには鉄壁のアリバイがある。

しかし、いきなり弁護士とは？

「どういったご用件でしょうか？」

「さっき女の子にも言ったんですが、お聞きになってませんか？」

「ええと。何だったかな？　確か……そう……事件のことで訊きたいことがあるとか……」

「そうです。事件のことで困ってる訳なんです。あなたもそうでしょう？」西条はへらへらと笑った。脂ぎった額がてらてらと光った。

どうも虫の好かないタイプだ。見ているだけで苛々する。

「何のことか皆目見当も付かないんですが、誰か他の人間とお間違えでは？」

「えっ？」西条は目を丸くして驚いた顔をすると、ポケットをごそごそと探ってメモを取り出した。

「あなた、乙田三郎太さんですよね」

「はいそうです」

「ここ。成明《せいめい》出版さんですよね」

「その通りです」

「この会社、他に乙田三郎太さんて方おられますか？」

「わたし一人ですよ」

「じゃあ、間違いない。わたしはあなたに伺いたいことがあって来たんです。例の事件について」

「申し訳ないが、どの事件のことですか？」

「『どの事件』って、今事件と言えば、あの事件のことに……」

西条は思い出したようにぽんと手を打った。「ひょっとして、まだご存知でない」

「だから何のことです？」乙田は苛々とした口調で言った。――半分は演技で半分は本気で。

「そこのアケルナルホテルで起きた事件ですよ。今日、行かれたんでしょ？」

「確かに、今日は仕事で行ってますが、それが何か？　特に事件らしきことはなかったようですが」

「本当に？　何もおかしなことはなかったですか？」

乙田は少し考える振りをしてから、首を振った。

この弁護士、何が目的なんだ？

「乙田さん、あなたは二ノ宮里香美さんの担当編集者ですよね」

「それが何か？」

「今日の事件、本当に何もご存知ないんですか？」

乙田はわざと顔色を変えた。「二ノ宮さんに何かあったんですか？」

「ええと。新聞にはまだ出てないんですか？　いや。あの時刻には夕刊はもう出てるから、明日の朝刊になるのかな？　テレビとか、ネットはどうなってます？」

「だから、いったい全体、何のことをおっしゃってるんですか？　もう夜も遅いし、もしわたしのことをからかっているのなら……」

「二ノ宮里香美さんが亡くなったのです」

「えっ？　今何とおっしゃいました？」

「作家の二ノ宮里香美さんが亡くなったんですよ」

「まさか信じられない。嘘でしょ」

「残念ながら真実です」西条はどこか少し嬉しそうだった。「どこで亡くなったか、ご存知で？」

「アケルナルホテルですか？」

「なぜご存知で？」

「今日、会ったんです、彼女と、アケルナルホテルで」

「仕事というのは、そのことだったんですね」

「ご存知のようにわたしは彼女の担当なんです」

「打ち合わせか何かで行かれたのですか？」

「ええ。たいしたことはないのですが、作家と顔を合わせるのも編集の仕事の一つでし……」

乙田は口を閉ざした。「これは尋問か何かですか？」

「まさか。わたしは刑事じゃあ、ありません。ただお訊きしているだけです」

「弁護士さんがなぜこんなことをしてるんです。そもそもあなたは二ノ宮さんとどんな関係があるんですか？」

「おっと。失礼しました」西条は不気味な笑みを浮かべた。「ちゃんと説明しなければなりませんな。その前に一つだけ質問させてください。あなたは二ノ宮さんの死因はなんだと思われます？」

「見当も付かない。その質問に答えなくてはならないんですか？」

「いいえ。ひょっとしてご存知かと思ったので、お訊きしたまでです。彼女は事故か自殺か他殺で亡くなりました」

「曖昧ですね。密室殺人か何かですか？」

「まあ、密室殺人ですかね。入り口には鍵が掛かっていました。ただし、ホテル錠なので、犯人はどうどうと部屋から出ても勝手に鍵は掛かる訳ですが」

「この話はまだ続くんですか？　あなたの話を疑う訳ではないんだが、本当に彼女が亡くなったのかどうか確認をとりたいのですが、席をはずしたいんですが。もし本当だとしたら、いろいろ手を打たなくてはならないことが」

「ずいぶんビジネスライクですね。親しい方が亡くなったというのに」

「親しいと言っても、本当に作家と編集者の関係でしたから。作家によっていろいろだが、彼女は編集者とはプライベートな付き合いはしないタイプでした。……それで、どうですか？」

「何のことです？」

「この話を打ち切ってもいいかどうかってことですよ」

「ああ。ここに来た訳をわたしが説明してたんでしたっけ」西条はこの会話を楽しんでいるようだった。「申し訳ありませんが、もう少しだけお付き合い願えませんか？　人一人の命が懸かっているので」

「誰の命ですか？」

「もちろんわたしの命です。この仕事を逃したら、それこそ首を吊らなくてはならなくなる」

「わたしを馬鹿にしてるんですか？」

「とんでもない。わたしは本当に困ってるんです。数年前仕事の上でへまをしてしまって、それ以来まともな仕事にありつけないんですよ。どんなへまかわかりますか？」

「さあ。重要な事件で裁判に負けたとか？」

「そんなことなら、全然問題ありません。わたしの場合、これです」西条は小指を立てて見せた。

「被告の女性にでも手を出したんですか?」乙田は特に興味はなかったが、話を早く切り上げたい一心で相手が訊いて欲しそうなことを尋ねた。

「雇い主の愛人に手を出したんです」というか、手を出されたんです。

「本当ですか?」乙田は西条の全身をまじまじと眺めた。どう見ても不細工な中年おやじだ。

「いや。もちろんそうなるだけの裏はあったんですよ。裏はあったんですが、まあその愛人は美人で、その点は悔いはない訳ですが、いろいろややこしい事件が起こってしまいましてね」

「ややこしい事件?」

「そう。『密室・殺人』です」

「ホテル錠か何かの?」

「その時は本物の密室でしてね。というか、まあいずれにせよ本物ではない訳ですが、その捜査の途中で愛人とのことが雇い主にばれちまったんですよ」

「あなたは殺人事件に絡んでたんですか?」

西条はぶるぶると首を振った。「冗談じゃない。絡んでたのはどっちかと言うと、愛人の方です。まあ、実際にはもっとこうややこしいんですが……」

「ええと。あなたのややこしい身の上話を聞いている時間はないんですが」

「そうそう。わたしがここに来た訳でしたね。そんなこんなで仕事がなくなってしまったわたしは飛び込みの仕事を探し始めたんですよ」

「飛び込みの弁護士? そんなことしなくても、いろいろと依頼は来るでしょう」

「弁護士って言っても、仕事の依頼はたいてい縁故関係から来るんですよ。電話帳で弁護士事務所を調べて、そこに依頼するなんて人はめったにいない。あと、当番弁護士に登録するという手もあるんですが、こういうのは料金がめちゃくちゃに安くて、話にならない。そこで一計を案じて駅でティッシュ配りをしたんです。最近、痴漢の冤罪事件が多いので、サラリーマン向けに駅前でね。痴漢呼ばわりされた時はのこのこと駅員に付いていっちゃあ駄目です。駅員は弁解なんか聞いてくれません。ただ、そのまま警察に引き渡されるだけです。その時点で逮捕は成立しちゃってます。痴漢呼ばわりされたら、とりあえず弁護士に連絡するのが先決です。でも、弁護士の知り合いがいる人がどれだけいますか？　そんな時にわたしの連絡先付きのポケットティッシュが役に立つのです」

「弁護士がティッシュ配り？」乙田は笑いそうになるのを堪《こら》えた。

「いえいえ。もちろんわたしが直接配ったんじゃありません。バイトを雇いましたよ。ちゃんと時給を払って。ところがそいつら、広告入りのティッシュを配らずにごみ箱に捨てたりするもんだから、大変な赤字で。仕方がないので、最後には自分で……」

「ほら。やっぱり自分で配ってる」

「ところが一向に呼び出しはないんです。痴漢の冤罪事件というのはそれ程の頻度で起こらないのか、それとも痴漢呼ばわりされた時点で動転してティッシュのことを思い出せないのか。とりあえず、別の作戦を考えなくてはと思っていたところに、電話があったんです」

「誰から？」

「一《いち》の谷淳《たにじゅん》さん――つまり、二ノ宮里香美さんのご主人です。ご存知ですか？」

「ええ。一、二度会ったことがあります。受賞パーティーの時に二ノ宮さんが連れてこられてました。一の谷さんが痴漢と間違われたのですか？」

「当たらずと雖《いえど》も遠からずですな。一の谷さんが間違われたのは痴漢ではなく、殺人犯です」

「ちょ、ちょっと待ってください。話がよくわからないのですが、一の谷さんが殺人の容疑を掛けられているってことですか？」

乙田は本気で動揺してしまった。この瞬間まで、情報では相手に一歩先んじているとばかり思っていたのに、西条はとんでもないことを言い出したのだ。

「まだ容疑者とまではいっていません。警察は重要参考人として扱っているようです。ポケットに入っていたわたしのティッシュのことを思い出したのは不幸中の幸いでした」

「誰を殺した容疑で？……二ノ宮さんを？」

西条は頷いた。

「一体全体どういう理由で彼に容疑が掛かったんですか？」

これは予想外の展開だ。とりあえず自分にとって有利なのか、不利なのか見極めなくてはならない。

「彼は、今日ホテルの二ノ宮さんの部屋を訪ねたのです。ちょうど死亡推定時刻の頃に」

「それは確かなのですか？」

「彼自身、部屋に行ったことは認めています。また、ホテルの監視カメラ――エレベータホールにあるやつですが――に一の谷さんが映っていました。しかも、拙《まず》いことに帰りはかなり動揺していたらしい」

乙田は心の中でほくそ笑んだ。ただし、表情はあくまで深刻さを装う。「それは拙いですね。二ノ宮さんは他殺だったということでしょうか？」

「さっきも言ったように、他殺、自殺、事故――すべての可能性があります。彼女は感電死でした」

「手足を拘束されていたとか？」

西条は首を振った。「しかし、死亡時彼女は酩酊状態でした。精神安定剤と一緒にアルコールを摂取したらしいんです。あっ。今の内容は公言なさらないように」

乙田は頷いた。「了解しました。しかし、彼女は確か精神安定剤を常用していましたよ」

「そうらしいですな。部屋の状況だけでは、他殺とも、自殺とも、事故とも判断が付かない。しかし、もう一つ証拠が残っていた」

「それが夫の一の谷氏の来訪を記録したビデオだという訳ですか」

「その通りです。彼が死亡推定時刻の前後に部屋を訪れていたとしたら、自殺と事故の線は消えます」

「彼の目の前で、事故や自殺があったのかもしれないじゃないですか」

「その場合も、彼女が死ぬことがわかってわざと見過ごしたことになりますから、未必《みひつ》の故意で殺人罪が成立する可能性が非常に高いのです」

「それじゃあ、彼に弁解の余地はなさそうに思いますが」

「一の谷さんは部屋に入らなかったと主張しています。何度呼んでも返事はないし、ドアを開けてさえ貰えなかったと」

「じゃあ、すでにその時刻には死亡していたのかも。検死では分単位で死亡時刻を推定することまではできないんでしょ」

「ところが今回の場合に限っては、死亡推定時刻はかなり正確にわかっているのです。二ノ宮さんが感電した瞬間にその部屋のブレーカーが落ちてしまったんです。ブレーカーはコンピュータ管理になっていて、落ちた時刻は記録されていました。その時刻は午後四時五十分でした」

うまいぞ。予定より少し早めだが、ちょうど編集室で小言を言っていた時間と一致する。

「二ノ宮さんの部屋に向かう一の谷さんの姿が撮影されたのは午後四時四十七分。外に出るのが撮影されたのは午後五時五分でした」

「一の谷さんの言っていることが本当だとすると、部屋の前でぼうっと二十分近く立っていたことになりますねぇ。彼には怨みも何もありませんが、それはちょっと不自然でしょう」

「なかなか思い切りが付かずに、廊下をうろうろしていたそうです。やっとのことで部屋のブザーを押したのが、五時過ぎでしばらく待って返事がなかったので、降りてきたということです」

「彼には殺す機会があったということですね。動機は？」

「最近、奥さんから離婚を迫られていたそうです」

「そうだったんですか。理由は？」

「彼女が言うには、性格の不一致だということです。一の谷さんには思い当たるふしが全くないので、真意を問い質《ただ》したいと思ったそうですが、すでに家を出てしまっていたとかで。漸《ようや》く出版社の編集者から住んでいるホテルを聞き出して訪問したら、こんなことになったという訳です」

「作家の居所をぺらぺら喋《しゃべ》るというのは編集者としては失格ですね」乙田は頭脳を素早く回転させながら言った。「今の離婚の話は裏はとれているんですか？」

「二ノ宮さんは他人に話してなかったそうです。一の谷さんは何人かの知り合いに相談したそうですが」

「だったら、そもそもそんな話はなかったのかもしれませんね」乙田は一呼吸置いた。「それであなたは、彼が殺《や》ったとお思いですか？」

「わたしは彼に雇われている身です。彼の無実を前提として行動しています」

「では、彼の無実を証明しようとされているんですか？」

「そうです。そのために、あなたのお話を伺いにきたのです」

「なるほど」乙田は考える振りをした。「先程、あなたはホテルのエレベータホールにビデオカメラが設置されていたとおっしゃいましたね。ということは、わたしが彼女の部屋を訪れたことはすでにご存知だったという訳だ」

「ええ。そうですが」

「ホテルなど訪れていない、などと嘘を吐《つ》かなくてよかった。そんなことを言えば、わたしも犯罪に関与しているんではないかと疑われたところだ」

「なぜ、そんな嘘を吐く必要があるんです？」

「あなたと関わるのが少々面倒に思えたからです」

「正直な方だ」

「それで、わたしに何を訊きたいのですか？」

「あなたは今日彼女の部屋を訪れましたね」

「それは隠しようがないようですね」

「何をしにいかれたのでしょう？」

「打ち合わせです。連載小説の内容についての」

「あなたと二ノ宮さんの間には、その……恋愛感情はあったのでしょうか？」

乙田は声を出して笑った。「まさか、彼女とわたしの関係はあくまでビジネス上のものでしたよ」

「しかし、ホテルの一室で二人っきりになってたんでしょ」

「今時、部屋の中に二人っきりになったからといって、愛人扱いはないでしょ。彼女は男性編集者と同じ部屋で打ち合わせをするのに慣れっこになってましてね。もちろん、おかしなことにはなりませんよ。こちらもプロですから」

「なるほど」西条はぼりぼりと頭を掻き、メモをぱらぱらと捲《めく》った。「ええと。その時、彼女の様子におかしなところはありませんでしたか？」

「う〜ん。いつも通りだったように思います。……ああ。あえて言うなら、ちょっと酔いが回っていたように思います」

「飲酒されてたんですか？　打ち合わせ中に？」

「少し説明しなければなりませんな。打ち合わせと言っても、作家と編集者の打ち合わせはサラリーマン同士のそれとは全く別物なのです。作家という人種は拘束されることを殊《こと》の外《ほか》嫌います。仕事中に酒を飲んではいけないなどという決まりは彼らには存在しない訳です。もちろん我々はサラリーマンですが、付き合いで打ち合わせ中に飲むこともあります」

「あなたも今日は飲まれたんですか？」

「いいえ。今日は社に戻る必要があったので、飲みませんでした」

「今日、客が来ると言ってませんでしたか？」

「いいえ。特にそのようなことは」

乙田は舌打ちしそうになった。

なんで、こいつは的外れなことばかり訊くんだ？　ついうっかり拙いことを口走りそうになってしまう。それとも、それが狙いなのか？　俺を疑っているのか？　いや。大丈夫だ。俺を疑う理由は何もない。少なくとも今のところは。

「その他、何か変わったことに気付きませんでしたか？」

乙田は額に手を当て、考える振りをした。「う〜ん。そう言われましてもね。変わったことと言うと、例えばどんなことでしょうか？」

「例えば……自殺を仄《ほの》めかしたり、誰かに脅されていると口走ったり、といったことです」

「残念ながら、何も気付きませんでした」

「じゃあ、今日はこのぐらいにしておきましょう」西条は帰り支度を始めた。「何か思い出されたら、連絡ください」

乙田は拍子抜けしてしまった。

大事なことを忘れてるよ、弁護士さん。

「ええと。西条さん……」

「何ですか？」

「こういう場合、一応訊くんじゃないですか？」

「何をですか？」

「アリバイです。仮令、カメラに映ってなくてもアリバイははっきりさせておいた方がいいでしょう。その方がわたしもすっきりする」

西条はしばらくきょとんとしていた。「ああ。アリバイね。それは別にどうでもいいです。お訊きするまでもありません」

「ということは、あなたは二ノ宮さんの死因は事故か自殺だと考えておられるんですね」

「いいえ、乙田さん」西条は乙田の目を見据えた。「これは殺人ですよ」

八月六日午前五時三十分

「だから、まだ逮捕した訳じゃないんだから、そこまでしつこく署に押し掛けてこなくてもいいじゃないか」谷丸《たにまる》警部はうんざりとした様子で言った。「しかもこんな朝早くに」

「逮捕されてからじゃ遅いんですよ。依頼者は逮捕されないことを望んでいる。まあ、一般人として、逮捕されたくないというのは、当然の願いだと思いますよ」西条が言った。

「しかし、逮捕されたからといって、有罪と決まった訳じゃないだろ。検察から起訴されて、裁判で有罪判決が出て、さらに不服なら控訴や上告までして初めて犯罪者だと確定するのだから……」

「世間はそんなこと、考えちゃくれませんよ。逮捕されたら、即犯罪者だ。それが世間の目ってもんです」

「そんなもんかね」

「それで、逮捕する気はあるんですか？」

「今のところは五分五分だな。もちろん自殺の可能性はあるが、死亡推定時刻に被害者の部屋を訪れていたというのは、かなり怪しい。何かもう一つ証拠が出たら、すぐに逮捕状が出るだろう」

「容疑者はもう一人いるでしょう？」

「誰のことだ？」

「乙田三郎太——彼女の担当編集者です。彼は事件の前に部屋を訪れていますね」

「なぜ、知ってる?」

「ホテルに聞き込みをしたんです。弁護士だと言うと、すぐに教えてくれました」

「おいおい。捜査中の事件だぞ。勝手にかき回すのはルール違反だ」

「じゃあ、手詰まりの事件に警察が民間の探偵を使って捜査をするのはいいんですか? この前わたしが女でしくじった事件で……」

「あれは特別な事例だ。今、その話をするんじゃない」谷丸警部は汗を拭いた。「ところで、なぜ彼を疑う?」

「彼女は事件の前夜、文壇のパーティーに出席しています。そして、そのままタクシーでホテルに戻りました。その後、死亡が確認されるまでに彼女が会った可能性のある人物は二人だけ——夫の一の谷氏と乙田です」

「だが、彼女の死亡推定時刻は……」

「死亡推定時刻をずらしたり、時限装置でアリバイ工作をした可能性はありませんか? そもそも彼女はどんな死に方だったんですか? ただ感電とだけしか聞いてないんですが」

「それはホテルの従業員も知らないことだ。彼女はドライヤーを抱えて水の入ったバスタブの中で死んでいた」

「感電で死亡したのは間違いないんですね」

「ああ。それははっきりしている」

「もちろん、タイマーの類《たぐい》は現場になかったんですね」

「それも確認済みだ」

「バスタブというのが気になりますね。工作をするのにもってこいだ」

「どんな工作だね？」

「小学生の推理クイズによくある氷を使ったトリックです。被害者を眠らせてバスタブに浸ける。大きな氷を浮かべてその上にドライヤーを置いておけば、熱で融けてやがてバスタブの水の中に落ちる。その時点で被害者は感電。犯人は何食わぬ顔でアリバイ作り」

「で、その氷はどこから持ち込むんだ？」

「冷蔵庫の中にあるでしょう」

「部屋に備え付けの冷蔵庫には冷凍室はなく小さな製氷室があるだけだ。霜の付き具合からみて、そこにここ数日の間に容器が置かれた形跡はない」

「あっ。ちゃんと氷の可能性を考えてたんですね」

「当たり前だ。わしらはプロなんだぞ」

「部屋の中になかったのなら、外から持ち込んだんだ。ホテルの中なら、セルフサービスで氷を持ち出せる場所があるでしょう。あるいは、ルームサービスを使ってもいい」

「氷は常に準備されているが、エレベータホールのまん前で、必ずカメラに映る位置だ。そもそも小さな角氷でとてもドライヤーは載せられない。それからルームサービスの利用はなかった」

「じゃあ、乙田が外から持ち込んだんだ」

「ところが、その可能性もない。乙田は所謂《いわゆる》クールビズを着ていた。大きな氷を持ち込めるような余地はなかった」

「小さな氷ならどうです？　完全に手ぶらでしたか？」

「彼が持ってたのは小さなポーチが一つです」谷丸警部の横に黙って座っていた若い刑事が口を挟んだ。「大きさは十センチ掛ける十五センチ程。厚みは五センチ程です」

「こら、西中島《にしなかじま》、捜査の内容をやたらに教えるんじゃない」

「警部だって、教えてたじゃないですか」

「わしはちゃんと取捨選択して情報開示してるんだ」

「そのポーチに氷の板が入っていた可能性はないですか？」西条は二人の刑事のやりとりを無視して質問を続けた。

「無理だ。その程度の厚みの氷では、湯に浮かべると、数分で、融けて浮力を失うため、アリバイ工作に使えないことは実験で確かめてある」

「もう一度訊きます。シャツやズボンの中に氷を隠す余地はなかったんですね」

「鑑識は最新技術を使って、ビデオを分析している。見落としの可能性はない」

「じゃあ、氷を浮かべたのではないんですよ」西条は言った。

八月六日午前零時十五分

「どうも、夜分申し訳ありません」西条は申し訳ないとはこれっぽっちも思っていないような態度だった。

「明日では駄目ですか？　もう休んでたんですが」乙田は目を擦りながら言った。

「もう明日ですよ」西条は時計を見て言った。「というか、事件が起きたのが昨日になってしまったと言うべきでしょうが」

「緊急事態なんでしょうか？　二ノ宮さんが亡くなったことで、明日の……もう今日でしたね。今日の朝早くから対策会議があるんですよ」

「朝までは掛かりません。保証します」

「用件は何ですか？」乙田は不機嫌になって言った。

「あれからいろいろ考えたんですがね……」西条はもたもたと話を始めた。「やはり、これは殺人ではなかろうかと」

「確か、会社でもそうおっしゃってましたよね。一の谷さんが犯人だとおっしゃるんですか？」

「いえいえ。そうではないんです」

「だって、二ノ宮さんが亡くなった時、現場にいたのは一の谷さんだけだったんでしょ？」

「一の谷さんは現場にいなかったんです。本人もそう言ってます」

「だとしたら、辻褄《つじつま》が合わないんじゃないですか？　二ノ宮さんが亡くなった時、部屋に入り得たのは、一の谷さんだけだ。それはビデオの記録でも明らかなんでしょ？」

「可能性の問題としてはそうです。しかし、一の谷さんは実際には部屋に入っていない。彼女はその時、アルコールを飲んだ上、精神安定剤を服用していて、前後不覚の状態だったか、もしくはすでに死亡していた。誰も部屋に入れることはできなかったのです」

「鍵は開いていたんじゃないですか？」

「ホテル錠なので、開きっぱなしということはありません。もちろん、何かをドアに挟んでいれば、鍵は掛からんでしょうが、それは不自然ですね。乙田さん、あなたが帰る時はそんな状態でしたか？」

「いいえ」

「つまり、死亡推定時刻にはあの部屋には二ノ宮さんしかいなかったということです」

「ちょっと待ってください。話が矛盾していますよ」

「矛盾？　どこが？」

「西条さん、あなたはこの事件を他殺だとおっしゃる。しかし、死亡推定時刻に部屋に誰もいなかったとしたら、殺人ではあり得ない。自殺か事故だということになります」

「そこなんですよ。わたしが割り切れないところは」西条は困りきった顔をした。「死亡推定時刻に部屋に誰もいなかったことが証明できさえすれば、今おっしゃったように、事故か自殺だ。その時点で一の谷さんの容疑も晴れてわたしの仕事も無事終了となる。しかし、それが証明できないとなると、その時刻にあの部屋に入り得たのは、一の谷さんだけになってしまう訳です。これは非常に拙い。これは彼の有罪への決定的な状況証拠ではありませんが、極めて不利な材料になります」

「しかし、あなたはこの事件を他殺だとおっしゃる」

「はい。そうです」

「ますます一の谷さんが不利になってしまうじゃないですか」

「ところが、そうとは限らないんですよ。この事件を自殺もしくは事故だとしても、それを証明するのはほぼ不可能です。ただし、一の谷さんがあの時、部屋を訪ねてなかったら、そう断定しても構わなかった。しかし、不幸なことに一の谷さんはあの部屋を訪れてしまった。したがって、自殺・事故に加えて他殺の線が出てきた訳です」

「殺人の可能性が消えなければ、一の谷さんに疑いが掛かってしまう。あなたが今すべきことは殺人の可能性を排除することです。そうすれば、一の谷さんの疑いは……」

「だから、今となっては他殺の可能性を排除することは不可能なのです」

「話が堂々巡りになってますよ。自殺・事故とは断定できない。自殺・事故でなければ他殺。しかし、他殺なら一の谷さん以外に実行できる者はいない。論理は極めて明確だと思いますが」

「その通りです。一の谷さんの嫌疑を完全に晴らす方法は一つしかありません。この事件が一の谷さん以外の手による殺人事件であることを証明するのです」西条は乙田の目を見た。

「それはあり得ない」乙田は西条の目を見詰め返した。

「なぜ、そう思われます？」

「もちろん、確証はありません。しかし、あなたのお話を信ずる限り、もし殺人事件だとしたら、犯人は残念ながら一の谷さん以外あり得ないでしょう。もっとも、わたしは事故だったと信じていますよ。これも、論理的な確証がある訳ではなく、単なるわたしの感傷的な希望ですが」

「なぜ、一の谷さんしか犯人であり得ないのでしょう？」

「殺人が行われた時刻に——もちろん殺人だと仮定した話ですが——その時刻に被害者と一緒にいられた人物だけが犯人になり得るからです」

「本当ですか？」西条は粘りつくような視線を投げ掛けてきた。

「いや。断言するのはよしておこう」乙田は胸騒ぎを感じた。「わたしは犯罪捜査のプロではない。こういうことには、警察やあなたのような弁護士の方が詳しい。そうでしょ？」

「賢明なご判断です」

「それで、いったいどうやって、その場にいない人間が殺人を犯せたというのでしょうか？」

「会社でお会いした時、あなたはアリバイのことを気にされていましたね」西条は思い出したように言った。

「ええ。今言ったように、その場にいなければ犯人ではない訳ですから、無実を証明するにはそれが一番簡単で確実な方法でしょう」

「だからこそアリバイ工作さえ完璧にできれば、犯人が罪を逃れることも可能な訳です」

「つまり、あなたはアリバイ工作が行われたと主張されたい訳ですか？」

西条は力強く頷いた。「それが証明できれば、一の谷さんにとって、極めて有利な材料になります」

「なるほど。理解しました」乙田はにやりと笑った。「事故や自殺であることは証明できないし、そうなると一の谷さんの殺人疑惑は晴れない。それなら、いっそのこと誰か他の人物による他殺だということにしてしまえば、一の谷さんは無罪になる。そういうことですね」

「素晴らしい洞察力です」

「それで、わたしに何の用なのですか？　さっきも言ったようにわたしは捜査のプロではありません」

「しかし、長年二ノ宮さんの担当編集者をされていたんでしょ。彼女は推理作家だったそうですね。推理作家の担当者なら推理小説に詳しいだろうと思って、知恵を拝借に伺った訳です」

「ミステリ小説と実際の犯罪は違います。お力にはなれないと思いますよ」

「どういうところが違うんですか？」

「例えば、現実にはあり得ない設定が使われることが多い。孤島や吹雪の山荘で殺人事件が起こる可能性はどのぐらいあると思います？　それから、素人探偵が次々と事件に遭遇する可能性は？　少年探偵が事件に関与できると思いますか？」

「ああ、設定なんかはどうでもいいのです」西条は頭の上で手を振った。「わたしが訊きたいのはアリバイのトリックです。それが証明できれば、一の谷さんの嫌疑はかなり軽くなります」

「唐突にアリバイトリックと言われてもねえ……」乙田は腕を組んだ。「一番あり得そうなのは、時間短縮かなぁ？」

「それはどういうものです？」

「簡単ですよ。犯罪を行った後、通常では考えられない短時間のうちに別の場所に現れてアリバイを偽装する訳です。例えば、抜け穴を使ったり、列車の時刻表を見ただけではわからないショートカットを使ったり……」

「何ですか、ショートカットって？」

「つまり、正直にダイヤ通りに移動するのではなく、途中で降りて、他の乗り物を利用して、もう一本早い列車に乗り換えるんです。線路がループを描いている時などはそういう手法が有効な場合もある」

「ええと」西条が頭を掻いた。「ホテルからショートカットはできるんですか？」

おっと、危ない。

「すみません。ホテルからどこへの移動を考えておられるんですか？」乙田は西条に問い掛けた。

「どこでもいいですよ」

「どこでもいい訳はないでしょ。これは犯人の目星が付いてから考えるべきことだ。誰かを疑っているんですか？」

「では、仮に場所を決めましょう」西条は指を組んで宙を見詰めた。「そうだ。出版社がいい。もしあなたの勤めている出版社に移動するとしたら、どんな手段がありますか？」

「これは何かの冗談ですか？」乙田は苛立たしげに言った。

「いいえ。わたしは真剣です。あなたの考えを聞かせてください」

「ホテルから出版社には地下鉄を使う必要はない。タクシーを使えば、ほんの十五分程だろう。

彼女の死亡推定時刻は何時だとおっしゃいました？」

「四時五十分です」

「ということは、四時三十五分以前に出版社にいたとしても、それはアリバイになり得ない。また、五時五分以後に出版社にいてもアリバイにはなり得ない」

「それより素早く移動することは？」

「バイクを使えば、もっと早く移動できるかもしれませんね。あとはまあヘリコプターか」乙田はぷっと笑った。「非現実的だと思うかもしれませんが、所謂バカミスではそういうのもあるんですよ」

西条は笑っていなかった。「さらに時間を短縮できる可能性があるということですね」

「ええそうです。ただし、どんな方法を使っても時間をゼロにすることは適いません。そんなことができる乗り物はタイムマシンだけです。つまり、被害者の死亡時間どんぴしゃりのアリバイがあればこの手のトリックは成り立たないことになります」乙田は不敵な笑みを浮かべた。

「西条さん、あなたはわたしのアリバイを知りたいのではないですか？　わたしは午後四時五十分には……」

「ああ。アリバイね。それは別にどうでもいいです。お訊きするまでもありません」西条は欠伸《あくび》を嚙み殺し、手帳をしまった。「そろそろお暇《いとま》します。今日はどうもありがとうございました。何か思い付いたら、また質問にきますね」

八月六日午前六時

「だから、さっきも氷を浮かべた可能性はないと言っただろ。何を今更……」谷丸警部はうんざりとした口調で言った。

「氷の橋を架けたんです」西条は嬉しそうに言った。

「えっ？」

「浮かべるのではなく、バスタブの縁に橋を架けたとしたらどうです？　それなら、一センチ以下の厚みでもドライヤーを支えられるんではないですか？」

「それこそ無理な話だ。ドライヤーは彼女の腹の上にあった。バスタブの幅は五十センチはある。コーナー付近に橋を架けても彼女の腹の上にドライヤーを落とすことはできないから、氷の長さはバスタブの幅、つまり最低五十センチは必要ということだ。そんな長い氷の板を持ち込むことは不可能だ」

「長い氷の板を持ち込むことは不可能でも作ることは可能でしょ？」

「さっきも言ったが、製氷室は小さくてとてもそんな余裕はないぞ」

「小さな氷の板、例えば厚さ一センチ、長さ十三センチ、幅四センチの氷の板を四枚ポーチの中に入れて部屋の中に持ち込むことは可能です」

「それをくっ付けて一枚の板にしたということか？　ただ、氷はそう簡単にくっ付かんだろ」

「濡れた手で氷に触ったらくっ付きますよ」西中島が言った。

「それは氷の表面の温度が氷点より遙かに低い場合だ」谷丸警部が答える。「いくらポーチに入れてあったって、夏の日中に運んだら、氷の表面は融け出すよ」

「ドライアイスで冷やしてたとか？」

「ポーチから白い蒸気が漏れてたら、さすがに被害者も気付くだろう。ビデオにもそんな様子は映ってなかった」

「ドライアイスは現実的じゃないですよ」西条が呆れたように言った。「氷を充分冷やせる程のドライアイスを入れたら、ポーチの中に氷を詰め込む余地がなくなります」

「わかった。接着剤でくっ付けたんだ」西中島はぽんと手を打った。

「いい加減にしろ、西中島。表面が融け始めたら、接着剤は役に立たんぞ」

「トリックの件はもうクリアしました」西条が言った。

「そうなのかね？」

「これで、乙田には機会と手段があったことになる。問題は動機ですね」

「忘れているかもしれないが、一の谷氏にも、手段と機会があって、しかも動機もあるんだよ。離婚されたら、彼は彼女の財産を失うことになる」

「乙田の妻は彼が勤めている出版社の重役の娘です。乙田と二ノ宮さんが愛人関係で、そのことを妻に知られたくなかったとしたら、どうですか？」

「二人が愛人関係にあったという証拠はあるのかね？　単なる推測では証拠にならない。もっと強力な証拠はないのかね？」

「それはこれからとりにいきます」西条はにやりと笑った。「警部と西中島さんにもご足労願えますか?」

八月六日午前七時

「うわっ!」乙田はドアを開けた瞬間に目を剝いた。「西条さん、いつからここにいたんですか?! あんまりしつこいとストーカー被害で訴えますよ!」

「ちょうど今来たところです。チャイムを鳴らそうとしたら、ドアが開いてあなたが出てきたんですよ」

「とにかく、今日は帰って貰えますか? 昨夜も言いましたが、今日はこれから重要な会議があるんですよ」

「そんなに手間はとらせませんよ。ただ二、三確認したいことがありましてね」

「そちらのお二人は誰ですか?」

「ああ。この二人なら気にしないでください」

「助手の方々ですか?」

「まあ。そんなところです」

谷丸警部は咳払いをした。西中島はへらへらとした笑みを浮かべた。

「早く済ませていただけますか?」乙田は腕時計を見た。「電車に乗り遅れてしまう」

「いやあ、ぎりぎり出勤前に間に合ってよかったですよ。もし間に合わなかったら、また夜に来なくてはならなかった」

「会社の昼休みでもお相手はいたしますが」乙田は溜息交じりに言った。

「いえ。会社では駄目なんです。ご自宅でなければ」

「西条さん、もしわたしをからかってらっしゃるなら、止《や》めていただきたい。そろそろ真剣に怒りますよ」

「いえいえ。この事件の解決にはどうしてもあなたの協力が必要なんですよ」

「いいから、早く用件を済ませてください」乙田は投げやりに言った。

「ご快諾、ありがとうございます」西条は手帳を取り出した。「いえね。あれからずっとアリバイについて考えていたんですよ。それはもう徹夜するぐらいに真剣に。それで、乙田さんにお訊きしようかと思って」

「そのことなら、昨日もお教えしようとしたんですけどね。わたしは四時半にホテルを出てすぐタクシーに乗って、四時四十五分には社に到着していた。その点については、タクシーの領収書と部下の証言で……」

「ああ。そのことなら、どうでもいいです」

乙田はむっとした表情をした。「もうからかうのは止めてくれと言ったでしょ」

「からかうなんてとんでもない。わたしはずっと真剣にお話ししてきました」

「だったらなぜわたしが自分のアリバイについて話そうとするたびに、話を遮るんですか？　失敬ですよ」

「気に障《さわ》りましたか？　だとしたら謝ります。でもね、あなたが何時に出版社に戻ったとかそんな話は本当にどうでもいいんですよ」

「だったら、何のためにここに来られたんです?!」

「あなたは四時半までホテルにおられた。時間についての情報はこれだけで充分です。あと知りたいことはもう一つだけです」

「何ですか？」

「あなたはSPring-8という設備をご存知ですか？」

乙田は面食らった。「聞いたことがあるように思いますが……」

「関西にある大型放射光施設です。例えば、従来の設備で得られていた数億倍のX線を発生させることもできます」

「ええと。そのスプリングなんとかについての知識があるかどうかを尋ねる為に、あなたはこんな朝っぱらから……」

「数年前、ある毒物を使った事件が発生しました。容疑者の家からは毒物が入った容器が見付かりました。ところが毒物が入っていたと思われる料理を載せた食器はすでに洗われてしまっていたので、実際に犯罪に使われた毒物が容疑者の家にあったものと同一かどうか確認することができないと思われました」

「お話の意図がわからないんですが」乙田は三人の間を押し退けるように抜けると駅に向かって歩き出した。

「SPring-8の強力なX線を使った分析によって洗った後の食器に残留していた微量の毒物を

検出し、容疑者の家のものと同じ成分であることを突き止めたのです」

乙田の動きが止まった。

「乙田さん、あなたへの依頼は簡単なことです。台所からサンプルをいただければすぐにでも、関西に送って成分の比較を行い……」

「そんなもの何の証拠にもなるもんか！」乙田は振り向くと西条を睨み付けた。

「なぜ、証拠にならないと思われるんですか？」

「食塩なんて、どこの家でも同じ成分に決まっているだろ！」

西条は満面の笑みを浮かべた。「食塩ですと？　なぜわたしが食塩を持ち出すと思ったのですか？」

乙田に焦りの色が表れた。「簡単な推測だ。氷を接着させるのに食塩を使えばいいなんてことは小学生でも知っている」

「そうですね。食塩は最も手軽に、寒剤に利用できる物質です。氷と混ぜることによって、凝固点が下がり、氷は融けながらどんどん冷却されていきます。塩を敷いた上に融け掛けた氷を置くと氷の底面は融けながら冷却が進み、氷全体の温度が下がります。そして、直接食塩に接している底面以外の面は再び凍ります。その時、他の氷と接触していれば、接合されることになります」

「誰でも知っている知識だ」乙田は深呼吸をした。「知っていたからといって、何の証拠にもならない」

「しかし、あなたは犯人でなければ知りようのない知識を持っています」西条の笑みはますますいやらしさを増した。「もしあなたが犯人でなければ、氷をトリックに使ったことは知らなかったはずだ」

「し、新聞で読んだんだ。ひょっとしたらテレビかも……」

「それはありませんな」谷丸警部が警察手帳を見せながら口を開いた。「二ノ宮さんが浴槽で死亡していたことも氷橋を使ったトリックの可能性があることもマスコミにはいっさい発表していない」

「こいつだ！」乙田は西条を指差した。「俺は昨日の晩、こいつから聞いたんだ。俺に犯人しか知らないことを吹き込んで、濡《ぬ》れ衣《ぎぬ》を着せるつもりなんだ!!」

「乙田さん、残念ながらそれもありません。なにしろ、西条さんもここに来る直前にわたしたちから初めて聞いたんですから」西中島は静かに言った。

「畜生！　ぺてんだ!!　おまえら全員ぐるになって俺を犯人にしたてあげようとしてるんだ!!うおー!!　冤罪だ!!　冤罪だ!!　ご近所の皆さん、冤罪ですよー!!」乙田は大絶叫しながら、走り出した。

谷丸警部と西中島は逃げる乙田に飛び付き、漸くのことで大暴れする乙田を取り押さえたが、二人とも服は泥塗《どろまみ》れ、全身擦り傷だらけの酷《ひど》い有様だった。

集まる野次馬を谷丸警部が手帳を見せて追い払う間も、西中島は乙田を押さえ付けるのに必死だった。

「おい。西条、ちょっとは手伝ったらどうかね？」

「わたしは一般市民ですからね。そんな義務はありませんよ。それに、犯人逮捕には充分協力したと思いますが」

結局、応援部隊を呼び出し、四人がかりで、乙田をパトカーに押し込んだ。

「覚えとけよ！」乙田は毒づいた。「俺は裁判で必ず無罪を勝ち取ってやる。首を洗って待ってろ！」

「これ程往生際が悪いやつも珍しいな」谷丸警部は呆れて言った。

「よっぽど悔しかったんでしょうな」西条は相変わらずにやにやと笑っている。「まあ、背負っているものが違うので、あいつはわたしには勝てませんよ」

「あんた何か背負ってるものがあるのかね？」

「わたし自身の日々の生活です。妻の財産に頼って安穏な生活をしようと考えている時点で、あいつに勝ち目はないんですよ。とりあえずティッシュ配りから始めて貰わないと。勝負はそれからです。あっそうだ」西条は思い付いたようにポケットから広告付きのティッシュを取り出した。「後で乙田にこれ渡しておいて貰えませんか？　一応、昨日名刺は渡しておいたんですが、今持ってないかもしれないし。せっかくのお客を当番弁護士なんかに持っていかれたら、大損ですからね」

自らの伝言……………安楽椅子探偵

睦月早苗《むつきさなえ》は、日に一、二度コンビニ店員も悪くない仕事だと、危うく信じそうになってしまうことがある。

ここは郊外という程には都会から離れていない住宅地で、客層は良く、万引きなどは殆《ほとん》どいない。たまに中学生がおっかなびっくり菓子類を盗《と》ろうとすることもあるが、慣れていないため、それとすぐわかり、また睨み付けると素直に謝るので、警察沙汰になるようなことは今まで一度もなかった。

時には、店の前に遠くから来たらしい不良どもが地面に足を投げ出して座り、集会を始めることもあるが、この辺りの住人は少年たちにはっきりと、迷惑行為の非を説く人が多いため、早々に退散してしまう。

もちろん、深夜になると、泥酔した客が入ってきたりすることもある。ただし、暴れたりすることはなく、通路で寝こんだりするだけで、たいした面倒はない。そもそも夜間は男性店員が担当することが殆どで、早苗が対応することはめったになかった。

店に来る客はたいてい顔見知りで、同年代の者たちの中には友達と言える程の付き合いをしている者も少なくなかった。そういう友人関係の中で、店員としてこの店で働き始めたり、また辞めて客としてやってくる者もいて、客と店員の関係は流動的で、ため口で話をするようなこともある。それ程客の数も多くないので、仕事中でも他愛のない話をゆっくりとすることができた。

「ねえ。早苗、使い捨て携帯って知ってる？」長柄宮《ながらのみや》菜穂子《なほこ》が弁当を買うついでに話し掛けてきた。近くの短大に通う元気な女の子だ。以前、この店でアルバイトをしていたこともある。

「使い捨て？　プリペイドのこと？　それなら、ここでも売ってるけど」早苗は首を傾げた。

「そうじゃないの」菜穂子は首を振った。「プリペイドっていうのはあれでしょ。毎月の基本料や通話料を支払う代わりに、カードを買ってその料金分だけ電話ができるってやつよね」

「ええ。基本料がないから、あまり電話を掛けない人には割安で人気があるのよ」

「わたしの言ってるのは、そういうんじゃなくて、使い捨ての携帯なの。月基本料の三倍ぐらいの額を払ったら、使い捨て携帯が一台買えて、それが三か月使いたい放題なの。基本料も通話料もいっさいなしよ」

「三か月経ったら、どうなるの？」

「何も。ただ使えなくなるだけ。そのまま捨てちゃって、また新しい使い捨て携帯を買うのよ。時々、もっと長く使えるのもあるけど、そういうのは『当たり』なんだって」

「使いきりカメラみたいなものかしら？　だけど、あれは使った後、メーカーが回収するんだけど……」

「使い捨て携帯はそうじゃないみたい。そのままゴミとして捨てるのよ。もちろん捨てたくなかったら、捨てなくたっていいんだけど、古い携帯なんか持ってても仕方がないし」

「三か月毎に必ず機種変更する訳ね」

「機種変更とはちょっと違うんだ。そういうシステムはないらしいの」

「えっ?! どういうこと? 買い替えるたびに番号変わっちゃうの?」

「そうよ」

「だったら、不便じゃないの?」

「どうして?」

「だって、いちいち新しい電話番号を友達に教えなきゃならないじゃない」

「そんなことしなくたって、友達に電話したら、簡単に電話帳に登録できるじゃない。メールだって同じよ。電話帳は買い替える時に古いのからコピーして貰えるから、すぐに友達に電話とメールすれば、OKよ。うざいやつとかは、ついでに切っちゃえばいいんだし」

「それって、どこの電話会社?」

「どこの電話会社のもあるみたい。よくは知らないけど」

「初耳だけど」

「本当よ。猛士《たけし》が取り扱ってるんだもの」菜穂子は鼻の穴を膨らませた。「早苗、猛士を知ってるよね」

「ええ」早苗は困ったように言った。「前に何度か店に連れてきた男の子よね。そう言えば、夏にみんなで遊園地に行った時にもいなかった？」

「そうそう。彼よ。秋葉《あきは》猛士」

「なんだか、暗い感じの子だったわね」

「そんなことないわよ。二人っきりになった時とか、明るい話をいっぱいするんだから！」

「二人っきり？　ひょっとして、あんた、猛士君と？」

「ええ。ばれちゃった？」菜穂子は嬉しそうに言った。「まだ付き合って半年なんだけどね」

「それで、猛士君が電話の販売の仕事をしてるの？」

「いや。本業は研究員なんだ」

「大学の？」

「大学とは違うんだ」

「じゃあ、どっかのメーカーの研究所？」

「なんというか、ただの研究所なんだけど」

「ただの研究所って？　もしかして、街の発明家？」

「そんなんじゃなくて、ちゃんとした研究所なんだって、ちゃんと給料も貰ってるって。本当に忙しくて、月に一、二度しか会えないんだけど」

「そんなので、よく続くわね」

「メールと電話で毎日連絡しているから、大丈夫よ。次は二週間後にデートするんだ。今から楽しみ」

「それで、彼、何の研究してるの？」

「水の研究よ」

「ああ。アルカリイオン水とかそういうのね」

「そういうのとは違って、水の潜在能力の研究なのよ」

「何？　水の潜在能力って？」早苗は目を丸くした。

「水にはコミュニケーション能力があるのよ」

「それってオカルトか何か？」

「オカルトじゃないって。早苗、ニューサイエンスって知ってる？」

「聞いたことはあるような」

「今まで人間は自然の一部しか見てこなかったのよ。つまり、物質としての面だけね。ニューサイエンスというのは、自然の残り半分、つまり精神の面からも自然をとらえようという科学なの」

「やっぱりオカルトじゃないの？」

「ちゃんとした科学なんだって。早苗も一度猛士に話を聞けばわかるって」

「それで、水とのコミュニケーションって、具体的にはどういうことをするの？」

「水はあらゆる生命に含まれているの。全く水がない生物はいない。つまり、水は生命の本質なの。生命というのはつまり、精神――魂のことだから、水自身に魂が宿っているということがわかったの。地球だって、表面の七十パーセントが水に覆われているんだから、立派な生き物なのよ」

「やっぱりオカルトなんじゃ……」早苗は眉を顰《ひそ》めた。

「そういうんじゃないの。ちゃんと実証もされてるんだから」

「だって、水に精神があったりしたら、大発見じゃないの。みんな、知らない訳はないわ」

「まだまだ政府や大学は古い科学が支配しているからね。でも、これからは物凄い速さで変わっていくと思うわ。そうなったら、猛士はリーダーとして大忙しになるわ」菜穂子はうっとりとした目になった。「その前に出会えるなんて、わたしって、運がいいわ」

「どんな実験するの?」早苗は恐る恐る尋ねた。

「まずエンドレステープに水への質問を吹き込むの。例えば『一番大切なものは何か?』とか、『人類最高の教えは?』とか、『プロ野球の優勝チームは?』とか」

「ふむふむ」

「そして、そのテープをコップに入れた水に聞かせるの。だいたい一時間ぐらい。その水をスポイトで一滴ずつ取り出して、凍らせるのよね」

「科学的な感じね」

「それが融ける時にいろいろな結晶を作るんだけど、それが文字の形になるのよ」

「ええっ!! それって凄いじゃん!」早苗はさらに目を丸くした。「ちゃんとした文章が浮かび上がってくるの?!」

「直接的な文章じゃなくて、いろんな文字が断片的に出てくるのよ。片仮名だったり、アルファベットだったりするんだけど。あっ、今本持ってるかも」菜穂子はごそごそと肩に掛けている鞄の中を探った。「これ見て。凄いでしょ」

菜穂子は鞄からぺらぺらの本を取り出した。開くと殆どのページが写真だ。写真はすべて顕微鏡で撮ったものらしい。雪の結晶が非対称に融け掛かっているように見える。

「猛士は室温零度の部屋に一日中閉じこもってこんな写真を撮ってるのよ。温度が高過ぎると、完全に融けて水になっちゃうし、低過ぎると文字の形にならないから、その温度にするんだって。このページに載ってるのは『一番大切なのは何か？』という質問に対する答えよ。この写真は『L』でしょ」

「『L』……かしら？」

確かに「L」と言われれば、Lだが、角度によっては「Γ」や「レ」やただのかぎかっこにも見える。

「『L』とはつまり『LOVE』の頭文字ね。それから、これは『S』――『IS』の『S』よ。そして、この写真は片仮名の『ス』よね。『すべて』の『ス』。つまり、『ALL』ということ。続けて読むとどうなると思う？『LOVE IS ALL』」菜穂子は自慢げに片方の眉毛を吊り上げた。「わたし、これ見た時、鳥肌がたっちゃった」

早苗はしばらく言葉を探した。「……ええと。水の話はわかったけど、どうして、その研究所で携帯電話を売ってるの？」

「あっ。携帯電話は研究所とは関係ないんだってば。猛士が個人的にビジネスをしてるの。知り合いが持ち掛けてきたんだって。その知り合いが特別なルートから使い捨て携帯を仕入れてくるから、それを販売してくれって」

早苗が、それはいったいどういう知り合いかと問おうとした時、背後から声が聞こえた。

「わたし、馬鹿には我慢できないの。苛つくから、他所《よそ》で話してくれない?」同じ店員仲間の新藤礼都《しんどうれつ》だ。

そう。彼女がいた。彼女のおかげで早苗は、どうしてもコンビニ店員が悪くない仕事だと信じることができないでいるのである。

はっきり言って、早苗は礼都が苦手だった。年齢は上――おそらく三十代の初め――だが、店では早苗が先輩に当たる。だが、礼都は早苗を先輩としてたてたことは一度もない。初めて店に出た時から、どことなく早苗を含む他の店員を見下したふうがあった。確かに、頭がいいのだろう。仕事の覚えは早く、その正確さは驚異的だった。きっと、どんな仕事でも簡単にやり遂げてしまうだろう。そんな彼女がエリートと呼ばれる仕事ではなく、コンビニ店員のアルバイトをしている理由は、早苗には皆目見当が付かなかったし、知りたくもなかった。

早苗の願いはただ一つ――一刻も早く礼都にこの店を辞めて貰うことだった。

「ええと。おしゃべりが煩《うるさ》いとおっしゃるなら、もう止《や》めます。ただ、その馬鹿とか、そういうことは……」早苗はやっとの思いで言葉を返した。

「あら、馬鹿に馬鹿って言って何が悪いの?」

「ちょっと、何、この人?!」菜穂子が不機嫌そうに言った。「客なんてわたし一人なんだから、ちょっとぐらいおしゃべりしてもいいじゃない。それに『馬鹿』ってのは何よ。いくらなんでも、先輩に向かってその口の利き方はないでしょ。そういう言葉は悪い波動を伝えるのよ。この店の商品にもきっと悪い影響が……」

「あんたはわたしの先輩じゃない」礼都はぽつりと言った。

「当たり前じゃないの。わたしはこの店の客よ」菜穂子はますますエキサイトし、口から泡を飛ばした。

「わたしは先輩を『馬鹿』とは言っていない。少なくとも今日はまだ」礼都は冷ややかに言った。

「何をしらばっくれてるの？　さっき、『馬鹿』って言ったじゃない」

「ええ。言ったわ。でも、あんたはわたしの先輩じゃない」

「だから、それがどうし……」菜穂子の表情が固まった。「それってどういうこと？」

「何度同じことを言わせるの？　馬鹿には我慢できないの。苛つくから、あんた、他所に行ってくれない？」

菜穂子はつかつかと礼都に歩み寄り、手を振り上げた。

早苗は慌てて、菜穂子の手を押さえる。「菜穂子、止めて」

「こいつ、わたしのこと、『馬鹿』って言った」菜穂子はまだ礼都を殴ろうとしている。

「やっと気付いたようね」礼都は冷たく言い放った。

「早苗、もう殴らないから放して」菜穂子は早苗の手を振り解《ほど》いた。「どうして、わたしが馬鹿なの？　ちゃんと納得のいく説明をして貰おうじゃないの！」

「あなたが馬鹿である根拠は無数に存在するけど、大きくは二つに集約される」

「何を言ってるのよ」

「まずは使い捨て携帯の件、外国で使い捨て携帯が実用化されたことはあるけど、それはもっと安価な素材で簡易な構造を持った低機能品よ。あなたが持ってるのは、通常仕様と全く同じもの。そもそも、その電話はメーカー品でありながら、そのようなサービスが行われていることは一般に告知されていない」

「でも、現にこうやって安い値段で売ってるじゃないの」

「それは詐欺なのよ」

「詐欺って、どういうことよ。高い値段で普通の電話を売り付けられたなら、詐欺かもしれないけど、これは普通の電話より安いのよ、お馬鹿さん」

「被害者はあなたではないのよ」

「じゃあ、誰が騙されているのよ」

「騙されているのはあなたよ」

「何言ってるの？　やっぱり出鱈目《でたらめ》じゃない！」

「騙されている者と被害者が同一であると思い込んでいるのは、馬鹿の証拠だわ」

「じゃあ、どういう詐欺なのよ。説明してみせてよ」

「まず、架空の名義で携帯電話を購入し、電話会社と契約を結ぶ。通話契約を結ぶことを前提にすれば携帯電話自体は殆どただで手に入ることは知ってるわね」

「ええ。通話料で儲けを出すから、携帯電話代はちゃらにできるんでしょ。知ってるわよ。携帯電話って物凄く安く出来ると思ってる人が多いけど、本当は何万もするのよ」

「そんなことを知っていてもなんにも偉くないのよ。ただの常識。さて、そうやって手に入れた携帯電話を二、三か月分の基本料金ぐらいの値段で他人に売る。それだけのことよ。とても程度の低い詐欺ね」

「電話会社から請求が来るはずよ」

「そうね。でも、電話会社は別の人間に売られたことは知らないのだから、請求は買った人間のところに行くのよ」

「そうよ。どうするのよ」

「どうもしない。請求が来ても振り込まない。請求書が送られてくる住所自体架空のものかもしれないしね」

「通話料、振り込まなかったら、電話止められちゃうじゃない」

「だから、使えなくなるでしょ。まあ、電話会社も二、三か月は待つでしょうね」

「あっ……」菜穂子は自分の携帯を見詰めた。わなわなと震えている。

「どう？　理解できた、お馬鹿さん？」

「そ、そんなの何の証拠もないじゃん」

「電話会社に問い合わせればいいのよ。これこれこういう制度はありますか、ってね」

「も、もし、万が一そうだとしても、猛士は悪くない。きっと騙されてるのよ」

「そうかもね。猛士という男も馬鹿みたいだから」

「会ったこともないのに、よくそんなことが言えたものね！」

「会わなくったって、予想は付くわ。いんちきなオカルト研究所でいいように使われているってとこだけでね。あなたもオカルトに騙されている。これが馬鹿の理由二つ目」

「オカルトじゃなくて、ニューサイエンスよ」

「そんなのは科学ではない。水に知性はない」

「あるわよ。この本に証拠が載ってるわ」

「そんな写真、何の意味もない。氷は融ける時にいろいろな形状をとる。その中でたまたま文字に似た形状だけを選択して写真に撮ったという訳よ」

「そんなことで、こんな的確な答えが返ってくるかしら？」

「意味のない形状から勝手に答えを読み取るのだから、どんな答えでも見付け出すことができる。つまり、万能回答器よ。ただし、返ってくる答えは真実ではなく、質問者が聞きたいと思っている回答だけどね。つまり、こっくりさんと一緒。ちっとも科学的じゃない」

「現代の科学だけが万能だって思ってるんでしょ。頭かた〜い」

「『現代の科学』って？　『現代までの科学の成果』ってことかしら？　もちろん、まだ科学でも解明されていないことはたくさんあるし、いつまで経ってもわからないこともあるでしょう。でも、ニューサイエンスという名のオカルトに頼るよりは遙かにましよ」

「どうして、そう言い切れるの？」

「論理的考察によって」礼都は薄ら笑いを浮かべた。「でも、あなたに説明してもたぶんわからないから、こう言っておくわ。科学の方がオカルトよりも実績がある」

「実績？　何のことよ?!」

「身の回りを見回してご覧なさい。科学によって、わたしたちの生活は便利になった。ポケットに入る大きさの機械で遠くの人間と話したり、メールのやりとりができる。カーナビは刻一刻と自分の現在位置を示してくれる。ブログを開設すれば、出版しなくたって自分の意見を不特定多数に表明できる。あなたのニューサイエンスとやらは、どれか一つでも実現してくれた？　水との楽しいおしゃべり以外に？」

「そういう実利的なことばかりじゃないの。ニューサイエンスは心を豊かにしてくれるのよ。わたしたちの体やその他の生命を形作っている水が心を持っていたら、すべての生命は繋がっていることになるのよ。それって素晴らしいと思わないの？」

「全然。それに、もしわたしがそうあって欲しいと思ったとして、現実がそうなる訳ではない。自由に空を飛べれば素晴らしい、と思っても実際に飛べる訳ではないわ。いくら馬鹿でもわかるわよね」

菜穂子は拳を握り締めた。

礼都は冷たく微笑んでいる。

「あっ。菜穂子、その携帯ちょっと見せてくれる？」早苗は二人の間に割り込んだ。「使い勝手がよさそうだったら、わたしも買ってみたいんだ」

「えっ？　本当？　猛士が喜ぶわ」

「あら。本当に普通の携帯と同じなのね。機能とか、いろいろ確かめてみていい？」

「ええ。どうぞどうぞ。好きなだけ弄《いじ》ってみて」菜穂子はちらりと礼都を見た。「ほら。ちゃんとわかる人にはわかるんだから、口を挟まないで」

「その子は、ここでわたしとあんたにいざこざを起こさせたくないだけよ。それとも、その子も馬鹿なのかしら？」礼都はじっと早苗を見詰めた。

早苗は礼都に見詰められて自分の体が凍りついたような気がした。

やっぱり、この人は苦手。

「ありがとう、菜穂子」早苗は携帯を菜穂子に返した。「ひょっとしたら、わたしもそれ買うかもしれないわ。また、連絡してね」菜穂子の背中を押して、店の外に出るように促《うなが》した。

「ちょっと待って。まだ、あのおばはんとの話が終わってないわ」

「今日のところは、帰って」早苗は礼都に見えないように菜穂子に目配《めくば》せをし、片手で祈るような仕草をした。「お願い」

菜穂子は舌打ちをし、礼都を一瞥《いちべつ》した。「まあ、いいわ。早苗の顔に免じて今日のところは我慢するわ。だけど、今度うざいことを言ってきたら、ただじゃおかないから」

礼都は不機嫌そうに出ていく菜穂子の背中を見て、にやりと笑った。

早苗は背筋が寒くなった。

数日後、早苗がコンビニに出勤すると、菜穂子が深刻な顔をして待っていた。

「早苗、ずっと待ってたんだ。ちょっと話聞いてくれる？」

「どうしたの、菜穂子？　顔色悪いよ」

「猛士と連絡が付かないのよ」

「どういうこと？」

「メール来ないし、電話も掛かってこなくなったの」

「猛士君が菜穂子の番号とアドレスを間違って消しちゃったってことはない？　こっちから掛けてみれば？」

「電話しても出ないし、メールも返事来ないの。拒否番号に設定されてるのかな？」

「会いにいくってできないの？　研究所はどこにあるか知ってる？」

「研究所の場所は知らないわ」

「じゃあ、家は？」

「アパートにはあんまり行きたくないの」

「どうして？　何か理由があるの？」

「ストーカーがいるの」

「猛士君に？　女？」

「猛士を付け回してるんだけど、女じゃなくて男。名前は山城稀明《やましろまれあき》。ホモじゃないのよ。自分の女が猛士にとられたと思ってるの」

「じゃあ、菜穂子の元カレ？」

「違うの。わたしじゃない女」

「酷《ひど》い。猛士君、二股掛けてるんだ」

菜穂子は首を振る。「猛士は誤解だって言ってた。同じ研究所に勤めている荻島貴子《おぎしまたかこ》っていう子。たまたま、一緒に昼御飯を食べに研究所の近くのファミレスに行ったのを見られて。山城はデートだと勘違いしたらしい」

「その男が猛士君に付き纏《まと》ってるの？　猛士君がそう言ってたの？」

「最初に気付いたのはわたし。三か月ぐらい前かしら。猛士のアパートに行ったら、入り口に怖い顔をした体の大きな男が立っていて、じっと睨み付けてきたの。そいつが山城だったのよ。わたしの後を付いてくるから慌てて猛士の部屋の前まで行ったの。そしたら、突然廊下の壁に押さえ付けられて、低い声で『おまえは秋葉の何なんだ？』って訊いたのよ。目が血走っていた。わたし、怖くて何も言えなかった。そしたら、『妹か、親戚の者か？』って。わたし、必死で首を振ったの。『じゃあ、女か？』正直に答えたら、どうなるかわからなかったので、わたし震えているだけだった。『どうやら、秋葉の女のようだな。よく聞け。秋葉は俺の女と付き合っている。おまえは遊ばれているだけだ。秋葉に、こう伝えろ。いつか報《むく》いが来るぞってな』

わたしは怖くて頷くしかなかった。そしたら、ドアが開いて、猛士が出てきたの。『誰だ?!

何をしている?!』って。わたしは『猛士！』って叫ぶのが精一杯だった。

『俺は山城ってもんだ。荻島貴子の男だよ』

『荻島さんの？　どうして、ここにいるんだ？』

『しらばっくれるんじゃないぜ。どうせ、今日も来ることになってるんだろ』

『何を誤解してるのか知らないが、荻島さんと僕はただの同僚だ。それ以上の関係はない』

『じゃあ、これをどう説明するんだ？』山城はポケットからくしゃくしゃになった写真を取り出した。テーブルを挟んで、猛士と若い女の人が向かい合って座ってる写真だったのよ。その女が荻島貴子で、たまたま猛士と昼御飯を食べにいった時に撮られたらしいんだって。

猛士はそう山城に説明したんだけど、全然取り合ってくれなくて、そのうち他の部屋から人が出てきたんで、山城は諦めてわたしを放してくれたわ。

『あくまで、知らぬ存ぜぬで通すってんなら、今日のところはこのぐらいにしておいてやる。だが、覚えとけよ。必ず、尻尾を摑んでやるからな』山城は怒鳴ると、アパートから出ていった。

わたし、何がなんだかわからなくて山城が帰った後、猛士を問い詰めたの。『あいつは誰？付き合っている女って誰よ』

猛士は荻島貴子のことを丁寧に説明してくれた。山城のことは、猛士も知らなかったけど、言ってることが本当なら、貴子の彼氏に違いないって。それで、貴子に電話して訊いてくれたの。貴子も凄く驚いていたらしくって、とりあえず、山城は思い込んだら手が付けられなくなるから、気を付けてってことだったらしい。なんでも、前にも傷害事件を起こしたことがあるって話だった。

『どうも厄介なやつらしい。この家も知られてるし、菜穂子はしばらくここに来ない方がいいと思う』猛士はそう言ってくれた。それ以来、猛士の家には行ってないの」

「それって何か出来過ぎた感じがしない？」早苗は遠慮がちに言った。

「どういう意味？」

「怒らないでね。あなたが彼の家を訪れた時に、突然ストーカーが現れたりして、まるで示し合わせたような感じがするわ」

「それって、猛士が芝居をして、わたしを遠ざけたってこと？」

「確証がある訳じゃないんだけど、とにかく一度彼のところに行ってみたら？」

菜穂子は青ざめた。「無理よ。山城がいるかもしれない」

山城に押さえ付けられたのが、よほど恐ろしい経験だったようだ。

「じゃあ、研究所に行ってみたら？」

「だから、場所知らないんだって」

「場所なら、わかると思うわ。ちょっと待ってて」早苗は休憩室にもなっている店の倉庫に入り、しばらくごそごそとして、一冊の本を持って出てきた。「これ、この間、借りた本」

「あっ。研究所の本ね。……ごめんメールが来たみたい」菜穂子は携帯電話を取り出した。

「あっ。猛士から。『話さなければならないことがあるから、すぐに研究所に来てくれ』だって。

どういう風の吹き回しかしら？　返信して訊いてみるわ」

「ちょっと待って。メールなんかじゃなくて、ちゃんと会って、きっちりと話をした方がいいわ」早苗は真顔で言った。

「いやねぇ。別れ話って決まった訳じゃないのよ」

「そうね」早苗はそっけなく言った。

「それにさっきも言ったように、わたし研究所の場所は知らないのよ」

「だから、この本を持ってきたの。最後のページに研究所の住所が書いてあるわ」

「あら。本当だわ。……ここから一時間も掛からないぐらいね」

「今から行ってきたら？」

舌打ちが聞こえた。

振り向くと、礼都が睨み付けていた。

「早く行って」早苗は菜穂子の耳元で囁くと、レジに戻った。

菜穂子は頷くと、店を飛び出した。

菜穂子が店を出た後、客足が途絶え、早苗と礼都は二人っきりになってしまった。

礼都の方からは早苗に話し掛けようとはいっさいしない。早苗も無視していようとは思うのだが、同じ店の中でずっと無言でいるのは、どうにもいたたまれなくなり、時々つい話し掛けてしまう。天気の話とか、昨日見たドラマの話とか、他愛のない話題をふるのだが、礼都の方はちらりと早苗を見ては馬鹿にしたような笑みを浮かべるだけだった。そのたびに早苗は後悔し、店の中をあちこち動き回っては、商品の位置を直したり、床掃除をして、ばつの悪いのを紛《まぎ》らわせる。そのうち、沈黙に耐え切れなくなって、礼都に話し掛けてしまい、またもや痛烈に後悔する。

そんなことを三時間近くも続けた頃、血相を変えて菜穂子が店に飛び込んできた。そして、そのまま床に崩れるように倒れると、這うように早苗に近付き、手を握り締めた。

「菜穂子、大丈夫？　ふられたぐらいで、取り乱さないの。男なんて、他にいくらでもいるわよ」

「違うの！　違うの!!」菜穂子は叫ぶように言った。だが、声がすっかり嗄《か》れてしまっていて、喧《やかま》しくは聞こえなかった。

「何が違うの？　別れ話じゃなかったの？」

「猛士はわたしをよく思ってなかったかもしれないの」菜穂子はしゃくり上げながら、バッグの中からくしゃくしゃの紙を取り出した。どうやら、ノートの切れ端らしい。そこには鉛筆でこう書かれていた。

　ナホこ　あのおんなはキケンだ

「酷い」早苗は目を見開いた。「こんな手紙で別れを言い出すなんて、最低だわ」

「違うの」菜穂子は床に座り込んだまま、早苗を見上げた。「あの人は……猛士は……死んでいたのよ」

背後で、礼都が鼻で笑ったような気がした。

「落ち着いて」早苗は菜穂子の肩に手を置いた。「『死んでいた』ってどういう意味？　とても疲れた様子だったってこと？」

菜穂子はぶんぶんと首を振った。「違うの。死んでたの。息をしてなかった」

「ちょっと待って……」早苗は息を飲んだ。「そんな……まさか……」

「早苗、わたしどうすればいいの?!」

「とにかく深呼吸して」早苗は倉庫から折りたたみ式の椅子を持ってきて、菜穂子を座らせた。

「いったい何があったのか、説明して」

「わたし、あの本に書いてあった研究所の住所に行ってみたの。そしたら、大きなガレージみたいな建物があって、『超地球サイエンス研究所』って看板が掛かってたわ。チャイムを押すと、しばらくして中年の男の人が出てきた。

『何か用か？』中年の男はじろじろとわたしを値踏みするように見たわ。

『あの、秋葉猛士さんに会いにきたんですけど』

『あいつは、会わんよ。今、実験中なんでね』

『呼び出されたんです。さっきメールで』

『ふん』不機嫌そうに唸《うな》った。『手短にしてくれよ。あいつにはたんまりと給料を払ってるんだ。仕事中にサボられてはたまらない』

その時、やっとわたしはその男が研究所の所長だって気付いたの。あの本のカバーに載っていた写真の人だった。写真よりかなり老けていたけど。

『あいつは裏の低温室にいる。いったん外から回らないと入れない』所長は後ろを向くと、建物の中に向かって怒鳴った。『おおい！　荻島、ちょっと来てくれ!!』

しばらくすると、邪魔臭そうに若い女が現れた。山城が持ってきた写真に写っていた荻島貴子だと一目でわかったわ。

『何か用ですか？』

『この人を裏の低温室に連れていってくれないか。秋葉に会いたいそうだ』

『えー?!』貴子は眉間に皺を寄せた。『わたし、秋葉さんには会いたくないんです』

『なんだ？　仲良かったんじゃないのか？』

『まさか、あの人の方から誘ってくるから、一緒に御飯食べたりしただけですよ。彼氏に誤解されて大変なことになったんですから』

猛士から誘ったと聞いて、わたしはちょっと不愉快な気分になったわ。

『そう言えば、昨日もおまえの男が押し掛けてきて、大変だったな。ここと低温室が別棟になってるのを知らないもんだから、中を一通り見て、秋葉がいないのを確認して、諦めて帰っていったが』

『一度、稀明に秋葉さんを思いっきり殴らせたらとも思うんですけどね。そうすれば、稀明も気が済むと思うし。いつまでも、誤解されてるのって気まずいんですよね』

『そもそも、あいつ全然顔見せないけど、最近来ているのか？』所長が尋ねた。

『さあ。わたしもずっとここにいるだけだから、知りませんけど』貴子は外に出てきた。『裏通りに出なきゃならないから、ちょっと遠回りだけど、付いてきて』

低温室までは二、三分で着いた。さっきのガレージと同じ敷地内のようだったけど、別棟で直接には繋がってはいなかった。

『秋葉さん！　お客さんよ！』貴子はどんどんとドアを叩いた。『あら、返事がないわね。まさか、勝手に休んでるんじゃないわよね』貴子はドアノブを回した。『鍵は掛かってないわ。きっと秋葉さんは来てるわ』

『どうして、来てるってわかるんですか？』わたしは尋ねた。

『鍵を持ってるのは、秋葉さんだけだからよ。きっと中にいるわ。いつもは鍵を掛けていて、開けっ放しというのは変だけどね。じゃあ、わたしは戻るわよ』貴子はぐずぐずとした面倒そうな歩みでまた表の方へと回っていった。

『猛士、いるの？』わたしはそっとドアを開けて呼び掛けた。

返事はなかった。

玄関では靴をスリッパに履きかえるようになっていた。中に入ると、もう一つ別の頑丈な造りのドアがあった。断熱のためだと、すぐぴんときたわ。

『猛士、いるの？』わたしはもう一度呼び掛けたけど、返事はなかったので、決心してドアのレバーを回して開けたの。

ひんやりとした冷気が足元に流れ出してきた。低温室の広さは四畳半ぐらいで、部屋の中にびっしりと並べられてある棚にはいっぱい水のサンプルが置いてあった。部屋の温度はちょうど零度ぐらいになっているので、半分氷のままになっているのもあったわ。

唯一棚がない壁際には大きな顕微鏡が置いてあった。昔の顕微鏡みたいに直接覗くやつじゃなくて、パソコンに繋がってて、画面に画像が映るやつね。

猛士は赤い服を着て、モニターの前に突っ伏していた。

『猛士、寝てるの？　風邪ひくわよ』わたしは猛士の背中に手を当て揺り動かした。

その時、手にひんやりとした感覚があって、真っ赤な服が実は白衣だってことに気付いたの」

「血塗《ちまみ》れだったの？」早苗は聞き直した。

「ええ。床まで血が流れてたわ。ほら、わたしのズボンの裾にも付いている」

早苗は眉を顰めた。「それはあまりよくないかもしれない。……とにかく、話を続けて。救急車は呼んだの？」

菜穂子は首を振った。「よく見ると、頭の後ろが潰れていて、もう息はなかった。体も凍りそうに冷たかったし、何より怖くて救急車なんか呼べなかった。だって、猛士はこんなのを握ってたんだもの」

「さっきのノートの切れ端ね。猛士君はどういうつもりであんな文章を書いたのかしら？」

「たぶん、猛士じゃないわ」

「猛士君じゃないって？」

「猛士は顕微鏡で融け掛かった水を観察してメッセージを書きとめてたんだわ。だから、あれは水からの警告なのよ。わたしと付き合っていてはいけないって。そして、それが本当になってしまった」

「止めてよ、菜穂子。今の言葉は誰にも言っては駄目。自白ととられちゃうわ」早苗は頭を抱えた。「そのノートの切れ端は彼の手から直接もぎ取ったの？　素手で」

「ええ」

「それは処分した方がいいかもしれない」早苗は考え込んだ。「猛士君の遺体を見付けてからどうしたの？」

「とにかく怖かったから、この紙を持って低温室を飛び出して、気が付いたら、ここに来てたのよ」

「研究所の表の棟には連絡したの？」

「いいえ。そのまま何も言わずに……」

「戸締りは？　低温室のドアは閉めた？」

「ええと。ドアを閉めたかどうかは、よく覚えてないわ。たぶん開けっ放しで来たと思う。戸締りをしようにも鍵の場所はわからないし……」

「ドアを閉めていたら、しばらく見付からない可能性もあるけど、開けっ放しだったら、そんなにはもたないわね」

「早苗、どうしよう？　警察に行った方がいいかな」

「駄目よ。今行ったら、あなたに不利な証拠が揃い過ぎている。所長と貴子に目撃されているし、ダイイングメッセージが動機の根拠ととられるかもしれない。死体と部屋のドアにはあなたの指紋が残っているし、ズボンの裾には血痕が残っている」

「きっと、猛士はわたしが行くずっと前に死んでいたはずよ。解剖すれば、死亡推定時刻がわかるんじゃないかしら？」

「猛士君は死んでからずっと低温室にいたんでしょ。そんなに温度が低いと死体の状態変化が遅くなって、死亡推定時刻は正確に決められないと思うわ。それにあなたがドアを開けっ放しで来たなら、その時から温度が上がって、さらに推定しにくくなっているはずよ。最悪、あなたが低温室を訪れた時が死亡推定時刻になるかもしれない」

「どうしよう、早苗！」菜穂子はついに泣き出してしまった。

「落ち着いて。犯人捜しは後回しにして、とにかくあなたの身の潔白を証明しなくてはならないわ。有利な証拠を集めるの。それから不利な証拠はできるだけ、見付からないようにする」

「それって、証拠隠滅《いんめつ》ってこと？」

「馬鹿ね。あんたは犯人じゃないから、証拠隠滅にはならないわ。冤罪になるのを防ぐためよ。ええと、ノートの切れ端は細かく千切って、トイレに流せばいいわ。それから、ズボンは鋏《はさみ》で細切れにして、燃やしてしまうの。あと何か忘れてないかしら？　所長と貴子に顔を見られたけど、名前は言ってないのよね。だとしたら、今日は研究所には行ってない、他人の空似だとしらばっくれられるかもしれないわ」

「指紋は？」

「別の日に付いたって言えばいいのよ。あなた恋人なんだから、出入りしていても不思議じゃないでしょ」

「そうね。そう言えばいいんだわ。なんだか、落ち着いてきた。そんなに心配する必要ないのかも……。ああ。駄目」菜穂子は手で顔を覆った。

「どうしたの？」

「携帯メールよ。わたし、猛士に呼び出されたんだった」

早苗は菜穂子の取り出した携帯電話を見詰めた。「それって、例の使い捨て電話よね」

「ええ。猛士のもそうだと思うわ」

「だとしたら、その電話から警察が菜穂子に辿り着くことはないと思う。とりあえず、猛士君からのメールとアドレス帳を消して。わたしが処分しておくから」

菜穂子が携帯電話の操作をしようとした時、ぱんぱんぱんと手を打つ大きな音がした。

礼都が呆れたような顔をして、二人を見ている。「あんたたち、証拠隠滅なんて馬鹿な真似は止めなさいよ」

「だから、これは証拠隠滅なんかじゃなくて……」

「立派な証拠隠滅よ」礼都は冷たく微笑んだ。

「新藤さん、わたしたちの話は聞こえていたと思います。このままだと、菜穂子が警察に殺人犯として疑われてしまいそうなんです。だから、見逃してください」

「その娘が警察に疑われようが、わたしには関係ないわ。ただ、わたしには我慢がならないのよ」

「不正を見逃すことができですか？」

「いいえ」礼都は苛立たしげに首を振った。「わたしはあんたたちの馬鹿さ加減に我慢がならないの。そろそろ我慢の限界よ」

「どうして、わたしたちが馬鹿だっていうのよ?!」菜穂子がべそをかきながら言った。「逃げてきたのはまずかったかもしれないけど、そりゃびっくりしたんだから。それに、早苗はわたしのことを心配してくれただけなのに、馬鹿だなんて」

礼都は眉を顰めた。「あんたたち本当に馬鹿ね。二人とも救いようのないぐらい馬鹿だわ」

「いくらなんでも、そんな酷い……」菜穂子がべそをかきながらもくって掛かろうとした。

「あんた、菜穂子さんとか言ったわね」礼都は菜穂子を指差した。

「ええ。そうよ」

「あんたの話は聞かせて貰ったわ。あんた、まだ犯人がわからないの？」

「えっ。どういうこと？　まさか、あなたには犯人が」

「ええ。もう確証は摑んでいるわ。あとは証拠を調べれば済む話よ」

「まさか、どうして話を聞いているだけで犯人がわかるのよ?!」

「あんたたち程馬鹿じゃないからよ」

「教えてください。犯人は誰なんですか？」

「すんません。ティッシュありますか？」中年の男が段ボールの箱を抱えたまま店内に入ってきた。「いや。昨日の夜、寒かったんで、鼻風邪をひいたみたいでね。ティッシュがないともう鼻水がびしばしで……」

礼都は男を一目見るなり、舌打ちをした。

男は顔を上げて礼都と目が合うと「おあっ！」と叫んで、そのまま回れ右をして出ていこうとした。

「待ちなさい、西条源治《さいじょうげんじ》」

「いいえ。人違いです。わたしは西条とかいう人とは違います」西条と呼ばれた男は襟を立てて顔を隠そうとしたが、顔が大き過ぎて全然隠れていなかった。

「じゃあ、なんで逃げようとしてるのよ」

西条はしばらくうろうろとした後、思い切りがついたのか、段ボールを床に置いて、その上に座り込んだ。「ああ。俺だよ。考えてみれば、俺は悪いことをした訳じゃないんだから逃げる必要はないんだよな」

「あの。この人誰ですか？」早苗は恐る恐る尋ねた。「信用できる人以外には出ていって貰った方がいいんじゃないですか？」

「この人は全然信用できないけど、大丈夫よ。弁護士だから」

「ひっ！」菜穂子が怯えたように小さな悲鳴を上げた。「警察！」

「あっ。お嬢さん、弁護士は警察とは違います。だから、ご安心ください。それでどんな罪を犯してしまったんですか？　無罪にできるかどうか、相談に乗りますよ」

「その娘は犯人じゃないわ。それに、あんたの弁護なんか必要じゃない」

「じゃあ、なんで俺を呼び止めたりしたんだよ」

礼都は口の端を上げた。「証人になって貰うためよ」

「そうかい。証人かい。だけどね、証人は金にならないんだよ。できれば、証人は他の誰かにやって貰って、俺は弁護の方をやりたいんだけどね」ここまで言って、西条ははっとして、礼都の方を見た。「そもそも、なんで、おまえ、こんなとこにいるんだよ」

「食べるためよ。働かざる者、食うべからず」

「そうじゃなくて、いつ出所したのかってことだ」

「人聞きの悪いこと言わないでよ。刑務所なんかに行ってないわ」

「だって、おまえ、あれだけのことをしたら、普通……」

「裁判で無罪判決が出たのよ。知らなかったの？」

「裁判だって？　弁護士は誰を雇ったんだよ？　俺が弁護してやったものを」

「あんたに弁護して貰ったら、助かるものも助からないわ」

「当たり前だ。あんな状況で無罪になんかできるもんか。……で、誰を雇ったんだ？　俺以外に弁護士の知り合いがいたのか？」

「誰も雇ってなんかいないわ」

「どういうことだ？　弁護人がいなけりゃ、裁判はできないぜ」

「弁護人はたてなかったの」礼都は勝ち誇ったような笑みを浮かべた。「わたしはわたし自身を弁護し、そして裁判で無罪を勝ち取ったのよ」

「あの……」早苗は漸《ようや》く二人の会話に口を挟んだ。「話がよくわからないんですが、どういうことですか？　お二人はどういう関係なんですか？」

「ああ。かつての愛人同士だよ」西条は嬉しそうに言った。

「今、裁判っておっしゃいましたけど、礼都さんも昔何かの事件に巻き込まれて、冤罪になるところだったんですか？」

「冤罪じゃないさ」西条は礼都に同意を求めた。「なっ？」

「ええ。冤罪じゃないわ。真犯人はわたしよ」

「どんなことしたのよ？」菜穂子が尋ねた。

「殺人よ。わたしは親友を殺したの」

「えっ？　つまり、あの、友人を殺したっていう濡《ぬ》れ衣《ぎぬ》を着せられて……」

「何度言えばわかるの？　わたしは殺人を犯した。そして、裁判で無罪となった。それだけのことよ」

「でも、それって……」早苗は口籠《くちご》もった。

「そうよ。自白じゃない。あんた、自分で殺したって言ったわ」菜穂子が目を丸くした。

「ええ。自白ね。それがどうかしたの？」

「自分で罪を認めたら、逮捕されちゃうじゃない」

「大丈夫よ。もう裁判は終わったの。判決はもう確定しちゃったから、覆《くつがえ》ることはないわ。わたしは殺人を犯したけれど、裁判で無罪を勝ち取ったから、もう罰を受けることはない。とても簡単な話だわ。ねえ、弁護士さん」

「ああ。極めて、不当かつ不可解かつ不愉快なことだがな」

「もうわかった？　わたしは不正を見過ごすことなんか、簡単にできるの。今回はただ、あんたたちの馬鹿さ加減に呆れ果てただけ」

「ええと」西条はぼりぼりと頭を掻いた。「それで、俺は何をすりゃあいいんだ？」

「とりあえず、話が終わるまで、黙ってそこにいるだけでいいわ」

「早苗」菜穂子が早苗の腕を摑んだ。「こ、この人、殺人者だって……」

「ええ、そう言ってたわね」

「それなのに、裁判で無罪になったって……」

「ええ。酷い話だわ」

「わたし、怖い」

「こんなことで怖がっちゃ駄目よ。これから、わたしたちは猛士君を殺した犯人と対決しなくちゃならないんだから、いい練習よ」早苗は菜穂子を宥《なだ》めると、礼都の方に向き直った。「新藤さん、確かもう犯人はわかっているとおっしゃってましたね」

「ええ。確かにそう言ったわ」

「それは勘で、犯人がわかったという意味ですか？」

「勘じゃないのよ、お嬢ちゃん。論理的推理の帰結よ」

「でも、今の話だけで犯人を特定するのは無理があると思いますけど」

「どういうことかしら？」

「まず犯行時刻から犯人を特定しようとしても、特定しようがないんです」

「アリバイの話をしているの？　お利口さんだこと。続けて」

「今日、菜穂子に猛士君からメールが届いたのは午後一時頃、菜穂子が現場に辿り着いたのは、……たぶん二時過ぎよね」

「ええ。たぶんそのぐらいだったと思う」菜穂子は答えた。

「殺人はこの一時間の間に起こったことになります。ところが、菜穂子の話に出てくる人物でこの時間帯にアリバイがあった人は一人もいません」

「それは、菜穂子さんの話を百パーセント信じたとしてのことよね」

「えっ。まあ、そういうことですが」早苗は少し怯《ひる》んだような様子を見せた。「ただ、今のところ、菜穂子の話以外根拠はないですし……」

「殺人だって！　今、確かに殺人って言ったぞ!!」西条が立ち上がった。

「静かにして、わたしは今このお嬢ちゃんと話をしているのよ」礼都が窘《たしな》める。

「殺人だったら、早いとこ、警察に連絡しなくちゃ、こうしている間にも証拠の隠滅や散逸が起きているかもしれない」

「警察なんか呼ばなくても、あと何分間かわたしたちの話を聞いていれば、解決するから大丈夫なのよ」

「はいはい。そうだね。君がそう言うからには、そうなんだろうね」西条はやけくそ気味に再び段ボールに腰を下ろした。

「その段ボール、中身何なんですか？」菜穂子が興味を持ったようだ。

「これかい？」西条は蓋を開けて中身を取り出した。「宣伝用のティッシュペーパーだ。駅前で配るんだ」

「でも、さっきティッシュを探しに店に入ってきましたよね」

「ああ。そうだよ。鼻水で、びしばしになってしまってね」

「ティッシュ、持ってるじゃん」

「これは広告用なんだよ。一個使っちまうと、ティッシュを配れる相手が一人減ってしまう。そいつがちょうど俺の客になってくれるかもしれないじゃないか」

「馬鹿がまた一人増えたけど、無理に馬鹿話を続ける必要はないのよ」礼都が冷たく言い放った。

「菜穂子の話は信じて貰えるということでよろしいですか？」早苗が話を戻した。

「ええ。そういう前提でもわたしは困らないわ。ただ、アリバイがある人が一人もいないというのはどういうこと？　例えば、わたしはずっとこの店にいたけど、アリバイにはならないのかしら？」

「動機がある人にはアリバイがない、ってことです」

「動機？　誰に動機があるの？　例えば菜穂子さんに動機があるとでもいうのかしら？」

「拙《まず》いことを言っちゃったみたい」早苗はちらりと菜穂子の様子を窺った。

「いいのよ、早苗。疑われても仕方がないから」

「彼女の言うことを百パーセント信じるなら、彼女は犯人ではないことになる。でも、もし嘘を吐《つ》いていたら？　低温室を訪れた直後に彼を殺して、その足でここに戻ってきたのかもしれないわね」礼都が言った。

「確かに、あんな文章を書かれたら、彼女は猛士君に恨みを持ったと考えてしまうかもしれません。だけど、他にも動機のある人がいます」

「誰のこと？」

「まず、山城稀明。彼は恋人を猛士君に寝取られたと思い込んでいました」

「そうね。彼には動機があったと言ってもいいわね」

「それから、荻島貴子」

「猛士を殺して、彼女に何の得があるの？」

「もし猛士君が嘘を吐いていたとしたら？　実は猛士君と貴子は実際に付き合っていて、そのことを山城に知られたことを貴子が拙いと思っていたとしたら？」

「早苗！　猛士はそんなこと……」

「いいから黙ってて。犯人にされてもいいの？」

「そういうストーリーなら、例のノートへの書き込みとも辻褄《つじつま》が合うわね」礼都は嘲《あざけ》り混じりの口調で言った。

　菜穂子は両手で顔を押さえ、泣き出した。

「煩いわね。静かにしなさい。あんたの人生が懸かってるんだから」礼都が怒鳴り付ける。

「それから、所長」早苗が話を続けた。

「所長が猛士に恨みでも？」

「恨みはないかもしれませんが、際どい商売をしていたことは確かですから、何か拙いことを猛士君に知られてしまったのかもしれません」

「それは完全に憶測よね」

「これが憶測なら、菜穂子の動機だって憶測でしょ。あと、携帯電話の業者も所長と同じ理由で怪しいのではないでしょうか？」

「それも憶測。まあ、動機なんて、本当のところはよくわからないんだから、表面に出たものだけにこだわっても仕方ないんだけどね」

「これだけ容疑者がいるのに、今のところアリバイがある人は一人もいません」

「それはそうでしょ。今のところ本格的にアリバイ調査をした訳ではなく、菜穂子さん一人の証言のみに頼っている訳だし。ただ、あなたの言った午後一時から午後二時過ぎまでのアリバイという意味なら、確実に一人アリバイのない人はいるけどね」礼都は菜穂子の方を見た。

「あなたは菜穂子が犯人だというんですか？　でも、正式な検死が行われて、正確な死亡推定時刻がわかったら、どうでしょうか？　菜穂子が現場に到着したのは午後二時前後のはずです。

もし、猛士君が殺されたのがそれよりずっと早かったとしたら?」

「猛士はほぼ零度の低温室で殺されていたのよね。気温が低いと、死亡時刻の推定は困難になる。おそらくそれ程の精度はないわね。下手をすると数時間の誤差が出るかもしれない。犯人はそれも計算に入れていたと考えるのが自然よ」

「じゃあ、誰が犯人だというんですか? あなたは菜穂子の話を聞いただけで犯人がわかったと言いました。だけど、わたしが菜穂子の話から手掛かりを摑もうとすると、あなたは片っ端から否定していくではないですか。それ程までして菜穂子を犯人にしたいんですか?」

「いいえ。彼女は犯人ではないわ」

早苗はきょとんとして、礼都を見詰めた。「じゃあ、あなたは誰が犯人だというんですか?」

礼都は早苗を指差した。「犯人はあなたよ」


「ええと。犯人がわかったことだし、俺の役目は終わったかな?」西条は凍りつく女たちをきょろきょろと見回すと、立ち上がった。

「あともう少しだけ待って頂戴。これから説明するから」礼都が言うと、西条は諦めてまたもや腰を下ろした。

「どうして早苗が犯人なのよ?! 早苗はずっとここにいたんじゃないの?」菜穂子が抗議する。

「そうよ。それにわたしには動機がない」

「動機があるかどうかなんて、わたしは知らないし、興味もない」礼都は面倒そうに続けた。

「だけど、あなたの行動はあからさまに不自然だったわ。わたしのことを嫌っているのにもかかわらず、わたしの前で菜穂子さんと話をして、彼女がこれから猛士の許へ行くことを印象付けた。そして、その後、三時間もの間、あなたはわたしから見えないところに行こうとはしなかった。いつもなら、何度か倉庫に休憩をとりにいくはずなのに、今日はそれもなかった。つまり、わたしを自分のアリバイの証人にしようとしたのね。さらに、殺人現場を見て動転する彼女にわたしの前で長話をさせ、彼女に動機があり、かつアリバイがないことを印象付けようとした。もっとも、彼女がコンビニに戻ってくるかどうかは、確実ではなかったでしょうけどね。ただ、彼女があなたに必ず相談にくることに関しては自信があったようだけど。早苗さん、あなたの誤算はね、わたしがあなたの思っている程馬鹿ではなかったってことよ」

「何を言ってるの？　わたしが犯人な訳ないじゃない！」早苗の顔色が変わった。「わたしにはアリバイがあるのよ。わたしは一時からずっとあなたと二人でこのコンビニにいた。どうして猛士君を殺しにいけるというの？」

「あなたにアリバイなんかないわよ。あなたは今日の朝、もしくは昨晩の間に猛士を殺した。そして、何食わぬ顔をして、この店に出勤してきた。低温室なら正確な殺害時刻は割り出しにくくなるのよね。菜穂子さんが来たのはあなたの計画にとって好都合だったんでしょうが、もちろん来なくたって構わなかった。そうなんでしょ？」

「何を言ってるのか、わからないわ。猛士君から菜穂子にメールがあったのは午後一時よ。その時まで猛士君は生きていたはずよ」

「どうして、それが猛士からのメールだとわかるの？」

「菜穂子、この人に言ってあげて。確かに猛士君からのメールだったって」

「ええ。確かに猛士からのメールだったわ」

「菜穂子さん」礼都は詰問《きつもん》するように言った。「あなたは猛士の携帯番号を覚えてる？」

菜穂子は首を振った。「そんなの覚えてる訳ないわ」

「それなら、メールアドレスは？」

「余計に無理。そんなのいちいち覚えている人なんかいないわ」

「じゃあ、なんで猛士からのメールだってわかったの？」

「そりゃあ、ちゃんと『たけし』って液晶画面に表示されるからよ」

「それはアドレス帳に猛士のアドレスが登録されているからね」

「ええ。そうよ」

「ということはつまりアドレス帳の『たけし』のところに登録されているアドレスが猛士ではない他の人のアドレスだったとしても、あなたには区別が付かないってことね」

「……えっ。そうなの？　でも、これは猛士のアドレスのはずよ」

「どうしてそう言い切れるの？」

「だって、これ自分で登録したんだもの」

「誰かが上書き登録していたとしたら、どうかしら？」

「そんな訳ない。ずっと自分で持っていて、他人に渡したことなんてないもの」

「いいえ。あなたはそれを他人に渡したのよ。あなたが忘れたとしても、わたしが覚えている」

『あら。本当に普通の携帯と同じなのね。機能とか、いろいろ確かめてみていい？』

『ええ。どうぞどうぞ。好きなだけ弄ってみて』


「まさか、あの時……」

「菜穂子、騙されては駄目」早苗が言った。「この人おかしいわ。わたしたちを仲たがいさせて、罠に嵌《は》めようとしているのよ。あなた、人殺しの言うことを信じるの？」

「人殺しには人殺しの心がわかるのかもね」礼都は微笑んだ。「早苗さんは菜穂子さんの携帯電話のアドレス帳の猛士のメールアドレスを自分の携帯のものにした。おそらく電話番号も。菜穂子さんが猛士に連絡しようとしてメールや電話をしても、早苗さんの携帯にしか繋がらない。猛士に連絡が付かなくなったのはそのせいよ」

「でも、猛士からわたしに連絡しようとすればできたんじゃないの？　それとも、猛士の携帯電話のアドレス帳も早苗が書き換えたとでもいうの？」菜穂子は半信半疑の様子で尋ねた。

「そんな必要はないわね。あなたの携帯から簡単な手続きをするだけで、特定の番号からの電話や特定のアドレスからのメールを拒絶することができるのよ。掛かってきたことすらわからないようにね。ちょっと手間な作業だけど、携帯に慣れてしょっちゅう同じ操作をしていたなら、要領よく短時間でできたでしょう。こんな細工をしたということは、あの時、殺人を決心したのね、早苗さん」

「全部言いがかりだわ。どうして、そんな危ない橋を渡ってまで、菜穂子に偽メールを送らなくてはならないの？」

「彼女に罪を着せるためよ。どうして、彼女を犯人にしたかったかという理由は知らないけどね」

「菜穂子、信じて」早苗は菜穂子に懇願するような視線を向けた。

菜穂子はゆっくりと後退《あとずさ》った。

「全部推測に過ぎないわ。何の証拠もない」

「証拠なら、あるのよ。あなたの残した証拠が」礼都はつまらなそうに言った。「菜穂子さん、今日、猛士から来たメールあるわね。それに返信してみて。空メールでいいから」

早苗は慌てて鞄を探った。

「動かないで」礼都は早苗に掌を向けた。

早苗の動きが止まった。その目はじっと礼都を見詰めている。まるで、蛇に魅入られた蛙のように。

菜穂子は返信の操作を完了した。

数秒間の沈黙。

誰も動こうとしない。

やがて、早苗の鞄の中から、軽やかなメロディが流れ出した。

「はい。証明終わり」礼都は半ば欠伸《あくび》をしながら言った。

「どうしてわかったの？」早苗は挑戦的な目で礼都を睨み付けた。

「彼のノートの言葉よ。『ナホこ　あのおんなはキケンだ』この文章はとても不自然だわ」

「水が書いたからだと思わなかった？」

「水は文章など書かない。そして、実際には存在しない水の意思を読み取っているつもりで、猛士は自分の考えを読み取っていたのよ。菜穂子さんは、まさか彼の研究室に自分宛のメッセージがあるとは思わなかった。だから、『ナホこ』イコール『あのおんな』だと錯覚した。あなたは咄嗟《とっさ》にそれを利用した。でも、実際にはそうではなかった。最初の『ナホこ』は呼び掛けの言葉だと考えるのが、自然だわね。つまり、『菜穂子――あの女は危険だ』ではなく、『菜穂子、あの女は危険だ』ということね。あれは水からではなく、彼自らの恋人への伝言だった。彼が意識していたかどうかは別にして」

菜穂子はノートの切れ端を摑んで泣き出した。

「猛士はある女性のことを危険だと思っていたし、それを菜穂子さんに伝えようとしていた。それを邪魔するにはどうすればいいか？　今の若者は携帯電話にそのコミュニケーションの殆どを依存している。つまり、猛士と菜穂子さんのどちらかが持っている携帯電話に細工ができさえすれば、簡単に音信不通にできてしまう」

「貴子が猛士の携帯に細工した可能性は考えなかったの？」早苗が尋ねた。

「もちろん、その可能性は排除できなかった。しかし、わたしは数日前、あなたが菜穂子さんの携帯を弄っていたことを思い出した。これはあなたを疑うに充分な状況証拠たりえた。そして、決定的なのは、あなたが証拠隠滅を図ろうとしたことよ。あなたは菜穂子さんにメール本文とアドレス帳を削除させようとした。あの時、疑いは確信に変わった。現場の近くで、複数の人物と出会って会話をし、指紋も残してきている。これだけの証拠があるのに、たかが携帯電話のメール一つに拘《こだわ》るのはとても不自然なことよね。おそらくあなたの携帯もまた猛士の取り扱っていた『使い捨て』携帯なんじゃないかしら？　携帯の売り先を特定できる程のデータを猛士が残していないことは確認済みだったんでしょ？」

「あいつが悪いのよ！　わたしというものがありながら、菜穂子なんかと浮気するなんて。貴子とのことは許してやった。でも、わたしの友達にこれ見よがしに手を出されるのはプライドが許さなかった」

早苗が吐き捨てるように言った。

「だから、あなたはお仕置きをしたのね。猛士と菜穂子さんに」

「猛士と菜穂子が付き合っていることを知った時は目の前が真っ暗になった。でも、あの時、わたしの頭の中にひとすじの光明《こうみょう》が走ったの。菜穂子はわたしと猛士の仲を知らない。これを利用して復讐をすればいいんだって」

「あれだけの時間で計画を立てたことは褒めてあげてもいいわ。でもね、所詮あなたは馬鹿よ。わたしという人間の能力を確かめもせず、自分のアリバイに利用しようとしたなんて」

「確かにあなたはわたしの唯一の誤算だった。ただの偏屈な女だと思っていたのに、まさか殺人犯だったとは」

「そう。わたしもあなたも同じ人殺し。ただ違うのは、わたしは裁判で無罪になったけれど、あなたはこれから殆ど勝ち目のない裁判を受けなくてはならないということ」

「どうして、わたしの邪魔をしたの？　わたしが殺人を犯して、菜穂子が無実の罪で捕まったとしても、あなたには何の関係もないはずなのに」

「関係ないことはないわ。あなたの計画がうまくいったら、菜穂子さんは逮捕されて、あなたはこのままこの店で働き続けることになる。そんなの困るからよ」

「何が困るというの？」

「ずっと馬鹿と一緒に仕事をしなくてはならなくなるからよ。わたし馬鹿には我慢ならないのよ」礼都はレジから離れると、売り物の整理を始めた。

三人は無言で立ち尽くしていた。

「何をしてるの？　菜穂子さん、警察に電話しなさい」礼都が命ずる。

菜穂子は慌てて、携帯のボタンを押し始めた。「もしもし、警察ですか？　あの、わたしの彼氏が友達に殺されたんです。……はい。今、いるところは……」

早苗は電話をする菜穂子の様子をただ呆然と眺めていた。

その早苗に西条がさっと近付き、ティッシュを差し出した。

「警察に行ったら、まずここに電話するんだよ。弁護料安くしとくからね」

更新世の殺人……………………バカミス

わたしの友人Σ《シグマ》――故あって、本名を明かすことができず、イニシャルで呼ぶことをお許しいただきたい――は不世出の名探偵である。実在の探偵、架空の探偵を問わず、彼以上の能力を持つ者をわたしは知らない。

彼程の頭脳があればどのような職業に就こうとも必ず成功したに違いないが、彼はあえて探偵という労多くして実入りの少ない職業を選んだ。しかも、彼は浮気調査などといった類《たぐい》の仕事はいっさい引き受けなかった。彼が携わるのは警察がお手上げになるような難事件のみと決まっていた。それも話を聞いただけで、見当が付くもの――とは言っても、彼以外には解決不能であるのだが――は相手にしなかった。事件の詳細を聞いて、なおかつ、合理的な解決が存在しないような事件に対してのみ彼は行動を開始する。

「全く君は酷《ひど》い男だよ」ある日、Σは彼の事務所を訪れたわたしに突然そんなことを言った。

「一体全体、何のことだい？　僕が君に何をしたというんだ？」

「すっとぼけちゃあ、いけないよ」Σは涼しげな笑みを見せた。「君は僕が解決した事件を手記に纏《まと》めて発表したじゃあないか」

「ああ。『大虎権造殺人事件《おおとらごんぞう》』の件だね。あれがどうかしたかね。僕は特に差し障《さわ》りのない事件を選んで公表したつもりだが」わたしはいくぶん混乱気味に言った。「しかも、あの事件に関しては公表してもいいと君から了解も得ている。どこが気に障ったというんだい？」

「あの事件を公表してもいいと言ったのは、僕の扱った事件の中でもとびきりに平凡で取るに足りない事件だったからだ。重要な事件はいろいろと差し障りがある」

わたしは頷いた。「そうだね。君が解決した事件のいくつかは真相を公表した途端に国家が転覆《てんぷく》したり、最終戦争が始まったりする類のものだからね。しかし、あの事件『大虎権造殺人事件』はそんな大それた類の事件ではなかった。何の問題もなかったはずだろ？」

「確かに、事件は取るに足りないものだ。しかし、君はまるでそれが大事であるかのような書き方をしている。そもそも題名は『大虎権造殺人事件』ではなかった」

題名のことを指摘されて、わたしは少し赤くなった。「あの題名が気に入らなかったのかい。確かに事件そのものを端的に表す題名ではなかったが……」

「『超限探偵Σ』というのはあまりに酷くはないかい？」

「君の本名を明かす訳にはいかないだろ。だから、イニシャルで……」

「『Σ』の部分が問題だと言ってるんじゃあないんだよ。問題は前半部分だ。『超限』というのは超限数の『超限』だろ」

「ああ。それ以外にうまい修飾語が見付からなくて……」

「だからって、『超限』はないだろ。どうして、無限の属性を示す言葉で僕を修飾する必要があるんだ？」

「君の能力はまさに無限の属性に相応《ふさわ》しいからだよ」

「はっ！」Σは珍しく軽い苛立ちを見せた。「どんなに複雑で不可思議に見えたとしても、人間の言動は所詮たかが知れている。無限ではなく、有限に過ぎない。例えば、一から見れば一億は無限に等しく見えるかもしれないが、やはり有限の数でしかないのと同じことだ。一兆や一京から見れば、一億など端《はした》でしかない」

「しかし、仮令《たとえ》君が有限の存在だとしても、我々常人から見れば、比喩的に無限と言ったって……」

「僕が有限の存在だって？　どうして、そう思うんだね」

「だって、君自身が今言ったじゃないか。『人間の言動は所詮たかが知れている』って」

「その通りだよ。人間の言動はたかが知れている。言動に限って言えば」

「つまり、こういうことかい？　君の言動、つまりアウトプットは有限でしかないが、君自身は無限の存在だと」

「そうとまでは言っていない」Σは冷静に言い放った。「僕自身が有限か、無限かは調べようがないと言っているだけだ。なぜなら、アウトプットは有限でしかないのだから。ただし、アウトプットが有限な理由は単に、君たちのインプットが有限であるというそれだけの理由に過ぎないのだけどね」

「つまり、有限の存在である我々には君が無限の存在なのか、有限の存在なのか、判断ができないということか」

「その通り。君もなかなか論理的思考方法を身につけてきたじゃないか」

「とにかく、気に入らない題名を付けたというだけで酷い呼ばわりは、それこそ酷いじゃないか」わたしは煙《けむ》に巻かれながらも反論した。

「酷いのは題名だけじゃない。話の内容だよ」

「内容？　嘘は何も書いてないつもりだけど？」

「確かに、事実には相違ない。ただ、事実には書きようというものがある」

「どういうことだい？」

「つまり、君は大げさな表現を使い過ぎるということだ。あの事件はそれ程難解なものではなかった。材料はすべてそこにあった。探偵である僕はそれをただ単純に論理的に組み立てるだけで真理に行き着いた。ただそれだけのことだ。小学生でもあの結論は出せただろう。それを君はあたかも驚天動地の名推理の如く描写してしまった。あれではまるでこの僕が暇つぶしに解いた事件を大事件のように吹聴《ふいちょう》して自慢しているかのようだよ」

「いやいや。そうは言うがね。あの推理は確かにたいしたものだったよ。あの場にいたのが君以外の人間だったなら、あれはきっと迷宮入りして……」

「止《や》めたまえ」Σは手を振って制止の仕草をした。「つまらない事件はつまらない事件だ。それを君らはいつも大げさに騒ぎ過ぎる。本当に素晴らしい事件はめったに起こりはしないんだよ。僕はただ退屈のあまり死んでしまう前に骨のある事件の一つや二つに巡り合えないものかと祈るばかりだよ」

「Σ君、わしの手に負えない事件が起きた」ドアを突き破るようにして、警部が飛び込んできた。「全くお手上げだ。すぐに来て欲しい」

「おやおや。警部、他人の事務所に入る時にはノックぐらいしたらどうなんですか？」わたしは警部の慌てぶりに呆れ果てた。

「まずはお話をお伺いいたしましょう」Σの目が生き生きと輝いた。


「発見された遺体の死亡推定時期は百五十万年前だ」警部は焦りながら口走った。

「落ち着いてください、警部」わたしは笑ってしまった。「『百五十万年前』と言いましたよ。百五十年前の間違いですか？　しかし、そんな昔の死体だととっくに時効ですよ。ああ。ひょっとして、百五十日前の間違いですか？　だったら、五か月と言ってください。その方が間違いにくい上にわかりやすい」

「五か月前なんかではない！」警部は真っ赤になった。どうやらかなり怒っているようだ。

「死亡推定時期は今から百五十万年前。厳密に言うなら、誤差はプラスマイナス五万年だ」

わたしは面食らった。「なるほど。百五十万年前ですか。しかし、それは何時代ですか？　縄文時代？」

「縄文時代はそんなには遡《さかのぼ》らない」漸《ようや》くΣが口を挟んだ。「明確には言えないが、せいぜい一万二千年前ぐらいから以降が縄文時代だ。それ以前なら旧石器時代だが、我が国に百万年以上前に人間がいたという話は初耳だ。その時期のことを言うなら、通常は歴史時代ではなく、地質時代の区分で新生代第四紀更新世《こうしんせい》とでもいうのが普通だろう。もっとも僕は最近の考古学上の発見については疎いので、それ程の自信はないがね」

「なるほど。更新世の殺人か」わたしは呟いた。

「殺人事件の命名などどうでもいい。とにかくこんな奇怪な殺人事件は聞いたことがない」警部は泣き出しそうだった。

「お言葉ですが、警部」わたしは努めて冷静さを保とうとした。「学術的な価値は別にして、百五十万年前の遺体がそれ程奇怪だとは言えないでしょう。博物館には化石はごろごろしている。それに、僕に言わせれば、そんな昔の遺体の死因が殺人によるものだと断定できたこと自体が奇怪千万だ。いったい、どうして殺人だとわかったんですか?」

「そんなもの、検死するまでもない。首には明らかな索溝《さくこう》が残っていた。それも縊死《いし》のものではなく、絞殺によるものだ」

「えっ? どうしてそんなことがわかったんですか?」

「基本だよ。縊死の場合は顎の下辺りで索溝は最も深くなって、耳の辺りに向かって浅くなりながら斜めに付くのだが、絞殺の場合は、水平で深さはほぼ一様だ。それに縊死の場合は顔面の鬱血《うっけつ》が少ないが、絞殺の場合は顕著《けんちょ》に……」

「いや。そんなことを尋ねているのではないのです」わたしは言葉を失った。「そもそも百万年前の遺体の索溝など判別できるものですか？　人間の皮膚の化石など聞いたことがありませんが」

「百万年ではない。百五十万年だ」警部は本当に苛立たしげに言った。

「では、言い直します。ええと、百五十万年前の遺体に付いた索溝など判別できるものですか？」

「君もわからんやつだなぁ」警部は溜息を吐《つ》いた。「百五十万年前の遺体の索溝が判別できるからこそ、この事件は奇怪なのだよ！」

「それで、どうやって判別したんですか？」

「目視によってだよ！」警部は半ば投げやりに言った。

「しかし、索溝などは新鮮な遺体でなければ、区別は付きませんよ。死後数日ならともかく数か月も経っていたら、肉体のかなりの部分は腐敗して融け出してしまうでしょ」わたしはなおも食い下がった。

「だから、百五十万年前の遺体が索溝がわかる程新鮮だったということが奇怪なのだ‼」

Σの片眉が上がった。興味を覚えた証拠だ。「警部、その遺体が百五十万年前のものだとどうしてわかったのですか？」

「科学的な年代測定法による。詳しくは直接専門家に訊いて貰った方がいいだろう」

「遺体の見た目の状態はどうでしたか？」

「極めて新鮮だった。わしの目には死後一日と経っていない若い女性の全裸死体のように見えた。絞殺時に付いたと思われる索溝以外には傷一つない綺麗な遺体だった」

「状況を詳しく教えてください。ただし、推測はなしです。警部自身が体験された順番に話してください」Σは冷静沈着に言った。

「現場は遺跡の発掘現場だ。そこから警察に通報があり、わしに連絡が来た。その足で現場に向かったという訳だ」

「現場の状況は？」

「山中の発掘現場だった。等間隔《とうかんかく》で杭が立てられ、ビニール製のテープがそれらを繋いで、いくつかの方形を形作っていた。その中の一つに遺体は倒れていた。遺体は半ば埋まっており、その上には石器の破片が散乱していた」

「石器は遺体を傷付けていましたか？」

「いいや。そのようには見えなかった。詳しくは検死結果を待てばいいだろうが」

「続けてください」Σは目を瞑《つむ》り、顎に手を当てた。思考を集中している時の仕草だ。この時、Σの脳内では百億個以上もの脳細胞が唸《うな》りを上げてフル回転しているのだ。この世のどのような謎でもその前では単純なパズルでしかなくなる。

「第一発見者は中野《なかの》幸代《ゆきよ》という女性だった。女子大生で発掘のアルバイトをしていたという」

「発掘ってアルバイトがしてるんですか？」わたしは尋ねた。

「年中、発掘ばかりしてる訳じゃないからな。作業員の多くは臨時雇いだ」

「雇い主は？」Σが鋭く問い掛ける。

「超考古学研究所というNPOだ。所長は星霜《せいそう》帝国大学の名誉教授、沙汰《さた》中太《なかた》夫児《ゆうじ》が務めているが、高齢のため実際の運営は副所長の他山《たやま》頑算《がんざん》が執り行っているということだ」

「高齢というと？」

「御年九十八歳だ」

「確かに高齢だ」

「ああ」警部は頷いた。「話を聞きにいった捜査員の話では、まあ、なんというか所謂《いわゆる》『斑呆《まだらぼ》け』の状態で状況をはっきり認識していなかったようだ。わしの勘では彼はこの件とは関係ない」

「それはまだ結論を出さないでおきましょう」Σは目を瞑ったまま言った。「それで、副所長の方は？」

「完全な学者タイプだな。極めて優秀だが、自分の研究対象以外には全く興味がない様子だ。今回の殺人もただ単に煩《わずら》わしいとしか思っていなくて、早く帰ってくれとせっつかれている」

「しかし、更新世の遺体、それも生々しい遺体を発見したのなら、大発見でしょう」

「ところが、他山の専門は石器だそうで、人体には興味はないそうだ。本人の弁によると、それでも化石なら少しは見る価値があるが、まだ瑞々しい遺体では話にならんということだ。まあ、それでも、遺体の年代測定はしてくれたんだがね」

「先程の百五十万年前というのは、他山が言ったんですか」

警部は頷いた。

「測定方法はどういったものです？」

「わしも詳しくはわからん。火山灰なんたら法を使ったそうだ」

「他の学者の意見も同じですか？」

「同じだ。というか、他山が測定したと言った途端、どの学者も調べるまでもないと言って、死体を見にもきてくれない。彼はこの学問領域の最高権威であり、他の学者たちは彼の測定結果に基づいて、自分たちの測定結果を修正するらしい。いわばメートル原器のような存在だな」

「今時、メートル原器はないでしょう。今は光速を基準にして長さを定義しているんですよ」

わたしは警部の間違いを指摘した。

「じゃあ、他山は光速のようなものだ」警部はわたしを睨み付けた。「わしはΣと話しとるんだ。いちいち話の腰を折らんでくれ」

「彼はどうやって今の地位を築いたんですか？」

「まず第一に所長の沙汰中に師事していたことが大きい。沙汰中は更新世考古学の開拓者の一人で様々な用語の定義や手法の標準化を行ったことで、神格化されている。学会の会員間で意見の食い違いが出た時は彼の過去の論文や雑誌記事、弟子の覚書まで調べつくして、真偽を決着するそうだ」

「いくら神のごとく崇められてはいても、所詮は彼にも間違いはあるでしょう」

「いや。だから、彼の言行そのものが定義であり、公理である訳だから、原理的に間違いは存在しないんだよ」

「なるほど。彼が何かの用語を言い間違ったとしても、その間違った方の単語が正式な用語とされてきた訳ですね」

「その通りだ」

「確かに、それだと彼は絶対に間違いようがない。しかし、沙汰中には他山の他にも弟子がいるでしょう。なぜ、他山だけが特別な地位を？」

「もちろん沙汰中の弟子であるというだけで特別な地位を得ている訳ではない。彼にはそれ相応の実績がある」

「実績？」

「他山以前には、我が国では十万年以上昔の石器時代の遺跡の発見例は皆無だったんだ。ところが他山が発掘を始めると、すぐに数十万年前の遺跡を発見し、その後自己記録を次々と更新し、今では毎週のように百万年以上前の遺跡を発掘している。最近では、第三紀鮮新世《せんしんせい》の遺跡まで確認されているそうだ」

「何か特殊な手法を使っているのですか？」

「なんというか、彼独特の特殊能力と言ってもいいだろう。何十年も掘られ続けて何も出ない発掘現場でも、他山が行ってあちこちを見て回った後、『この岩の陰辺りがくさい』などと言う訳だ。それで半信半疑ながらも掘ってみると、十センチも掘らないうちに、百万年前の石器が発見されたりする。彼に言わせると、地面の表面の特徴を注意深く見ると、手に取るように埋没場所がわかるらしい。例えばなんとなく湿ったようなところなんかは石器が埋まっている確率が高いそうだ。そういった訳で、他山は考古学界では、ジーザス・ハンドと呼ばれ、大変に重宝されている。なにしろ、彼のおかげで毎年教科書は書き直さなくてはならないわ、百科事典は時代遅れになるわで、とにかく凄まじい人物だよ」

「わかりました。それ程の人物なら、彼の鑑定結果を疑う理由は何一つない。では、次に進みましょう」神経質な程厳格に論理のステップを百パーセント確実に積み重ねていくのはΣのいつもの方法だ。「現場には女子大生アルバイトの中野幸代の他に誰かいましたか？」

「同じくアルバイトの新藤礼都《しんどうれつ》という女性——彼女は学生ではなく、中野さんよりかなり年上だ。まあ美人だが、とっつきにくい感じだ。それともう一人他山の弟子の西萩耳朗《にしはぎじろう》がいた」

「発見時、中野幸代は何をしていたんですか？」

「もちろん発掘だ。他山が印をしておいたところを掘って、石器を見付けた直後だったらしい。念のため、石器が見付かった地層を少しだけ掘ったところ、遺体が見付かったのだ」

「発見時、残りの二人も遺体を確認したのですか？」

「中野幸代が物凄い悲鳴を上げたので、二人が声のした方を見ると、彼女は遺体の手首を摑んで、呆然としていたとのことだ」

「警察への連絡は誰が？」

「西萩だ。かなり動転していたそうだ。無理もない。更新世の地層から遺体が現れたんだから」

「他山はその場にいなかったのですか？」

「発掘現場から少し離れた旅館にいたらしい。早朝一人で発掘現場を訪れて、石器が埋まってそうなところに印を付けてすぐに帰ったとのことだ」

「証人はいますか？」

「いいや。本人が言っているだけだ。しかし、嘘ではないだろう。現場にはちゃんと他山の印があったそうだから」

「もう一度訊きます。遺体は石器の下に埋まっていたのですね」

「ああ。信じ難いことだがね」

「遺体が石器より下にあったということは、普通に考えると、石器より先に遺体が埋まったということです。そして、石器は更新世に埋まったものです。だとすると、遺体は少なくとも更新世以前に遡るものだということになります」

「全くもって不可解なことだ」

「不可解でしょうか？」

「まさか、もう解決したのかね？」警部の顔がぱっと明るくなった。

Σは首を振った。「残念ながら、いくつかの仮説を構築しただけです。これだけの情報では、さらに仮説を絞り込むことは不可能でしょう」

「解決には至らないとしても、仮説は構築できたというんだね」

「仮令どんなに不可解に見えようとも、実際に起こったからには、それは起こるべくして起こったのです。断じて不可能などではありません」

「ただし、決め手に欠けるというんだね」

「おそらく」Σは静かに言った。「もう少し考えさせてください。論理の穴を見過ごしているかもしれませんので」

わたしと警部はΣの答えを静かに待った。

やがて、Σは目を見開いた。「この件を引き受けさせて貰うことにします。これはとても魅惑的な事件ですよ。まずは遺体発見現場に連れていってください」

現場は山の麓《ふもと》から徒歩で二十分程掛かる場所だった。麓には一軒だけ旅館があり、その場所までは自動車で来ることができた。

春とは言え、この辺りはまだ雪が残っている。息も白くなる。

「他山はまだ旅館にいるのですか？」Σは冷静に尋ねる。

「ああ。まだいるはずだ。少なくとも今日一日は旅館から離れないように言っておいたから。しかし、かなり忙しいようなので、足止めはおそらく明日までだ。明日の午後には学会での発表があるらしい」

「では、まず他山から始めましょう」

他山は気難しそうな中年男性だった。どこか余所余所《よそよそ》しいところがあり、我々とも決して目を合わせようとはしなかった。

「わしに何を訊いても無駄だぞ。なにしろわしは一目だに死体を見とらんのだ。遺体についてはなんにもわからん」

「遺体の年代を測定したとお聞きしましたが？」Σは畳み掛けるように言った。

他山は頷いた。「正確に言うなら、測定というよりは分析だがな」

「確か考古学の年代測定には放射能分析を使うんでしたね」わたしは他山に話し掛けた。

「ふん！」他山は明らかに馬鹿にしたように鼻で笑った。「放射性物質を使った測定法が万能だと思ってるのか？　だから素人は困るというんだ」

「とおっしゃると、放射能分析が使えない場合もあるんですか？」

「放射性炭素はすべての植物に含まれていて、死ぬと同時に減少を始める。その減少量を調べて年代を測定する訳だ」

「今回もそれで調べたんですか？」

「放射性炭素はどんどん崩壊して、減少してしまうんだ。五万年も経つと殆《ほとん》ど残っておらず、検出できなくなってしまうんだ」

「炭素以外の放射性元素は使えないんですか？」Σは鋭い質問をした。

「カリウムやウラニウムを使う方法はある。しかし、こういう元素だと、今度は逆に百万年やそこらだとあまりに変化が少なく精度が高くない。そもそもこれは鉱物が結晶化してからの年代を測るもので、石器の加工年代などはわからないのだ」

「では、どうやって、あなたは遺物の年代を決定するのですか？」

「主には火山灰を使う。大規模な火山噴火はめったに起こらない。地層の中に火山灰の層があれば、火山噴火のあった年代から、遺跡が埋まった時期が推定できる」

「なるほど。つまり、旧石器時代の遺物の年代測定はそれが埋まっていた地層の年代から推測するしかないという訳ですね」

「その通り。こっちの生半可な知識を持ったやつよりも、君はなかなか飲み込みがいい」

「お褒めにあずかりありがとうございます」Σは珍しく微笑んだ。

わたしはあからさまに馬鹿にされて正直少々不愉快になった。「それで、例の遺体の年代も地層から判断したということですね」

「更新世の地層の堆積《たいせき》速度にはばらつきがあるから数万年の誤差はあるが、およそ百五十万年前といったところだ」

「別の時代の遺体がたまたまその地層に紛《まぎ》れ込んだということはありませんか？」

「そんなことは断じてない。あの遺体は埋没していた石器の真下にあった。もしもっと新しい時代の地層からなんらかの理由で下降したとしたら、石器も一緒に沈み込まなくてはならない。それも遺体の下側になくてはならない。これがどういうことか、論理的には明白だろう」

Σは頷いた。「遺体は石器より古い時代に埋没したということですね」

「数十センチ程下にあったということはおそらく石器より数千年程古い時期だということになる」他山はΣの目を見た。「驚いたな。短時間でこれだけの理解力を示す人間がいるとは……」

「科学は論理の上に成り立っています。そして、考古学が科学である限り、単純な論理を積み重ねることにより、理解できるはずです。……それがどれだけ複雑に見えたとしても」

「なるほど。あんたの言う通りだ。これ程の男が警察にいるとは本当に驚いた」

「彼は警察官ではありませんよ」警部が咳払いをした。「なんというか、民間の調査機関の者だ」

他山は目を丸くした。「つまり、あれですか？　あんたは私立探偵というやつですか？　まさか、そんな職業の者が現実に存在するとは……」

「なに、私立探偵なんぞ、巷《ちまた》にごまんとおりますぞ」

「それは浮気調査とか、興信所の類だろう。警察と協力して、刑事事件を解決する探偵などは絵空事だと思っていた」

「どうか、わたしのような存在を一般化なされないように」Σは切れ長の涼しげな目でウィンクした。「わたしの知る限り、わたしは例外的な唯一の存在なのですから」

「やれやれ。やっとわしの話がわかる人間が来てくれた」他山は警部の方に向き直った。「ということで、わしにはもう説明することは何もない。もう帰ってもいいかな？」

警部は心配そうにΣをちらりと見た。「どんなものかな。まだ訊いておかなければならないことがあるんじゃ……」

「訊くべきことはすべて訊きました」Σは自信たっぷりに言った。「どうぞお帰りください」

「ふむ。あんたのように話がわかる男が来てくれて助かりました。更新世の遺物の年代は地層の位置によって決定するのが一番確実だということが、こいつらにはどうも理解できとらんかったのでな」

「そんな専門的なことは知りませんよ」警部が頭を掻いた。

「それは言い訳に過ぎませんよ、警部」Σが言った。「仮令知識がなくとも、他山さんの話の論理性は理解可能なのですから」

「とにかく、わしは帰らせて貰うぞ」他山は挨拶もせずに、部屋から出ていった。

「彼の論理は実に見事だ」珍しくΣが感嘆の言葉を発した。「学者と雖《いえど》も、あれ程論理性を備えた人物は極稀《ごくまれ》だろう」

「本当に行かせてよかったのか?」警部が不安そうに言った。

「何か心配事でも?」Σが尋ねる。

「いや。心配事という訳でもないんだが……」

「わかった」わたしはぽんと手を打った。「警部は他山が犯人である可能性があると思ってるんですね」

「いや。そうとは言えんのだ。状況証拠から考えると……」

「あの死体は更新世にあの場所に埋没した。それは埋まっていた地層の位置から見て確実だ」

Σが警部の言葉を補完する。「したがって、被害者が殺害されたのはそれ以前ということになる。他山はその時には生まれてすらいない。したがって、彼のアリバイは完璧なのだ。……そういうことですね、警部」

「確かに論理的にはそう考えざるを得ない。しかし、その論理を突き詰めて考えると、犯人は存在しないことになってしまうのだ」警部は困り果てた顔で言った。

Σは頷いた。「更新世から生きている人間が存在しないという条件付きでですが」

「まあ、もし万が一そんな人物が生きていたとしても、とっくに時効だろ」わたしは自信たっぷりに言った。

「その時代には刑法は存在しないから、そもそも犯罪を構成しない」

「じゃあ、もう事件は解決ですね」わたしは深刻な顔をしている警部に言った。

「いや。どうも割り切れないところがあるんだ」

「どんなことですか？　何もかも科学的に説明が付いたじゃないですか」

「大きくは二つだ。一つはなぜ死体が百五十万年の間、新鮮に保たれたのかということ。もう一つは遺体が現代人――つまり、ホモ・サピエンスに見えたことだ」

「確かに警部のおっしゃった二点には多少の奇妙なところがあります」わたしは言った。「しかし、もっと大きな観点から考えてみてください。今回の遺体は年代が確定した石器の下から発見されたんですよ。これ程確かな証拠の前では少々の奇妙な点があったとしても霞んでしまいますよ」

「確かに君の言うことは常識的に考えて正しい」Σが言った。「しかし、世の中には一見非常識に見えることの中に真実が隠されていることも珍しくないのだ。警部の疑念は取るに足りない些細なものかもしれない。しかし、軽微《けいび》な疑問が事件の解決に繋がることもあるのだ。とにかく、現場を見て、その後で警部が気になったという謎の解明にとり掛かろうではないか」

我々は山中の現場に向かった。

山中とは言え、傾斜はなだらかで、木々もまばらなため、平地と言っても構わないぐらいの景色だった。

警部の言った通り、縦横《じゅうおう》にビニールテープが張られ、その内側が掘り返されていた。

今しも一人の老人が土を掘り返している。

「待ったぁ!!」警部が絶叫した。

「どうかしたんですか?」わたしは驚いて尋ねた。

「現場を掘り返しとるやつがいるのが目に入らんのか?!」

「あれは現場検証じゃないんですか?」

「うちの捜査員にあんな年配はおらん」警部は現場に踏み込まないように外側から声を掛けた。

「おい。爺さん、早くここから出るんだ!」

「誰が爺さんだ!!」真冬並みの寒さの中、シャツ一枚の爺さんが返事をした。口の中には上下互い違いに歯が二本だけ生えている。髪の毛は一本もなく、肌は茶色で深く皺が刻まれている。

「わしを誰だと思っとるんだ?!」

「知らんよ。誰なんだ?」警部が面倒そうに尋ねた。

「沙汰中太夫児であるぞ!!」爺さんが言った。

「どっかで聞いたことがあるな」警部が首を捻《ひね》った。

「おいおい。さっき警部が教えてくれたではありませんか。星霜帝国大学の名誉教授ですよ」

「おお。おお。おお」警部は何度も手を打った。「あなたが沙汰中先生でしたか」

「どうだ。驚いたか。今更謝っても遅いぞ」沙汰中は自慢げに言った。

「それで、どうしてそんなところにおられるんですか？」

「考古学者が発掘現場におったら、やることは決まっとる！　発掘じゃ!!」

「まあ、そうでしょうな」警部はほとほと困った顔をした。「しかし、そこは死体発見現場でして、一般人の立ち入りは困るのです」

「誰が一般人じゃ!!」沙汰中の二本の歯の中間から泡となった唾が四方八方に飛んだ。

「警察関係者ではないということです。……う〜ん。困ったなぁ」警部は頭を抱えた。

「沙汰中先生はもう現場に来られることはめったにないとお聞きしておりましたが？」Σが冷静に尋ねた。

「そんなことはないぞ。誰がそんなことを言っておった?!」

「他山さんがおっしゃってました」警部が答える。

「何、他山が？　あいつは優秀なやつじゃ。縄文石器の起源は百万年以上遡るというわしの仮説を見事証明しおった。あいつは大天才だ！」そして、おいおいと泣き出した。「わしは嬉しい。わしは嬉しいぞ。他山のような弟子を持てて本当に嬉しいぞ。おかげでわしの名も上がるというものだ」

「とにかくそこで石器の発掘をされては困るのです」

「誰が石器を発掘しとるんじゃ？」

「沙汰中先生です」

「ば、ば、ば、馬鹿もぉん!!」沙汰中は真っ赤になって怒った。「誰が石器なんか掘っとるものか！」

「でも、さっき発掘をなさっとると……」

「発掘とは言っても石器とは限らんのじゃ。わしは人骨を探しておるのじゃ」

「なぜまた？」

「ここで、人骨が見付かったと聞いてな。わしの専門は石器だが、人骨が出たとしたら、それはもう世界的な大発見だからな。とりあえず、わしがこの目で確認しようと」

「ええとですね」警部はますます困った様子になった。「確かに、人骨は見付かりました。骨以外の部分も付いていましたけど」

「何、骨以外の部分も化石化していたとな!!　それは世紀の大発見じゃ!!」

「いや。厳密に言うと、化石化はしていませんでした。ほぼ完全な姿の成人女性の遺体でした」

「何を馬鹿なことを。更新世の遺体がそのまま残ったりする訳がない」

「先生、それは本当ですか？」Σの目が光った。

「本当だ。わしは嘘など吐かん」

「しかし、他山さんは更新世のものだとおっしゃってましたよ」

「他山が？　まさか？　根拠は何と？」

「発見された地層ですよ。遺体は他山さんが埋没を予測された石器の下から発見されたのです」

「その遺体は更新世のものだ」間髪を容れず、沙汰中は言った。「他山が地層を確認したのなら、間違いない」

「やはりそうでしたか……」警部は腕組みをした。「とにかく先生、そこから出ていただけませんか?」

沙汰中はよろよろと発掘現場から這い上がった。現場は沙汰中により、すっかり踏み荒らされて、あちらこちら掘り起こされていた。

「ううむ。これでは、現場保存は絶望的だ」警部は情けない声を出した。

「しかし、もう一通り、現場検証は終わったんでしょ? 遺体も運び終わっているし」

「確かに、一応の検証は終わっとるが、こういうものは現場百遍といって、何かの痕跡がないか、何度も調べ直すものなんだよ」警部は頭を抱えた。

「いいえ、警部」Σは警部を慰めた。「ここを調べてもたいしたものはたぶん見付からなかったでしょう。それに、僕はもう一つ大きな手掛かりを得ましたよ」

「本当かね、それは? いったいどこにあった?」

「それについては、事件の全貌がわかってからご説明しますよ。……どうやら、あの方たちが発見者のようですね」

よたつく沙汰中が連れていかれるのと入れ替わりに、防寒着を着込んだ女性二人と男性一人が警官に連れられてやってきた。

「ああそうだ」警部が答えた。「若い方の女性が第一発見者の中野幸代さん。もう一人の女性が新藤礼都さん。そして、男性が西萩耳朗さんだ」

「若くなくて失礼」新藤礼都がまず口を開いた。「ええと。ここの警察はのろま揃いのようだけど、あの遺体は研究所の助手の荒川純《あらかわじゅん》よ。その線から調べればすぐ犯人はわかるはずよ」

「あいすまんことです」警部は頭を下げた。「年齢のことは余計でした。ただ、捜査については、我々警察に任せていただきたい」

「その通りです」Σは続けて言った。「あなた方にはできるだけ多くの情報を我々に提供していただきたい。そうすることが迅速な事件の解決に繋がります」

「あなた、ひょっとして……」礼都はΣの顔を見詰めた。

「僕が何か？」

「いいえ。なんでもないわ」礼都は首を振った。

「まずは第一発見者の方から話を聞きましょう」

幸代は蒼ざめた顔で我々を見ると、ぶるぶると震えた。

「彼女はショックを受けてまして」西萩が代わりに答えた。「今すぐ答えられるような状態ではないと思います」

「わかりました。中野さんの次の発見者はあなたと新藤さんのどちらですか？」

「さあ。どうでしょうか。殆ど同時と言ってもいいと思います」

「中野さんが遺体を発見した瞬間はご覧になってなかったのですか？」

「ええ。たまたま二人とも少し離れたところにいまして」

「遺体は石器の下に埋まっていたんですね」

「ええ。それは間違いありません」

「発掘現場のことはよく知りませんが、石器が発見された場合、発見場所には人が集まるもんではないのですか？」

「まだ朝早かったので、現場にいたのは我々三人だけでした。他山先生が早朝に一人で印を付けるために行った発掘現場から戻ってこられてからすぐ我々三人で出発したものですから」

「あなた方三人だけがすぐに出発できたのはなぜですか？」

「我々三人は先生が印を付けに旅館を出られた時にはもうロビーで準備を始めていたので、すぐに出ることができたのです。現場に着いてまもなく、わたしが掘っていた場所で石器が見付かったので、わたしは石器を休憩所まで運ぶ途中でした。中野さんは石器の下をさらに掘り進んで……」

「新藤さんはそこにおられなかったのですか？」

「ええ。彼女は少し離れた場所にいました」

「新藤さん、本当ですか？」

「ええ。そうよ」礼都は面倒そうに答えた。

「なぜ二人とは違う場所を？」

「あのね」礼都は眉間に皺を寄せた。「わたしたちはあるかどうかもわからない石器を探していたのよ。どうして、三人が雁首《がんくび》揃えておんなじ場所を掘らなきゃならないの？」

「確かにそうですね」Σは顎に手をやった。「西萩さん、どうしてあなたは中野さんと同じ場所を掘っていたのですか？」

「他山先生が印を付けられていたからです。正確に言うと、我々は三箇所あった印をそれぞれ分担して掘っていた訳なので、わたしと中野さんの発掘場所も二、三メートル離れていたのですが」

「新藤さんも、そのうちの一つを？」Σは再び礼都に尋ねた。

「そんな訳ないでしょ。わたしは全然別の離れた場所を掘っていたのよ」

「なぜ、印のある場所を掘らなかったのですか？」

「ええと。逆に訊くけど、どうして印のある場所を掘らなけりゃならないの？」

「そこに石器が埋まっているからです」

「確かにそうね。そこに石器は埋まっていたわ。印のところを掘れと言われた時に、わたしは気付くべきだった」

「何をですか？」

「この発掘を主催している研究所のこと。わたしは研究所の実績を調べる気がなかったのよ。そして、今になって気が付いた」

「だから何をですか？」

「更新世の遺跡から縄文時代の石器が出土する理由よ」

「えっ？　縄文時代というのはせいぜい一万二千年前ぐらいですよ。更新世はもっと古い時代です」

「そんなことは知ってるわよ」

「では、なぜ縄文時代の石器だと思われたのですか?」

「矢じりの形状が縄文時代の進歩したそれだったから。更新世にあんなものはあり得ないわ」

「失礼ですが、考古学に関する深い知識はお持ちでないようですね」

「ええ。確かに、単に求人広告が目に付いたという理由で、このアルバイトに応募したのは事実よ。たいして考古学には興味はないわ。でも、常識で更新世には……」

「常識は捨ててください。偉大な発見というのは、常に常識外れです。だからこそ発見なのです」

「言うことはいちいちもっともだけど、この場合には……」

「更新世の石器の年代は形状ではなく、掘り出された地層によって推定するのが考古学の方法なのです」

「何か一つ仮定が抜けてないかしら?」

「もちろん大きな地殻変動がないことが条件です。地層の逆転現象などは稀に起こりうることです」

「なるほど。わかった!!」警部が大声を上げた。

「どうしたんです、警部?」

「わかったんだよ。謎が解けたんだよ」

「それって更新世の死体の謎のことですか?」

「その通り。今のΣ君の言葉がヒントになった。あの遺体は更新世のものなどではなかったのだよ」

「漸く話のわかる人がいたわ」礼都は溜息交じりに言った。「わかったのなら、早目に問い詰めて吐かせてしまってね」

「あんた、何のことを言っとるのかね？」警部は不思議そうに礼都を見た。

「礼都さんのおっしゃることは気にせずに話を続けてください」Σが言った。「この方は教養はあるようですが、常識に囚われています。純粋に論理的な議論には向いておられない」

礼都はΣを睨み付けた。

「では、わしの推理を続けさせて貰うよ。地殻変動というものがしょっちゅう起こっていることは知っとるだろう？」

「まあ、しょっちゅうと言っていいかどうかはわかりませんが、地質学的な時間の間には無数に起こっているでしょう」

「さっき君は地層の逆転のことを言っただろう。地層で年代を決定するには、地層の逆転が起こっていないことが条件だと。それをヒントにわしは思い付いたんだ。ここでは地層の逆転が起こっていたのではないのかってね。だとすると、あの遺体は石器より新しい時代のものということになるではないか」

「警部、それって『ヒントにした』というのではなく、Σの話をそのまま言い直しただけではないですか」

「ごちゃごちゃ言うな。誰が思い付こうと真相がわかればそれでいいのだ」警部は自信たっぷりに言った。「とにかく謎は解けた。一件落着だな」

「そうはいきませんよ、警部」Σは微笑んだ。「確かに今の推理は誰もが考えるところでしょう。しかし、この現場は他山氏が発掘のために調査した場所です。当然、地層の重なり具合は厳密に分析されているはずです。彼程の論理性を持ち合わせた人物が地層の逆転に気付かないはずはありません。それに、百歩譲って地層が逆転していたとして、遺体の埋没時期が石器より新しいということが変わるだけで、死体の新鮮さについての説明にはなりません」

「地殻変動が起きたのが極最近だとしたらどうだね？　例えば、昨日の夜に殺害されて、今日の未明に地殻変動があったとしたら？」

「警部、地層がひっくり返るような大地殻変動が起きたら、さすがに並の地震では済まないと思いますよ」

「う～む。駄目かぁ」警部は意気消沈している様子だった。

「話を元に戻しましょう」Σは顔色一つ変えずに話を続けた。「新藤さん、あなたは死体発見の瞬間はご覧になってないのですね？」

「ええ」礼都は興味なさそうに言った。「悲鳴が聞こえたので、中野さんの方を見たら、地面の中から血《ち》塗《まみ》れの腕が出ていたの」

「地面の中から突き出していたんですか？」

「中野さんが死体の手首を摑んで持ち上げていたのよ」

「遺体のその他の部分はどうでしたか？」

「さあ、よく見なかったけど、まだ埋まってたんじゃないかしら」

「彼女は遺体を触っていたんですね？」

「ええ。軍手に血が付いていたから、間違いないと思うわ」

「西萩さん、今の発言は確かですか？」

「ええ。その時は動転していたのですが、彼女が遺体に触れてしまったのは間違いないですね」

「その後は？」

「中野さんは遺体から手を離して、そのままふらふらと二、三歩進んだかと思うと、その場に倒れてしまったわ」

「どうして倒れたのでしょう？」

「ショックを受けたみたいね」

Σは少し考え込んだ。

「それからどうなりました？」

「わたしは彼女に近づいて、肩を貸して立たせたわ。それから、西萩さんに警察に知らせるように言って、中野さんを休憩所に連れていったの」

「休憩所というのはどこですか？」

「あの坂を上った向こう側よ」

「あそこまで、行って戻るには五、六分掛かりますね。どうしてそんなに離れているんですか？」

「さあ。ここら辺は地面がでこぼこしていて、椅子やらテーブルやらを置きにくいからじゃないかしら」

「西荻さん、あなたはそれからどうしたのですか？」

「携帯電話で警察に電話しました」

「どんなふうに伝えたのですか？」

「そのままです。発掘現場から遺体が見付かったと」

Σは目を瞑った。そして、次の瞬間には目を見開いた。

「わかったのかね？」

「ええ。パズルのピースのようにすべての事柄はぴたりと収まりました」


「その前に僕の推理を披露していいかな？」わたしはΣに自信たっぷりに言った。

Σは意外そうな顔をした。「君が解決したというのかね？　珍しいことだが、これ程単純な事件ならわかったとしても不思議ではない。言ってみたまえ」

「では、お言葉に甘えて、僕がΣに代わって、この事件を解決してみせよう。まず、この事件の最大の謎は何だろう？」

「更新世の遺体が新鮮なまま発見されたことだ」警部が答えた。

「もう一つ不思議な点があるでしょう?」

「何だろうな」警部は考え込んだ。

「そこで考え込まないでください。さっき警部が言ってたでしょ。最大の謎は遺体が現代人だったことです」

「いや。最大の謎と言えば、絶対に更新世の遺体が新鮮なままの方だ」

「まあ、人によりけりでしょうね。とりあえず遺体が現代人だったことだけに注目してみましょう」

「だけど、更新世に現代人そっくりの人類がいたとしたらどうかね? 不思議が不思議でなくなるだろ」

「だから、あの遺体は研究所の助手の荒川純だって、さっきも言ったじゃない!」礼都が苛立たしげに言った。

「ほら。彼女はいいことを言った」

「君は何を言いたいのかね?」

「つまり、あの遺体は現代の女性だということです」

「しかし、それでは辻褄《つじつま》が合わないぞ。現代の女性がどうして、更新世の地層の中にいたんだ?」

「簡単なことですよ。Σの方法の応用です。すべての可能性の中から、論理的にあり得ないものを排除していけば、必ず最後には真実に突き当たるのです」

「それで、君の見付けた真実とは何かね？」

「タイムマシンです」

「タイムマシン……。はあ。そうですか」

「警部、信じてませんね」

「当たり前だろう。どうしてそんなことを信じなけりゃならんのだ？」

「すべてを説明できるからです。犯人が殺人を行ったのは、現在なのです。そして、その遺体をタイムマシンで更新世に送り込んだのです」

「どうしてまたそんな手間なことを？」

「アリバイ工作のためです。殺人が起きたのが更新世だと警察に誤認させれば、現代人である犯人は絶対的なアリバイが得られますからね」

「しかし、君、大切なことを忘れているよ。仮にタイムマシンで遺体を更新世に送り込んだとして、どうしてそれが今日まで新鮮であり続けたんだね？」

「それはその、いろいろと方法があるでしょう。防腐剤を使うとか、冷凍保存しておくとか」

「百五十万年も経ちゃ、防腐剤自身が腐っちまうよ。それに遺体に冷凍された形跡はなかった」

「わかった。あれだ。時間を制御する力場を使ったんですよ。その中に入ると時間の進み方が遅くなるんです。だから、百五十万年経っても新鮮なままという訳です」

「少しは頭を使いたまえ。時間を制御する力場を使わなければ、今頃遺体はなくなっとる。めちゃくちゃ幸運に恵まれれば化石ぐらいにはなったかもしれないが、いずれにしても最初から捜査対象にならないんだから、犯人にとってはそっちの方が得ではないか」

「あっ。そうか」わたしは自分の考えの浅さを恥ずかしく思い、赤面してしまった。

その時、Σが大声で笑い出した。「警部の地層の逆転とどっこいどっこいの珍説だな。確かに奇想としては興味深いが、荒唐無稽《こうとうむけい》で話にならない」

「やはり君の解決を聞いた方がよさそうだ」わたしは頭を掻いた。

「なに、恥ずべきことではない。僕自身最初この話を聞いた時、ひょっとすると解決できないのではないかと心配したぐらいだ。特に、他山氏の完全に論理的かつ科学的年代推定法の説明を受けた時はほぼ絶望的にさえ思えた」

「まさか、君程の人間が……」

「残念ながら、本当だ。しかし、現場を見、そして目撃証言を聞くに及んで、ひとすじの光明《こうみょう》が僕の頭の中に差し込んできたのさ。そして、次の瞬間、巨大な謎は氷解し、あとにはただ論理だけが残ったという訳だ」

「Σ君、勿体《もったい》を付けずに推理を聞かせてくれないか」

「ははは。これは失敬。しかし、これは聞いてしまえば、不思議でもなんでもない。常識の盲点を突いた単純なトリックなのさ。もちろん、単純であるだけに見破るのもひと筋縄ではいかない。このような単純なトリックが成功した理由は犯人の周到さもあるだろうが、実際には偶然のタイミングに助けられたことは否めないだろう」

「ええと。お話し中ですけど、捜査が混乱する程の謎がどこかにありましたか？」礼都が吐き捨てるように言った。

「失礼ですが、新藤さん、今まで何を聞いておられたんですか？　更新世で現代人が殺され、それが現代まで新鮮なままだということが謎でなくて何だとおっしゃるんです？」

「彼女は現代で殺されたのよ。更新世ではなく、現代で」礼都が決め付けた。

「何の根拠があって、そんな暴論を！」

「待ってください、みなさん」Σは静かに呼び掛けた。涼しい声に、興奮した頭が一瞬で冷やされ、場が静まり返る。「実は新藤さんのおっしゃることには一理あるのです。遺体は確かに現代のものです。更新世の殺人によるものではなかったのです」

「何と！　しかし、それでは現代科学を否定することにならないのか？」

Σは首を振った。「おそらく新藤さんは彼女独特の鋭い感性により、遺体が現代のものであると直感したのでしょう。しかし、素人である彼女はともかく我々はあくまで論理に頼って事件を解決しなければなりません。そして、僕は直感ではなく、論理によって彼女と同じ結論に達したのです」

「まさか。そんなことが可能とは！」警部が驚嘆の声を上げた。

礼都は口を開いて何か言おうとしたが、諦めて口を閉じた。

「難しいことではありません。必要なのは冷静な観察眼と冷徹な論理能力だけです。いいですか、僕は宣言します。犯人は今日我々が会った人物の中の一人です」

「まさか、それは言い過ぎだろう」

「ところが、僕の脳細胞は犯人として或る一人の人物を指し示しているのです」

「よかろう。君の推理を信じよう。続けてくれたまえ」

「僕にヒントの糸口を与えてくれたのは沙汰中太夫児の一言でした。彼は我々から更新世の新鮮な遺体が見付かったと聞いた時、更新世の遺体がそのまま残ったりする訳がない、と答えました」

「しかし、その後すぐにその言葉を撤回したぞ」

Σは頷いた。「更新世の地層から出たものは更新世に埋没したものに違いないという判断からです。更新世に埋められた遺体が新鮮であるというのは大いなる矛盾です。しかし、これを認めないと更新世の地層から現代の遺体が出土するというさらに大きな矛盾が出てしまう。だからこそ、沙汰中氏は前者の小さな矛盾に目を瞑ることで、後者の大きな矛盾を回避した。常識的にはこれは唯一の科学的な結論だと言えるでしょう」

礼都以外の全員が頷いた。

批判精神は重要だが、彼女程の懐疑主義者になっては、人付き合いは難しいだろうな、と思った。

「でも、これこそが思い込みだとしたらどうですか？」

「君は長年培《つちか》われてきた考古学の科学的成果を否定しようというのかね？」

「違います。これは考古学の成果を逆手にとって悪用したトリックによって行われた犯罪なのです」

「トリックだと?」警部は目を丸くした。「そのようなものが入り込む隙はないように思うのだが」

「やはり、タイムマシンを?」わたしは息を飲んだ。

「タイムマシンはなくても、このトリックは実行できる。簡単なことです。現代の遺体を更新世のものに見せ掛けるには、遺体を更新世の地層に埋めればいいのです」

全員が呆気にとられた。今まで誰一人気付かなかったが、聞いてみるとこれは極めて単純かつ簡単な方法に思えてくる。あたかも、手品の種明かしをされた時のように。

「そんなこと当たり前じゃないの」礼都がぼそりと言う。

「そんなことを言うもんじゃない」警部が窘《たしな》めた。「まさにコロンブスの卵だ。後から、『誰でも思い付けた』と言うのは簡単だが、実際にはなかなかこんな斬新な発想は出てこないだろう」

「まあ、僕自身は新藤さんと同意見なんですがね」Σが微笑んだ。「こんな簡単なことに気付くのが世界で僕だけだなんてとても信じられない」

「いやいや。君には簡単なことでも、常人には到底及ばないところだよ。ところで、いったい遺体はいつ埋められたんだね? そのようなチャンスがあったとは思えないんだが」

「なぜチャンスがなかったなんて思うのよ!」礼都が突っ込んだ。

「その通りチャンスはあった」Σが答える。

「しかし、君、他山氏が印を付けるまで、石器の埋没場所は誰にもわからなかったはずだよ。

予《あらかじ》め埋めておくことなどできないだろう。そして、他山氏が印を付けた後はこの三人がすぐに発掘を始めたんだ。いつ死体を埋めるチャンスがあったというんだね？」

「死体を埋めるチャンスはありました」Σは静かに言った。「それは唯一の隙でしたが、犯人はものの見事にそれを利用することに成功したのです。ただ、犯人は一つミスを犯しました。それはとても小さなミスですが、トリックの綻《ほころ》びには充分でした。我々は今日犯人に出会いました。論理的な思考によれば、彼以外の何者も犯人ではあり得ません」

「それはいったい誰なんだ？」

Σはゆっくりと腕を真っ直ぐに伸ばし、指差した。「犯人はあなたです」

Σの指先にいた人物――それは、西萩耳朗だった。

「馬鹿なことを言わないでください」西萩はおどおどと言った。「わたしが犯人の訳はないでしょう。そもそもわたしにはアリバイがある」

「アリバイ？　何のことです？　被害者はおそらく昨晩のうちに殺害されたのでしょう。あなたにその時間のアリバイがあるとでも？」

「殺害時のアリバイのことを言ってるのではない。そこの警部さんがおっしゃったように、わたしには死体を埋めるチャンスはなかった。他山先生が印を付けてから死体が見付かるまで、我々三人はずっと一緒だったんだから。それとも、何ですか？　我々三人が共犯だとでも？」

「それはないでしょう。もしあなた方が共犯なら、こんな手の込んだことはしなかったでしょうから」

「では、いつ埋めたというんだ？」

「もちろん、死体発見後に埋めたのです」Σは言い放った。

「何を馬鹿なことを!!　埋める前の死体をどうやって、掘り出したというんだ?!」

「わかった。タイムマシンだ!!」わたしは叫んだ。

しかし、誰も注目してくれなかった。

「その通り。埋める前の死体を掘り出すことなどできません。中野さんは死体など掘り出していなかったのです」

「じゃあ、彼女は何を掘り出したというんだ？　三人ともちゃんと死体を目撃しているんだぞ！」

「厳密に言うと、死体を目撃した訳ではありません。そうでしょ？」Σは礼都に問い掛けた。

「ええ。わたしは腕を見ただけよ」礼都はつまらなそうに言った。

「馬鹿な！　生きている人間が埋まっている訳はないだろう！　あれは死体の腕だ！」西萩は真っ赤になった。

「ええ。生きている人間は埋まってはいませんでした」Σは続けた。「死んだ人間にしても、生きた人間にしても、誰にも見付からずにこっそり埋めるなんてことは不可能です。しかし、腕一本だけなら、どうでしょうか？　それなら、コートの下にでもこっそり隠して、石器を掘る振りをしながら、その下の地面の中に埋めることも可能ではないでしょうか？　中野さんが腕を見付けた後、新藤さんは彼女を連れて、休憩所に向かった。この現場は死角になる。その隙を狙ってあなたは死体をここに運んだのです。死体を運ぶのは警察に電話をしながらでも可能ですからね。もちろん、新藤さんが自ら中野さんを連れていこうとしなかった場合はあなたがそう指示するつもりだったのでしょう。そして、研究所関係者たちが現場に来た時、すでに死体はこの場所にあった。死体を運び込むチャンスがあったのは一人だけ――つまり、西萩さん、あなただけです」

「いい加減なことを言うな！　あの死体にはちゃんと腕が付いていた‼」

「ええ。中野さんが発見したのは、あの死体とは別の腕だったのです」

「そんな証拠がどこにある？」

「目撃者の証言です。それに物的証拠もあります。新藤さん、中野さんは血塗れの腕を摑んでいたのですね」

「ええ。そうよ」

「そして、その血が付いた軍手も残っている」

「ええ。そうよ」

「警部、発見された遺体には索溝以外に外傷はなかったと言いましたね」

「ああ。あれ程綺麗な遺体は稀だろう。……待ってくれ。じゃあ、三人が見付けた腕というのは……」

「死体とは別人のものです。さっき言ったミスとはこのことです。西萩さん、あなたは詰めが甘かった。あなたは死体の腕を血塗れにしておくことを怠った。そのおかげで最初に掘り出された腕は死体のものではないことが証明されてしまった訳です。何か申し開きはありますか?」

西萩は顔面蒼白になった。「待ってくれ。誤解だ。よく考えてみてくれ。埋まっていたのが死体とは別人の腕だとして、それをどこから調達したというんだ? 一つの殺人を隠すトリックのためにもう一つの殺人を犯したとでもいうのか? それでは、割に合わないだろう。もう一つの殺人の方はどうやって隠したというんだ?」

Σは首を振った。「殺人は一度しか行われていません。腕の調達方法は他にもあるからです」

「いったいどうやったというんだ?!」警部が尋ねた。「人間の腕なんて、そう簡単に手に入らんだろう」

「誰でもその気になれば、腕の一、二本は手に入れることは可能です。ねえ、西萩さん」

「何のことを言っているのか、わたしにはさっぱり……」

「おや。汗をかいていますね。暑いのなら、コートを脱いではどうですか?」Σは西萩のコートの袖を摑んだ。

「止めろ。何をする!」西萩は身を捩《よじ》って逃げようとした。

だが、Σは手を放さなかった。

にぶい音がして、コートの袖が千切れ、西萩の片腕が剝き出しになった。

いや。それは腕とは似て非なるものだった。

西萩の肩からぶら下がっているのは、機械の塊だった。カバーをはずしたロボットの腕と言った方が正確か。色とりどりのリード線や圧搾《あっさく》空気か油を送るためのチューブが無数に走っている。微妙に動くたびに、ういんういんと唸るような低い音を立てていた。

「サ、サ、サ、サイボーグ?!」警部の声が裏返った。

「そう。サイボーグです。彼は自分の腕を切断した後、サイボーグ手術を受けたのです。切断した腕はさっきのトリックに使えますし、サイボーグ腕なら女性の死体を片手で運ぶことも可能です。まさに一石二鳥」

「畜生！」西萩は毒づいた。「もう少しで完全犯罪が成立するところだったのに！　血なんかに気付きやがって!!」

「まさに悪魔のように狡猾な男だ。小さなミス以外、論理的にはほぼ完璧だった。おそらく長年他山氏に師事したことが君の論理能力を開花させたのだろう。ただ、自らの才能を考古学の発展に寄与させた他山氏とは対照的に、君は自らの殺人を隠蔽《いんぺい》するという身勝手な目的に使ってしまった。科学をこれ程までに悪用した例を他に知らない。もしこの男を見逃してしまったら、これからどれ程の犯罪をしでかしたかと思うと、ぞっとするよ」

「あの女が悪いんだ。結婚詐欺で俺を訴えるというんだ。確かに借りた金は全部ギャンブルですっちまったが、サラ金はどこも金を貸してくれなかったから、結婚すると偽って金を引っ張るしか仕方がなかったんだよ!!」

「まあ、情状酌量の余地はあるのかもしれないが、とりあえずそれは裁判官の前で言ってくれないか。わしもそんなに暇じゃないので」警部は手錠を取り出した。「ええと。どこに掛ければいいのかな?」

「もはやこれまで‼」西萩はポケットから分厚いカードのようなものを取り出して、サイボーグ腕に挿入した。「チェインジ！　エクストリーム・ウルトラ・ブリリアント・モ――――ド‼」

チェインジモードという低音の人工音声がサイボーグ腕から流れ、変形を始めた。みるみる形が変わり、発光ダイオードが激しく点滅を繰り返し……。

銃声。そして、西萩の頭ががくっと後ろにのけぞり、それに続いて、全身がどうと後ろに倒れた。慌てて、顔を覗き込むと額に大きな穴が開いており、そこと鼻から大量に出血していた。

「ふう。危ないところだった」拳銃を構えたまま、警部は服の袖で自らの額の汗を拭った。

「あーあ。なんで、殺しちゃったんですか？」Σが残念そうに言った。

全員が警部の顔を見ている。

「えっ？　正当防衛って、こいつ何か攻撃しようとしてましたか？」

「正当防衛だよ」

「見てただろ。変身しようとしていた」

「バイクか何かに変身して、逃げようとしただけかもしれませんよ」

「そんなことわしにわかる訳ないじゃないか。そもそもサイボーグなんてもの、見るのも聞くのも初めてだ」

「昔から映画とかにはよく出てましたよ」

「まあ。本人は自白したも同然だし、物証もあるから、これで一件落着ってことでいいんじゃないかな？」警部が不安そうに言った。

「確かに、埋められていた女性の遺体の件はこれで完全解決ですね。警部の過剰防衛の嫌疑の件はまた別の捜査になるでしょうから、特に僕から言うことは何もありません」Σはそれだけ言うと旅館の方に歩き出した。

「おい。待ってくれよ」わたしは慌ててΣを追い掛けた。「全く君ってやつは、謎が解決した途端に興味を失ってしまうんだからね」

「それの何が悪いんだね？　警部の件はあまりに目撃者が多い。解明すべき謎など一つもない。あとは弁護士の役目だ」

「前代未聞の怪奇事件を解決したんだから、マスコミの質問ぐらい答えてやってもいいんじゃないのか？」

「答えるべき質問など何一つない。僕はただ論理的思考を積み重ねて真実に到達しただけだ」

足早に立ち去るわたしたちの背後で、礼都の投げやりな呟き声が聞こえた。

「だから、突っ込むとこはもっと他にあるだろうが」

正直者の逆説……………………??ミステリ

［読者へのヒント］
ミステリは物語展開の都合上、目撃者や関係者の証言を推理の根拠に用《もち》いることが頻繁に行われる。しかし、登場人物の発言を無批判に信ずることは常識に反しているし、また現に犯人は必ずと言っていい程嘘を吐《つ》いている。だからといって、登場人物全員の発言を疑って掛かり、すべてに傍証を求めたなら、物語展開はとても煩雑《はんざつ》でまた面白味のないものになってしまう。そこで、今回は作者より、読者へのヒントとして、以下のことを明言し、保証することにする。

本短編作品中、犯人以外の登場人物は決して故意に嘘を吐くことはない。


「探偵助手として、同行して欲しい」

これがほぼ十年ぶりに掛かってきた丸鋸遁吉《まるのこときち》先生からの電話の第一声だった。

「はあ?!」わたしは不機嫌さを隠そうともしなかった。

大学院時代、極めて非常識な彼の行動には随分迷惑を掛けられた。それゆえ、卒業して彼と縁が切れたことはとても幸せなことだった。

それが十年ぶりに突然電話してきたかと思ったら、またとんでもない素《す》っ頓狂《とんきょう》なことを言ってきたのだ。わたしが少々不機嫌になっても仕方がないだろう。もっともあからさまに不機嫌な態度をとったとしても、丸鋸先生は気付きもしないだろう。彼にこちらが不機嫌であることを伝えるには声に出してはっきりと「わたしはあなたを不愉快に思っています」と言うしかないのだ。そう言われればきっと彼は二、三秒考えた後に「ああそうですか」と言って、また不愉快な言動を続けるに違いない。

「探偵だよ。探偵。事件を解決する民間の刑事のようなものだ」

「そんなもんはドラマの中だけの話です。現実の探偵は事件の解決なんかしません」

「そうそう。そのドラマの中の探偵みたいなものでいいんだが、助手をやってくれないかね?」

「そもそも探偵って誰ですか? なぜわたしがそんなもんの助手やらなあかんのですか?」

「探偵はもちろんわたしだよ」

わたしは頭を抱えた。

そう言えば、何年か前、論文データの捏造《ねつぞう》疑惑で大学を追放されたと聞いたことがある。丸鋸先生自身は最後まで、自らの非を認めなかったらしいが、誰も丸鋸先生の実験の追試ができなかったことから、捏造が行われたと判断されたようだ。

誰も追試に成功しなかったのは当たり前だ。まともな神経の持ち主なら、人体に――それも自らの肉体にあんなことができる訳がない。

しかし、あの実験結果のデータが不足していたことにはわたしの責任も多少ある。わたしは自責の念から少しは彼の話を聞いてもいいのじゃないかと思った。運のつきである。

「なんでまた探偵なんか始めはったんですか？」

「え？　そうだな、なんとなくかっこいいし、頭がよさそうだと思って貰えそうだからだよ。それに論理を武器とした職業だから、わたしに向いてるしね」

「先生、今何の仕事したはるんですか？」

「だから、探偵だよ」

「そうではなくて、どうやって生活費を稼いでるんですか？」

「だから、探偵だよ。……あっ。生活費を稼いでいるという意味では、そうではないな」

「生業《なりわい》は何ですか？」

「借金だよ」

「先生、借金は職業ではありません。事業のための資金調達に借金することはありますが」

「何を言ってる？　借金を申し込むのも結構骨が折れるんだぞ。相手を納得させるために、いろいろと今後の計画をでっち上げなくてはならないし、時には実際に計画通りにことが進んでいることを実演してやらなくてはならない」

「ああ。わかりました。ほんで、探偵なんですね」

「なかなか察しがいいじゃないか。昔の友人に金盥狆平《かなだらいちんぺい》というやつがいるんだが、こいつが資産家でね。無心にいったら、仕事は何をしているのかという話になって、今は探偵をしていると口走ったら、それならちょうどいい、解決して欲しい案件があるから是非別荘まで来て欲しいというんだな、これが」

「ほんなら、一人で行かはったらええやないですか。さいなら」

「こら、待ちたまえ。ここで君の協力が是非とも必要なのだ」

「わたしに何ができるっちゅうんですか？」

「だから、助手をやって貰いたい」

「はあ?!」

「何か疑問でもあるのか？」

「疑問はあるんですが、どこから突っ込んでいいのかすらわかりません」

「なに、どんな拙《つたな》い質問でもできるだけ答えるよう努力はするから、言ってみなさい」

「ほんなら、訊かして貰いますけど、なんで助手が必要なんですか？」

「探偵だからだ。探偵に助手は付き物だ。例えば、シャーロック・ホームズにはワトソンがいる」

「厳密には、ワトソンは助手ではなく、ホームズの友人やと思います」

「えっ？　そうだったのか？　でも、ただの友人があそこまで事件に首を突っ込むか？　きっと陰でホームズから金を貰ってたに違いない」

「ホームズを読んだのはかなり前なのであんまり覚えてへんのですが、もうそういうことでもいいです。でも、金田《きんだ》一耕助《いちこうすけ》は助手とかいてませんよ」

「たいがい警部がくっ付いとるだろ」

「警察を助手に入れたら、あかんでしょ」

「とにかく、主だった探偵には助手が付き物なのは間違いない。助手の一人もいないのに探偵を名乗ったりしたら、様にならない。これで疑問は解けたかね」

丸鋸先生はわたしの質問にちゃんと答えられたつもりらしい。

「一歩譲って、探偵に助手は付き物だとしましょう。でも、どうしてわたしなんですか？」

「君が適任だからだ」

「はあ?!」

「疑問は解けたかね？」

「わたしは探偵助手の経験なんかあらへんのですけど」

「大丈夫。我が探偵事務所は経験不問だ」

「そういうことやなくて、わたしは探偵助手に適任やないということです」

「いや。君は適任だよ。君がうちの研究室にいた時から、ずっと探偵助手に向いているのではないかと目を付けておったのだ」

「先生、十年前から探偵するつもりやったんですか？」

「いや。大学の職を失ってからだ」

「探偵をするつもりもないのに、学生の中から探偵助手に向いているものを物色してたいうんですか？」

「なにかね。君は探偵の仕事をすると決めてからじゃないと、探偵助手を探してはいかんというのかね？　この国にはそんな法律はないぞ。そもそも探偵をしようと決心してから探したんでは、随分時間を無駄にしてしまう。そんな泥縄式では話にならないだろ」

「すいません。どうやら話が嚙み合ってないみたいです。もう電話切っていいですか？」

「なんだと？　君は折角のチャンスをふいにするのか？」

「どんなチャンスですか？」

「資産家から借金できるチャンスだ。成功したら、本物の探偵事務所だって構えられる」

「それって、わたし関係ないやないですか」

「関係はあるぞ。君の事務所でもあるんだから」

「なんでわたしの事務所なんですか？」

「君が探偵助手だからだ。探偵の助手は探偵事務所に所属するのは当然のことだ」

「もうほんまに切ります」

「ちょっと待った。君には良心の呵責《かしやく》というものがないのか？」

「わたしに？　先生やなくて、わたしに良心の呵責？」

「そうだ。現在のわたしの境遇は誰のせいかな？」

「わたしのせいやと言わはるんですか？」

「そうは言っとらんよ。でも、あの実験のデータが揃っていれば、捏造の汚名は濯《そそ》げたと思わんかね？」

全然、思わへん。あの実験はデータ云々《うんぬん》の問題やなかったしな。けど、データ不足が捏造疑惑の一因になったことは否めへん。わたしにも多少は自責の念はある。痛いところを突いてくるなぁ。

「わかりました。今回だけ付いていったげてもいいです」

「やっと素直になってきたね。だが、今回だけとはどういうことだ？　探偵助手になれるチャンスなどこれからの人生でもおそらくもうないと……」

「いつ、どこに行ったらええんですか？　それだけ教えてください」


丸鋸先生とは次の日の朝九時に昔通っていた大学の最寄《もよ》り駅で待ち合わせをした。

十年前と殆《ほとん》ど変わらない風体――チェックのTシャツとジーパン、そして巨大なリュックサック――だったので、すぐそれとわかった。真冬にその恰好はかなり目立つ。

わたしはそのまま気付かなかったことにして、帰ってしまいたいという衝動をなんとか抑え付け、先生の前に立った。

「おお。君か」十年ぶりだというのに、丸鋸先生は昨日会ったばかりのように軽く手を挙げてそのまま歩き出した。「目的地は遠いんでね。早く行かないと終電に間に合わないんだ」

「えっ？　それってつまり、早《は》よ行かんと帰りの終電に間に合わんということですか？」

「何を言っとるんだ？　そもそも日帰りなんか無理だよ。今すぐ出発しないと向こうに着く終電に間に合わんということだ」

「泊まりがけなんて聞いてません」

「それは君の調査不足だ」丸鋸先生はわたしを非難するように指差した。「探偵助手として、そんなことではこれからが思いやられる」

わたしは非難する気力も失せ果ててしまい、溜息を吐きながら先生の後に従った。

「ところで、先生、基本的な質問があるんですけど」

「何かね？」

「先生、探偵の経験はないんですよね」

「もちろんない」丸鋸先生は胸を張った。

「それでどうやって事件を解決するんですか？」

「なに、あんなものは冷徹な観察眼と厳格な論理性があればなんとかなるもんだよ。それに、わたしには奥の手がある」

「奥の手って何ですか？」

丸鋸先生は周りをきょろきょろと見てから声を潜めて言った。「万能推理ソフトウェアだ」

「万能推理ソフトウェア?!」

「こら。声が大きい。世間にばれたらどうするんだ？」

「そんなことを言うてるのが知られたら、ちょっと恥ずかしいかもしれませんね」

「違うだろ。ソフトに頼っていることがばれたら、探偵としての信頼が違うんだよ。有名な占い師が実は占いソフトを使っていたとしたらどうだね？　占って貰う気がしなくなるだろ？」

「そのソフト誰が作ったんですか？」

「もちろんわたしだ。だから動作は保証付きだ」

わたしはおいおい泣きながら、電車に飛び乗った。


鉄道を何本も乗り継いでいるうちに、どんどん駅は小さくなり、一時間当たりの列車の本数も減っていった。最後の乗換駅では、何と二時間半も待たされ、しかもそれが最終だという。

「まだ五時半やないですか」

「この辺りでは日が暮れたら、もう夜中も同然なんだろう。どうせ外に出ても開いている店はないし、街灯も疎《まば》らだから、散歩する気にもならんということだな」

「なんか嫌な予感がします」

最後の列車は一時間程で終点に着いた。これからさらにバスに乗らなくてはならないらしい。丸鋸先生は地図を片手にしばらく駅員と揉《も》めていたが、肩を落としてバスを待つわたしのところに戻ってきた。

「残念なことが発覚した。これからこの駅から出るバスは金盥の別荘の最寄りのバス停には行かないらしい」

「えっ？　そやけど、この時刻表によると、七系統のバスは金盥さんの別荘の最寄りのバス停を通るはずです」

「確かに、最終列車は七系統のバスに接続することになっている。しかし、今日最終列車は一分到着が遅れたんだ。したがって、七系統のバスはもう発車してしまったんだ」

「こんな田舎で本数少ないのに、なんでダイヤに一分しか余裕ないんですか？」

「田舎だから余計に待っても仕方ないんだろ。列車から降りてくる客以外に誰もバスに乗るやつはいないんだから」

「列車が遅れたら、バスも遅らしたらええんと違いますか？　列車が来る前に出発しても乗る人いいひんのでしょ」

「駅員によると、バスは鉄道とは別会社で融通《ゆうずう》が利かないらしい。バスはバスでダイヤの乱れがないように最大限正確に運行するということらしい」

「なんかお役所仕事みたいですね」早くも嫌な予感が的中してしまった。「他の系統のバスはどうですか？　最寄りのバス停と違《ちご》ても、できるだけ近いバス停で降りて歩くっちゅうのはどうですか？」

「まあそれでもいいんだけどね」丸鋸先生は地図を広げた。「七系統以外だと、三八九四〇一系統のバスが一番近いバス停を通ることになる」

「じゃあ、それに乗りましょう。いつ発車ですか？」

「近いと言っても、一時間は歩かなきゃならんらしい」

空を見上げると、ちらほらと雪が降り出している。

「雪の中一時間も歩くんですか？　わたし、めちゃくちゃ普段着なんですが」

「わたしだって、こんなTシャツとジーパンだぞ」

「これはもう今日中に別荘に行くのは諦めて、ここの近くに宿をとりましょう」

「一番近くの宿はここから歩いて、二時間半程だ」二人の質問に駅員は欠伸《あくび》交じりに答えた。「そこへの最終バスは三十分前に出ちまったもんでな」

「駅員さんはどこに泊まらはるんですか？」

「駅の仮眠室だよ」

「そこに泊めて貰うことはできないでしょうか？」

「広さから言って、泊められないことはねぇけど、部外者を泊めたりして、後で上から怒られたりしたら嫌なので駄目だ」

「じゃあ、電話で上司の方に問い合わせて貰えませんか？」

「訊いたらOKが出るかもしれないが、まあいちいち電話するのも面倒なので止《や》めとくよ」

「じゃあ、わたしたちどうしたらいいんですか？」

「さあな。ベンチで寝るしかないんじゃないかな？　今夜はかなり冷えるから、寝袋でもなかったら、凍死するかもしらんが」

「寝袋、貸して貰えますか？」

「寝袋はあるけど、俺の私物なんで他人に貸すのは嫌だな」

わたしは怒りのあまり爆発しそうになった。横を見ると、丸鋸先生がへらへらと話を聞いている。

「何へらへらしてるんですか？」

「いやあ、この人の言うことがいちいちもっともだな、と思ってね」

「何、言うてるんですか？　めちゃくちゃ利己主義やないですか」

「人間誰しも利己的なもんだ。ただ、この人は正直に自分の考えを表明しているだけなのだ」

「そんなこと言うても、どうするんですか？　別荘に行くのも無理。帰るのも無理。宿はない。野宿したら凍死」

「そこの人たち」後ろで話を聞いていた男女二人組の男性の方が声を掛けてきた。「確か今、別荘とか言わなかったかい？」

二人とも三十前後といったところか、わたしたちよりはやや重装備だったが、それでも雪の夜道には十分に辛そうな服装だった。男性は両手に大荷物を抱えているし、女性も大きな鞄を抱えていた。

「ああ。友人の別荘に呼ばれてね」丸鋸先生は快活に答えた。

「ひょっとして、金盥という人の別荘じゃない？」今度は女性の方が尋ねた。

「おお。なぜ彼のことを知ってるんだ？」

「俺たちもこれからそこに行くところだからだよ。金盥狆平は俺たちの叔父《おじ》さんなんだ」

「おお。これは素晴らしい」丸鋸先生は歓喜した。「捨てる神あれば、拾う神ありとはよく言ったものだ。すると、君たちは金盥君の甥《おい》と姪《めい》かな？」

女性は頷いた。「あたしが姉の難美《なんみ》。そしてこっちが弟の怠司《たいじ》よ」

「もしよかったら、わたしらも一緒に別荘に連れていってください」わたしはこれ幸いと二人に頼むことにした。別荘に行き慣れている二人なら、術《すべ》を知っているに違いない。

「実は相談なんだけどね」怠司が言った。「俺たちとタクシーの相乗りしてくれないか?」

なるほど。タクシーちゅう手があったか。

「タクシー、乗ろうと思ったんだけど、四人で乗れば一人当たりの運賃がかなり安くなるんじゃないかと思ってね」

「四等分という訳だね」丸鋸先生が言った。

難美は首を振った。「アイデアはあたしたちが出したんだから、四対六でないと割に合わないわ」

「つまり、四というのが君たちで、六が我々ということかな?」丸鋸先生はさほど驚いた様子でもなかった。「六の中身はどう分ければいいんだ?」

「それはそっちで勝手に決めればいいさ」怠司が言った。「俺たちは俺たちで勝手に振り分けるから」

「じゃあ、二対四ということでいいかな?」丸鋸先生はわたしに言った。「もちろん、二がわたしで君が四だ」

「はあ?! なんでわたしが余計に払わなあかんのですか?」

「ここに来るというアイデアを出したのはわたしだからだ。君はただ漫然と付いてきただけだろ?」

全く納得できなかったが、ここで粘っても丸鋸先生を説得できる確率は万に一つもない。ここで夜明かししたくなかったら、丸鋸案を呑むしかないのだった。こういう場合、ストレスに弱い方が損なのである。

「金盥さんの別荘まで」四人はタクシーに乗り込んだ。

「はあ？　それどこだよ？」運転手は機嫌悪そうに言った。

「わからへんのやったら、別のタクシーにしましょうか？」

「残念だが、この駅に来るタクシーはこの一台だけだ」

「電話で呼び寄せるわ」難美が言った。

「一番近くのタクシー会社からでも一時間半は掛かるぞ。それまで、この寒空の下震えて待つのか？」

「プリントアウトした地図がある。これでわからないか？」怠司が紙を差し出した。

運転手は車内灯を点《つ》け、地図を睨んだ。「こんなとこに道あったんだ。……行ったことはないが、たぶんわかると思う」

タクシーは駅を出発するとすぐ山道に入っていった。街灯もなく、ヘッドライトだけが頼りだ。雪はどんどん激しくなり、見る見る積もり出した。

タクシーは突然止まった。

「ちょっと待ってくれ。チェーンを巻かなくちゃこれ以上進めない」

チェーンを付けた後、タクシーはゆっくりと進んだ。

「もっと速く行けないのか？」怠司が運転手を急《せ》かした。

「チェーンが古くて切れ掛かってるんだ。こんなことになるなら、新しいのを持ってくるんだった」

気が付くと、タクシーは森の中の車が一台通るのがやっとの一本道を走っていた。道はくねくねと曲がっており、方向感覚は全くなくなっていた。風が強くなって、完全に吹雪《ふぶき》の状態だ。

「まだ掛かるのかね？」丸鋸先生が尋ねた。

「見当も付かないね」運転手は悪びれずに答えた。

「ちょっと、それってどういうことよ?! 道に迷ったっていうの?!」難美が責めたてた。

「別に迷った訳じゃねえよ。ただ、道の具合がよくないんで、さらに速度を落とさなくちゃならないようなんだ。ここはもう道路じゃなくて山道だからな」

「別荘ってほんまに車で行けるとこなんですか？」わたしは思い切って訊いてみた。

全員が黙り込んだ。

「おい。どうなんだ？　まさか車で行けないってことはないんだろうな？」運転手が不安そうに尋ねた。

「俺はよく知らないな。地図を打ち出しただけで、車が通れるかどうかなんて気にもしてなかった」怠司は呟くように言った。

「あたしも知らないわ」難美は不機嫌そうに言った。

「もちろん、わたしもだ」丸鋸先生は自信たっぷりに言った。

タクシーが止まった。

「おい。俺はてっきり車で行けるところだとばかり思い込んでいたんだぞ！」

「俺もだ」

「あたしも」

「わたしもだ」

全員がわたしを見た。

「君、そういうことに気付いていたんなら、もっと早く言ってくれないと……」

「そうだ。こんなはめになったのはおまえのせいだからな」怠司が決め付けた。

「とにかく、引き返そう。山ん中で立ち往生になったら洒落《しゃれ》にもならん」運転手は唸《うな》るように言った。

「しかし、どうやって引き返すんだね？　この道幅ではＵターンできそうにもないが」

「もっと先に行けば、Ｕターンできるところがあるんじゃないかしら？」難美が提案した。

「何の根拠もないことを言うな。このまま先に進んで、動けなくなったらどうするんだ？　仕方がない。バックで戻るぞ。誰か外に出て誘導してくれ」

「寒いから嫌だ」怠司が宣言した。

「こんな吹雪の中、車誘導するなんて絶対無理ですよ」わたしは正直なところを言ってみた。

運転手はしばらく悪態を吐いてから黙り込み、ギアをバックに入れ、のろのろと車を動かし始めた。

四秒後にがくんという衝撃があり、エンストした。車体が心持ち斜めになっている。

運転手はもう一度エンジンを起動させ、ギアを切り替えながら、なんとか動かそうとしたが、タイヤが雪の上で空回りするだけで、一向に動く気配はなかった。

「畜生、おまえらが不精《ぶしょう》するから、タイヤが道から外れちまったじゃねえか」

「ギアをローにして、アクセルを踏み込んだら、なんとかなるんじゃない？」難美が提案した。

「そうだ。一か八かやってみろ」怠司が尻馬に乗った。

「まあ。それしかないか」運転手はしぶしぶ従った。

しばらくは何の変化もなかったが、突然車は逆方向に動き出した。そして、さっきより遥かに大きな突き上げるような衝撃とともにエンジンが停止した。

「どうしたんだ？」丸鋸先生が尋ねた。

「駄目だ。何がどうなったのかわからないが、エンジンが動かなくなった。うんともすんとも言わない」

「外へ出て修理したら？」難美が言った。

吹雪はびゅうびゅうと凄いことになっていた。ヘッドライトを点けてもほんの数メートル先しか見えない。

「こんな状態では修理なんか無理だ」

「ねえ、暖房止まったんと違いますか？」

「エンジンの廃熱を利用しているからな。エンジンが動かないと暖房も効かなくなる」

「このままじゃ凍えちまうぞ！」怠司が喚《わめ》いた。

「携帯電話で助け呼んだ方がいいんと違いますか？」わたしは恐る恐る言った。

「わたしもさっきからそれは思い付いていた」丸鋸先生が言った。「だけど、ずっと圏外なんだ。他のみんなは？」

携帯は全部圏外だった。

「今時電波が届かん場所があるなんて！」

「とにかく、このままだと全員凍死だわ。早くエンジンを修理しなさいよ！」難美が言った。

「吹雪が止むまで、車の中で待った方がいいんと違いますか？」わたしはみんなを宥《なだ》めようとして言った。「暖房止まったと言っても、狭い車内でこれだけの人数がいたら、結構ぬくいし」

「駄目だ。俺はまだ晩飯を食ってないんだ。腹ペコでこれ以上、我慢できない」怠司は言い張った。「こっちは金を払ってるんだ。運転手なんだから、ちゃんと責任をとるべきだ」

「ちっ！　わかったよ！」運転手はドアを開けた。

猛烈な勢いで雪と凍てついた空気が車内に入り込んだ。

運転手は雪と格闘するように外に出た。

「早く閉めて、息ができない!!」難美が叫んだ。

慌ててドアを閉めたが、車内はすっかり冷え切ってしまった。全員ががたがたと震えが止まらない。

ボンネットを開け閉めする音がしたかと思うと、再びドアが開いて、運転手が転がり込んできた。まだ三十秒も経っていない。

「とても無理だ。こんな吹雪の中じゃ修理も何もあったもんじゃない。一瞬でエンジンルームが雪塗《まみ》れになって、手が付けられない」

「じゃあ、どうすんのよ?」

運転手は地図を見詰めた。「おそらくここから金盥邸までは、ほんの数百メートルだ。歩いていけない距離じゃない」

「みんな普段着やのに、吹雪の中を歩くんは危ないです。このまま待ちましょう」わたしは必死に訴えた。

「しかし、車の中はすっかり冷えてしまった。吹雪はいつ止むかわからない。ひょっとしたら、丸一日以上続くかもしれない。ここはまだみんなの体力があるうちに別荘を目指した方がいいんじゃないかな」丸鋸先生が言った。

「無理強いはしない」運転手が言った。「俺は別荘まで歩くつもりだ。車に残りたいやつは残ってくれ」

「二手に分かれるのはよくない」丸鋸先生が言った。「雪の中を歩くには互いに協力し合った方が進みやすいし、車の中に残るにしても人数が多くなければ長時間体温を保てないだろう。どっちにしても人数が多いことが必須だ」

「じゃあ、多数決で決めたらいいんじゃないか?」怠司が苛々とした口調で言った。「俺は歩く方だ」

「あたしも歩くわ」難美が続く。

「多数決の結果は出たようだね」丸鋸先生は暢気《のんき》な調子で言った。「全員で歩くということでいいかな？」

「はい。多数決なら仕方ないです」わたしはしぶしぶ言った。

「よし荷物は最小限だぞ。どうせ後で取りにこられるんだから、できるだけ身軽な方がいい。ただし、上着は着たままだぞ」

「わたしは元々上着は持ってない。Tシャツ一枚なんだが、誰か貸してくれないかな？」丸鋸先生が尋ねた。

「寒いから嫌だ」

「あたしも嫌」

「俺もだ」

「先生、すみません」わたしは素直に謝った。「先生は自分の命を危険に曝《さら》してまで守る程、わたしにとって大切な人やないんです。気休めかもしれませんが、この使い捨て懐炉《かいろ》使《つこ》てください」

「朝から使ってて、もう熱くもなんともない懐炉だね。ありがとう」

先生は皮肉など言える人間ではないので、たぶん本気でありがたがったのだろうと思う。

「準備はいいか？」

「最後に一つだけいいですか？」わたしは運転手に尋ねた。

「なんだ？」

「運転手さんのお名前教えてください。一人だけ『運転手さん』では、呼び掛けにくいんで」

「そこに書いてある通りだ。平平平平《ひらだいらへつぺい》」

「あっ。これ名前でしたか。なんかのデザインか思てました。わたしの名前は……」

「よし、行くぞ！」

「わわわわっ」

「こりゃ酷《ひど》い」

「ぐわっ。息が」

「わっ。ここ崖です」

「本当だ。タクシーが崖に引っ掛かってたんだ」

「危なかった。外に出て誘導なんかしてたら、落っこちてたかもしれんぞ」

「寒い寒い」

「前が見えないんだけど」

「車のヘッドライト点けっぱなしにしとけ！」

「バッテリーが上がっちまったら、吹雪が止んでも動けないぞ」

「どうせ、エンジン壊れてるんだろ」

「温度が上がったら、動くかもしれんじゃないか」

「携帯電話に付いてるライトでもないよりましと違いますか？」

「おお。確かにないよりましだ。みんなも携帯で前を照らそう」

「嫌よ。電池切れちゃうじゃない」

「圏外なんだから、別に切れてもいいだろ」

「そりゃ、そうね」

「いや。寒い。真剣に寒いぞ、これは」

「先生、Tシャツ凍ってます」

「靴の中にも雪がたんまり入って足の感覚がなくなってきた」

「頑張れ。半分ぐらいは進んだと思う。たぶん」

「たぶんてどういうことだ？」

「こんなに暗いと地図と周りの地形の比較ができないんだよ」

「そもそもここ道なの？　単に森の中進んでるだけみたいな気がするけど」

「確かにこれは酷いよな。これが道だとしても絶対車は通れないぜ」

「わっ！」

「どうした？」

「クレバスに落ちたみたいです」

「なんとか自力で這い出してこい」

「おお。寒い。手の感覚もなくなってきた」

「なんで、半袖なんだ？」

「あっ。電池が切れた」

「あたしのももう切れ掛かってるわ」

「道は合ってるのか？」

「畜生、俺のもだ」

「寒い。足が動かない。誰か肩を貸してくれないかな？」

「嫌よ。触らないでくれる！」

「うぐ。雪の中に突っ伏してしまって起き上がれないんだが、誰か起こしてくれないかな？」

「あっ真っ暗になった」

「あら？　あれ灯《あか》りじゃない？」

「あっ。本当だ。たぶん別荘の光だ」

「携帯の光がなくなったから、見えるようになったんだな」

「じゃあ、あの光を目指せばいい訳だ」

「だけど、足元が見えないんじゃ、あそこまで行けないわ」

「クレバスから自力で登ってきました」

「ああ。明るくなった」

「この娘《こ》の携帯まだ電池が残ってたんだな」

「起こしてくれないか。寒くて、冷たくて、全身が痛いんだ」

「先生、わたしの肩に摑まってください」

「そんなやつに構ってると、おまえも遭難するぞ」

「ちょっと、ちゃんと足元照らしてよ」

「こいつに肩を貸してるから、光がふらふらするんだ。携帯は俺が持つ。よこせ」

「うう。先生重たいです」

「くそっ！　光が弱ってきた」

「別荘まではどのくらいかしら？」

「もう疲れてしまったよ。なんだかとても眠いんだ」

「たぶんあと百メートルかそこらだろ」

「こんなところで死んだら洒落にならん」

「おい！　勝手に独りで進むな！　灯りを持っている者が先に行ったら、後ろの者が前に進めないじゃないか！」

「ぐずぐずしてたら、電池が切れちまうんだ。のろまは置いていく」

「それ、わたしの携帯なんですけど」

「そのおっさんを見捨てるなら、返してやってもいいが」

「先生寝たらあきません。寝たら本気でほっていきます」

「もうそれでもいいよ」

「ほら。そいつもいいと言っている」

「一時の気の迷いです。ほっていったら、夢見が悪いです」

「おい。俺の服を引っ張るな。放せ」

「ふん。放すもんですか。遭難するなら、道連れよ」

「しまった。電池切れだ」

「みんな手を繋いでください。はぐれたらおしまいです」

「ちっ仕方ねえか」

「だんだん別荘の灯りが近づいてきたぞ」

「先生、起きてますか？」

「はむんほぐぐすりむ……」

「寝言か？」

「なんとか意識はあるみたいです」

「本気で捨てていかないか？」

「うわっ‼」

「どうした？」

「柵《さく》みたいなものにぶつかった」

「しめた！　そのままそれを伝えば、門に着くはずだ」

「あった。あった。ここから入れるぞ」

「落ち着け。走って倒れて骨折でもしたら、動けなくなっちまうぞ。もう庭の中だ。焦る必要はない」

「なんでこんなに灯りが弱いんだ？」

「家の外向けのは必要ないと思ってるんだろ。あれは室内灯の光が漏れているんだ」

「あった。ここにドアがある」

「チャイムはどこなの?!」

「見付からない。とにかく叩くんだ!!」

「開けてくれ!!」

「開けろ!!」

「開けて!!」

「開けてください」

「……寒い……寒い……」

「開けてくれ!!」

「開けろ!!」

「開けて!!」

「開けてください」

「開けてくれ!!」

「開けろ!!」

「開けて!!」

「開けてください」

ドアが開いた。暗闇が白銀の世界に変ずると同時に楽園の暖気が一行を包み込んだ。

五人は重なり合って、玄関に倒れ込んだ。

「吹雪の中にいた時間はさほど長くなかったから凍傷の方は殆ど問題ない。霜焼けに毛が生えた程度だ」医師の梅安藤夫《うめやすふじお》が診察の後言った。「ただ、急激に体温を失ったから、もうちょっとで凍死するところだった。こんな酷い吹雪の中、Tシャツ一枚で飛び出すのは正気の沙汰ではないな」

丸鋸先生は毛布に包《くる》まって、がちがち震えていた。「ふふふふるふるふるふふふるふるふる」

顎の震えが止まらず、言葉にならないらしい。

「そやけど、この別荘にお医者さんがいて助かりました」

「いや。金盥君から解決して欲しい案件があるから是非来てくれと言われてね」

「丸鋸先生も同じこと言われた、言うたはりました」わたしは姉弟に向かって言った。「あなた方がここに来はった理由は何ですか？」

「俺たちも叔父さんに呼ばれたんだ。財産の相続権のことで話があると言われて……」

「お食事の前に温かいお飲み物はいかがですか？」執事の綾小路弾正《あやのこうじだんじょう》が応接室に入ってきた。

「まもなく、金盥も参ります」

「そいつはありがたい」平平が言った。「もしよかったら、日本酒か、焼酎のお湯割りを頼む」

「あんた、車の運転しなくていいの？」難美が言った。

「この吹雪はそう簡単に止むもんか。少なくとも明日の朝までは続く。下手をすると、二、三日はこのままかもな」

「俺はコーヒーを頼む」

「あたしもコーヒー」

「わたしと先生はホットミルクお願いします」わたしは綾小路に尋ねてみた。「街まで行く手段はないんですか？」

綾小路は首を振った。「道路が完全に雪で埋まってしまってますから、車は動かせません。この別荘への道は極端に狭くて除雪車も通れません。唯一の方法は歩いていくことですが、吹雪が止むまでは、素人にはお勧めできません」

「ということはしばらくは足止めか」怠司が言った。「電話は通じるのかい？」

「ええ。光回線が通じていて、電話もインターネットも使用可能です」

「それじゃあ、孤立無援という訳でもないんだな。食料は充分にあるのか？」

「この人数でしたら、春まで充分もちます」

「だったら、焦っても仕方がない。じっくりと吹雪が止むのを待つだけだ」

「やあ。みんなお揃いだな」赤ら顔の巨漢が部屋に入ってきた。金盥狆平だ。「おや。こちらのお二人は？」

「こっちの女性は丸鋸さんの助手だそうです。そして、こちらの男性はタクシーの運転手です。途中まで来て、タクシーが動かなくなったので、全員で歩いてここまで来られたそうです」

「この吹雪の中、タクシーで来るとは無茶なことを。そもそもこの別荘まで車では来られない。

道幅一メートルで両側が崖になっている所を通らなきゃならんからな」

「そんな話、聞いてたら、こんな日に絶対来なかったよ」怠司が吐き捨てるように言った。

金盥は首を捻《ひね》っている。「妙だな。ここら辺りのタクシー運転手なら、ここには車で来られないこと、ましてやこんな吹雪の日にやってくるのは自殺行為だと知っているはずだが」

「俺はここに来てまだ日が浅いんでね」平平は焦ったように言った。「前は都会でやってたんだが、競争が激しくてね。田舎でのんびりやることにしたんだ」

「ふむ。そういうことか」金盥は納得したようだった。「それから、そこのお嬢さん」

「わたしですか?」わたしは答えた。

「あんた、可愛い顔をしとるが、結構年くっとるだろ」

「……」

いきなり何言うとるねん、このおっさん。

「しかも独身と見たがどうだ?」

「独身やったら、どうやていうんですか?」

「なぜ独身とわかったと思う?」

「別に知りとうないです」

「あんた偏屈だろ。顔に出とる」

おまえに言われとうないわい。ぼけ。

「初対面なのに、えらい打ち解けた会話しはるんですね」

「わしは嘘は吐けんたちなんでな」

「ところで、叔父さん、どうしてこいつらを呼んだんですか？　俺たちは財産相続の話だと聞いたんだが、それならこいつらは関係ない」怠司が会話に割って入った。

「そう。財産相続がらみの話だ」金盥はちらりと平平を見た。「部外者がいるとは思わなかったんだが……」

「俺なら、気にしなくていいぜ。そもそもタクシーの中ではかなりプライベートな会話も平気でするだろう。俺たち運転手はいないものとされるのに慣れているんだ」

「失礼ですが、別室に移動いただけますか？」綾小路が平平に促した。

「なんだよ。吹雪の中、歩いてくたくただってのに、追い立てるのか？」

「綾小路、構わない。聞かれて困る話ではないからな」金盥は椅子に腰掛けた。

「けっ。出てけって言われて、残れるもんか。広間で酒を飲んでるから、終わったら呼んでくれ」平平は出ていった。

　金盥は平平が部屋から出て、綾小路がドアを閉めるのを見届けると話し始めた。「もちろん財産の相続に関係のある話だ。わしが死んだら財産は誰に行くか、知っとるか？」

　誰も答えようとしない。

「奥さんとお子さんですか？」沈黙に耐え切れずにわたしが答えた。

「ぶー。わしには妻も子もおらん。両親はすでに他界した。たった一人の兄弟である兄も一昨年亡くなった」

「持って回った言い方しないでよ」難美が鼻の穴を膨らませた。「あたしたち姉弟が財産を相続することになるわ」

「その通り。つまり、わしが死んで得をするのは、ここにいる難美と怠司ということになる。違うか？」

難美と怠司は互いに顔を見合わせた。言葉に詰まったらしい。

「そんな言い方をされるのはあれだが、確かにその通りだ。だが、それがどうかしたのか？」

怠司が漸《ようや》くのことで言った。

「わしはいたって健康なたちで、風邪はもちろん、腹痛や下痢などめったに起こさなかった」

「話が全然見えないんだけど」

「ところが、ここ半年、原因不明の下痢や腹痛に襲われることが度々あった。それだけじゃない。皮膚炎や、末梢《まつしょう》性神経炎、腎不全《じんふぜん》まで発症した」

「そんなこと、俺たちに言われてもな。そういうことこそ、ここにいる梅安先生の領分じゃないのか？」

「うむ。その通りだ。わしは梅安に相談した。そして、診断結果が出た。梅安、おまえの口からみんなに言ってやってくれ。……おい。綾小路、わしに紅茶を淹れてくれ、いつも通りブランデー入りでな」

梅安は立ち上がって、やや芝居じみた調子で言った。「皆さん、金盥君の症状は稀《まれ》なものだったが、しかし特徴あるものでそれとすぐわかった。彼は砒素《ひそ》中毒に冒《おか》されておったのです」

「ちょっと待ってよ。それってまさか……」難美は顔を顰《しか》めた。

「わしは命を狙われているということだ。そして、わしが死んで得をする者といったら……」

金盥は難美と怠司を見た。

「冗談じゃない。それだけの理由で犯人にされてたまるものか」怠司は憤慨した。

「確かに動機だけでは捕まえられない。だからこそ、今日ここに集まって貰ったんだ。容疑者と証人である医師と事件を解決する探偵に」

「先生、出番です」わたしは丸鋸先生を突《つつ》いた。

「はあ?!」

「今の話聞いてはったでしょ」

「いや。すまん。別のこと考えとった」

わたしは忍耐強く、今聞いたばかりの金盥の話を繰り返して聞かせた。

「なるほど。それでわたしは何をすればいいんだ?」

「決まっとる。わしに砒素を飲ませた犯人がこの二人――難美と怠司だということを証明してみせてくれればいいんだ」

「違います。先生、金盥さんに砒素を飲ませた犯人を突き止めるんです。この二人だと決め付けてはいけません」

「いったいどっちが本当なんだ？　わたしが本当にしなくちゃならないのはどっちなんだ？」

丸鋸先生は頭を抱えた。

「あんたがしなくちゃならないのは、俺と姉さんの無実を証明することだ。できれば真犯人を見付けてくれる方が手っ取り早いが」

「おまえたちが犯人なのはわかっとる」金盥は決め付けた。「ちゃんとした動機がある」

「動機があったとしても、あたしたちには、機会も手段もなかったわ。どうやって叔父さんに砒素を飲ませることができたというの？　あたしと怠司はここから遠く離れた東京に暮らしているというのに」

「それを突き止めるのが丸鋸の役目だ。こいつらのトリックを暴け。そうすれば、晴れて二人を逮捕できる。わしに心休まる日々が戻ってくるという寸法だ。丸鋸、事件解決の暁《あかつき》にはそれ相応のお礼をさせて貰うぞ」

「礼なら、こっちもするわ。あたしたちの無実を晴らしてくれればね」

「むむむ」先生は腕組みをした。

「推理したはるんですか？」

「どっちの申し入れを受けようか考えとるんだよ」

「今の状態では決められへんでしょう」

「そうだな。まず、どっちが有利なのか、見当を付けんとな」

「おまえら、他人の苦境で金儲けを考えてるのか？」怠司が不愉快そうに言った。

「当たり前だ。わたしは職業探偵なのだ。金儲けに走って何が悪い」

「先生、とりあえず調査をしましょう」

「調査と言っても、今はこの山荘に閉じ込められているからな」

「みんなに聞き込みしたらええんと違いますか？」

「それもそうだな。……金盥君、砒素を盛られたのはこの別荘でかな？　それとも、自宅の方かな？」

「まあ行ったり来たりの生活だから、どちらとも言えんが、自宅の公算が大きいと思う」

「それはなぜかな？」

「ご覧の通り、この別荘の周りには殆ど人間がいない。食事はすべて綾小路が用意してくれている。砒素を盛られる可能性は極めて少ない」

「わかった。きっと犯人はこの綾小路とかいうおっさんだ!!」怠司が叫んだ。

「馬鹿なことを言うな！」金盥が一喝した。「綾小路はそんな男ではない。そもそも、こいつには動機がない。わしが死んだら、職を失うだけで何の得もないのだ」

「綾小路さん」先生は質問の相手を変えることにしたらしい。「誰かがあなたの料理に毒を入れるような機会はあったと思いますか？」

綾小路は静かに否定した。「料理に毒を入れるには、誰の目にも付かないように、この別荘に忍び込んでおかなくてはなりません。しかし、万が一、そんな不届き者がいたら、わたしにわからないはずはありません」

「ご自宅の方はどうですか？」

「ご自宅の方はわたし以外に八人も使用人がおります。その全員に対し、常に目を光らせておく訳には参りませんので」

「自分の仲間の中に犯人がいるとおっしゃるんですか？」

「可能性の話をしているだけです。わたしも仲間に実行犯がいるとは思いたくないです」

「実行犯ということは別に主犯がいるとお思いですか？」

綾小路はちらりと難美と怠司を見た。

「ちょっと、それどういうことよ?!」

「何のことでございましょうか？」

「あたしたちのこと見たじゃない」

「見てはいけなかったのでしょうか？　申し訳ありません」

「そんな言い方したら、俺らがなんか理不尽なことを言ってるみたいじゃないか！」

「話はもう終わったかい？」平平が戻ってきた。「酒がなくなったんで戻ってきたんだが……」

「これから大事なところよ。もう一度出ていってくれる？」

「それには及ばん」金盥が言った。「必要なことはすべて話した。わしも梅安も丸鋸には最大限の協力をする。できるだけ早く、事件を解決してくれ。まあ、吹雪で他に何もすることがないだろうから、ちょうどいいか」

「圧倒的に情報不足だ」丸鋸先生は腕組みをして唸った。「少々証拠集めをしてもいいかな？」

「勝手にしろ。わしは真犯人を突き止めてくれさえすればいいんだ。おい。綾小路、紅茶はわしの部屋の前に置いといてくれ」金盥は部屋から出ると、自分の部屋へと向かった。

「さてと、情報を整理してみよう」丸鋸先生はリュックサックの中からノートパソコンを取り出した。「まず何が起きたかだ」

「金盥さんが砒素を盛られました」

「それは確かなことかな？」

「梅安先生が診断しはりました」

「ふむ。梅安さん、もう一度尋ねるが、金盥は本当に砒素中毒だったのかな？」

「ああ。間違いない」

「梅安さんが嘘を吐く理由はない。信じてもいいだろう」

「ちょっと待てよ。もし、この医者が犯人だったら、どうするんだ？」怠司が不服を言った。

「砒素だって？　おだやかじゃないな。いったい何があったんだ？　殺人事件か？」平平が興味深げに訊いた。

「殺人など起こっておりません」綾小路が訂正した。「正確には殺人未遂でございます」

「じゃあ、警察の出番じゃねぇのか？」

「そう単純なものじゃないんだ」梅安が言った。

「単純じゃないですって？　ちょっとおかしいんじゃないの？」難美が反論する。「現に毒を盛られているんだから、警察に届けるのが本筋じゃない。それをしないというのは、何か秘密があるんじゃないかしら？」

「秘密って例えばどんなふうな？」丸鋸先生が尋ねた。

「例えば、狂言よ。全部が叔父さんの仕組んだ芝居かもしれないわ」

「なんでそんなことをするのかね？」

「知らないわ。あたしたちを苛《いじ》めて楽しんでいるんじゃないかしら？」

「怠司さん、あんたはどう思うかね？」

「さっき言った通りだ。この医者が怪しいと思う」

「わしが金盥君を殺害して、どんな得があるというんだ？」

「知るもんか。大方、叔父さんに借金か何かしてるんじゃないのか？」

「失敬な！」梅安は吐き捨てるように言った。

「梅安さん、あなたはどう思う？」丸鋸先生は梅安の丸い眼鏡の奥の瞳を読み取ろうとしているかのようだった。

「わしには何も言うことはない。ただ、わかっとるのは金盥君が砒素中毒だったということだ」

「犯人の目星は？」

「それがわかれば苦労はない」

「何か一つぐらい気になることがあるだろう？」丸鋸先生は食い下がった。

「まあ、ないことはないがね」

「ほら」丸鋸先生は勝ち誇った。

「金盥君は使用人を信頼し過ぎる傾向がある。毒を盛るのが最も容易な人間は誰か？ 考えれば誰だって思い付くことだ」

「ということはこの綾小路さんが怪しいと？」

綾小路の片眉がぴくりと上がった。

「そんなことは言っとらんよ」梅安は慌てて取り消した。「使用人は彼だけではない」

「皆様、お話し中ですが」綾小路が無表情なままで言った。「お部屋の準備が調っております。いったん荷物を置かれてはいかがでしょうか？」

「では、全員、荷物を置いた後、またここに戻ってきてくれたまえ。まだ、訊いておきたいことがあるんだ。そうだな。三十分後ということで」


丸鋸先生は、その場にいる全員に代わる代わる何度も質問を繰り返した。殆ど役に立つ証言は得られなかったが、丸鋸先生は何時間にも亙って、質問を続けた。

全員が眠い目を擦《こす》りながら、コーヒーや紅茶を何杯も飲んだが、深夜になると、応接室を出て、それぞれ割り当てられた部屋に眠りにいく者が現れ、やがて先生とわたしだけが残った。

「話を聞いてなんかわかりました？」

「いいや」

「それやったら、なんでこんな遅くまで話、聞いてたんですか？」

「情報が有益かどうかは、その情報を入手するまで判断できないからさ」

「どうするんですか？　『やっぱりわかりませんでした』言うて金盥さんに謝りますか？」

「なんでわたしが謝らなければいかんのかね？　それにそれでは、金が貰えないではないか」

「ほんなら、どうするんですか？　ちゃんとした証拠もなく、他人を犯人呼ばわりしたら、あきませんよ」

「大丈夫。わたしにはちゃんと勝算がある。何のためにパソコンを持ってきたと思ってるんだ？　万能推理ソフトウェアを使えばこんな事件……」

「それ、本気で言うたはるんですか？」わたしは溜息を吐いた。

その時、綾小路が飛び込んできた。「大変です！　旦那様の部屋から大きな物音と呻《うめ》き声のようなものがしたので、ノックをしたのですが、お返事がないのです」

先生とわたしは階段を駆け上り、金盥の部屋の前に到着した。

ドアには鍵が掛かっていた。

「金盥君、すぐここを開けるんだ！」丸鋸先生はドアを激しく叩きながら叫んだが、部屋の中からは何の反応もない。

わたしはドアに耳を付けて、部屋の中の物音を探った。「何も聞こえません。この部屋の中には誰もいないか、眠っているのか、それとも……」

「旦那様!!」綾小路もドアを叩き続けた。

難美と怠司と梅安と平平が騒ぎを聞き付けてやってきた。

「どうかしたのか？」

「金盥さんの部屋の中で何かあったらしいんです」わたしは手短に説明した。

「ドアを破った方がいいんじゃないか？」平平が言った。

「その前に警察を呼んだ方がいいんじゃない？」難美が言った。

「この吹雪では、警察もすぐには来られません。もし怪我でもされていたら、その間に旦那様は……」

「よし。ドアを破ろう」丸鋸先生が言った。

男性たちが交替でドアに体当たりし、数分後に漸く鍵が外れた。

部屋の電気は点いたままだった。

金盥は部屋の真ん中にうつ伏せに倒れていた。口から血を流している。

難美は小さく悲鳴を上げた。

梅安が近付き、首に触れた。「駄目だ。すでに死亡している」

†

「人工呼吸と心臓マッサージをしたら、まだ助かるんと違いますか？」

「もう無理だ。死後かなりの時間が経っている。それに死因がわからないのに迂闊《うかつ》に遺体に触れるのは危険だ」

「なんだか、死体に触って欲しくないみたいな言い方だな」怠司が皮肉っぽく言った。

「だったら、君が蘇生術を施《ほどこ》せばいいじゃないか。身内なんだろ」梅安は不快感を露《あらわ》にした。

「とにかく、すぐに警察に連絡しなあきません」わたしは一階に駆け下り、警察に通報した。

警察は吹雪のため、すぐには来られない、とりあえず金盥の部屋には誰も近付かないようにして、現場の保存に努めてくれ、とのことだった。

金盥の部屋に戻ると、先生は現場をめちゃくちゃに荒らしていた。

金盥の服を粗方《あらかた》脱がし、机を引っ掻き回した後で、ちょうど本棚の本を床に投げ散らかしているところだった。

「先生、何したはるんですか?!」

「見た通りの犯罪捜査だが」

「素人がそんなむちゃくちゃしたらあきません。警察が来るまでなんにも手を触れんといてください」

「えっ?! このおっさん素人なのか?」忽司は目を丸くした。

「確か、金盥君はあんたのことを私立探偵だと言ってたが」

「先生は素人です。間違いありません」

「素人なんて、失敬だぞ。わたしは歴《れっき》とした探偵だぞ」

「免許はあるの?」難美が恐る恐る尋ねた。

「素人はこれだから困る」丸鋸先生は肩を竦《すく》めた。「日本には探偵免許制度など存在しないのだよ」

「今まで解決した事件は?」忽司が尋ねた。

「おそらくこの事件がわたしの解決する最大の事件となることだろう。『金盥狆平殺人事件』といったところだろうな」

「そういうことじゃなくて、今まで解決した事件は何件ぐらいあるのか訊いてるんだよ」平平が尋ねた。

「無茶なことを言うな。探偵を始めたのは今日が初めてなんだから、実績なんかあるものか」丸鋸先生は随分憤慨した様子で言った。

わたしは顔を手で覆った。

先生とわたし以外の人々は無言で互いに顔を見合わせている。

「どうする？　このおやじ、死体も部屋の中もべたべた触りまくってたぜ」怠司が呆然と言った。

「なんだか、おかしいと思わないか？」平平が言った。「今、俺たちの目の前で証拠隠滅《いんめつ》が行われたのかもしれないんだぞ」

「先生は無実です。ずっとわたしと一緒にいたはりましたから」

「おまえら、知り合い同士だろ。共犯に決まってる」怠司が睨み付けた。

「何を騒いでいるのかわからないが、事件解決の糸口はもう摑み掛けている」丸鋸先生が断言した。

全員が先生を見た。

「机の上に飲みかけの紅茶が置いてある。つまり、金盥は死の直前に紅茶を飲んだということだ。そして、金盥の顔の皮膚の状態を診れば死因は明らかだろう」

梅安は頷いた。「そう。死因はおそらく毒殺だ。それも即効性のものだろう」

「じゃあ、自殺なんじゃないかしら」難美が呟くように言った。

「自殺する理由があったのか？」平平が尋ねた。

「残念ながら、これは自殺ではない」丸鋸先生が言った。「本人以外知りようもない」

「なぜ、おわかりになるのですか？」綾小路が尋ねた。

「この紅茶のにおいをかいでみたまえ」

「ほう。これは妙だ」綾小路は目を丸くした。「これはわたしが淹れたものではない」

「そう。これにはブランデーが入っていない。誰かがすり替えたんだ」

「紅茶は直接金盥に手渡したのかね？」

「いいえ。いつも通り、部屋の前に置いておきました」

「じゃあ、誰でもすり替えることは可能だった訳だ」

「確かに紅茶にブランデーが入ってないかもしれないけど、それだけで自殺じゃないとは断言できないんじゃないかしら？　例えば、零《こぼ》してしまったので、自分で淹れ直したとか」

「それはあり得ない。金盥は机の前に座って死んでいたのではなく、部屋の真ん中で死んでいたんだ。おそらくは立っていたか、歩いていたかだ」

「それがどうかしましたか？」綾小路は目をぱちくりしている。

「なぜ、椅子から立ち上がったんだ？　もし、自殺だったなら、即効性の毒を飲んだ後、どこへも行く暇がないことはわかっていたはずだ」

「苦しくて、思わず立ち上がったってことはないかな？」平平が疑問を口にした。

「それなら、助けを求めにドアに向かったはずだ。金盥はドアとは反対の方に向かおうとして死んでいる」

「どこに行こうとしてはったんでしょうか？」

「部屋の奥の棚だよ」

「どうして、わかるんだ？」

「棚にブランデーの瓶が置いてあるからだ。金盥はブランデーが入ってないのに気付いて、ブランデーを取りにいこうとしたんだよ。これは自殺を実行中の人間のすることじゃない」

「つまり、あんたは、この家の中に殺人犯がいる、と言いたい訳か？」怠司はごくりと喉を鳴らした。

「論理的にはそういうことになる」

「警察はまだ来んのか?!」梅安は額の汗を拭った。

「吹雪が止まんとどうしようもないそうです」

「殺人犯と同じ家の中にいるのは、ごめんだぜ」平平が言った。

じゃあ、一人で行ったら？　百メートルも進まないうちに、冷たくなると思うけど。

「それより全員が自分の部屋に戻って、警察が来るのを待つというのはどうかしら？」難美が提案した。「内側から鍵を掛けておけば、誰も入れないわ」

「それはミステリで、連続殺人が起こる時のシチュエーションだぞ」丸鋸先生は言った。「全員がばらばらにいる状況で次の殺人が起きたら、ますます犯人がわからなくなってしまう。それよりは全員が同じ場所にいて、互いに見張っていた方が安全なんだ」

「わたしもそれがいいと思います。そのうち吹雪も止んで警察も来ます」

「確かに。俺もその意見に賛成だ」平平が言った。

「わしも同意する」梅安が言った。「これからは必ず最低三人以上で行動しよう。一人が犯人でも二人を同時に襲うことはしないだろう。ああ。例外として君たち二人は一人と見なす」梅安は難美と怠司を指差した。

「どういうことだ？」怠司が不服げに言った。

「姉弟で共犯の可能性が高いからだ。君たちと三人きりになるのは御免蒙《こうむ》りたい。それと君たち二人もだ」梅安はわたしと先生を指差した。

「物凄く不本意ですけど、他の人らから見たら、わたしらは仲間でしょうから、仕方ないですね」わたしはすんなりと諦めた。

「あのー」綾小路が口を開いた。「誠に申し訳ないのですが」

「なんだ？　いい提案があるのか？」怠司が言った。

「いい提案という訳ではないのですが、一つ気になることがございまして」

「どんな些細なことでも言ってみたまえ。それが推理の糸口になることもある」

「この別荘には市水は来ていなくて、地下水をいったんタンクに汲み上げて、それを水道に流しているのです」

「そんなこと珍しくはないでしょう」

「タンクの前にこんなものが転がっていました」綾小路は廊下に置いてある一抱えもあるポリ容器を指差した。「わたしには見覚えがございません」

「なんだこりゃ？」

全員がラベルを覗き込んだ。

「こ、これは！」丸鋸先生と梅安が同時に叫んだ。

その理由はわたしにもわかった。

「何なんだ？」

「遅効性の毒だ。もちろん効果は飲んだ量によるが、致死量を超えていたら、約半日で死亡する」

「ここに来てから、コーヒーか紅茶を飲んだ人は？」わたしは尋ねてみた。

わたしを含めて、全員が手を挙げた。

「げっ！」怠司が目を剝いた。「すぐに救急車を呼べ!!」

「パトカーが無理なら、救急車も無理です」

「おい、あんた医者なんだろ。なんとかしてくれ」平平が梅安に訴えた。

「無理だ。解毒剤さえあれば、簡単に治療できるのだが……」

「なんで解毒剤持ってこなかったんだ!!」

「そんな特殊な解毒剤が必要になる事態なんか、予想できるもんか」

「なんてこと！　あたしたちここで死ぬのよ。こんなところに来なければよかった」

「いや。望みが完全に絶《た》たれた訳ではない」丸鋸先生が落ち着いた様子で言った。

「どういうことだ？」怠司が身を乗り出した。「もったいぶらずに早く言え」

「全員がここの水を飲んだということだ。わたしはずっと応接室にいたが、全員がコーヒーか紅茶を飲んだのは確かなことだ。飲んだ振りだけしている者は一人もいなかった」

「それって、一人で死ぬより皆で死んだ方が寂しくない、とかそういうことか？」

「もう忘れはったんですか？」わたしは我慢できずに説明を始めた。「金盥さんを殺した犯人はこの中にいるんですよ。その犯人も水を飲んだっちゅうことは……」

「毒を入れたと見せ掛けて、入れなかったということか？」

「その可能性もあります。もう一つの可能性はすでに解毒剤を用意しているということです。自分も水を飲んだのは、疑われないためでしょう」

「自分も自殺するという可能性もあるんじゃないか？」

「自殺するんなら、わざわざ全員皆殺しにする必要はないでしょう」

「なぜ、即効性の毒にしなかったんだろう？」

「最初の一人が死んだ時点で、後の者が警戒して水を飲まなくなるからでしょう」

「金盥君も同じ方法で殺さなかった理由は何だ？」梅安が尋ねた。

「それはわかりません。ただ、推測するに、最初は金盥さんだけを殺す計画だったのでしょう。それが思いの外《ほか》の人数がこの別荘に来たため、計画を変更した可能性があります。所謂《いわゆる》B計画ちゅうやつです。金盥さんを殺した時点で思い付いたのかも」

「毒を入れるチャンスがあったのは、全員が自分の荷物を置きにいった三十分間だな。その間にアリバイのある人は？」

誰も手を挙げなかった。

「仕方がない。一人ずつ締め上げて吐かせるか？」平平が袖を捲《まく》った。

「そんなこと許されるものか。第一、あんたが犯人じゃないって、証拠はあるのか？」怠司が言った。

「俺は唯一の部外者だ。本来、ここに来るはずじゃなかったんだから、犯人じゃないに決まっている」

「本当に、そうかしら？」難美が疑わしげに平平を見た。「あたしたちが来た時、都合よくあんたのタクシーだけが駅に停まっていた。何か細工したんじゃなくって？」

「ちょうど今日、吹雪が来るなんて予想できるもんか！」

「たまたま今日は吹雪だったけど、何かの理由を付けて、別荘に入るつもりだったのかもしれないわ。車の故障とか、そんな理由でね」

「ここで、言い争いをしていても埒《らち》があかない。とにかく全員で手分けして、隠されているかもしれない解毒剤を捜そう」梅安が提案した。

「手分けなんかできるか、犯人は場所を知ってるんだから、一人で飲んで始末しちまうだろ」

平平が反対した。

「すでに犯人は解毒剤、飲んでるてことないですか？」わたしは梅安に尋ねた。「それに解毒剤が見付かったとしても、充分な量がないてことないですか？」

「このタイプの毒に予防用の解毒剤はないから、症状が出た後に飲まないと効果がない。予《あらかじ》め飲んでいるということはないだろう。また、解毒剤自体はほんの数滴でも効果がある。小瓶だとしても全員分はあるだろう。ただし、間に合ったとしての話だが」

「全員で屋敷内を捜しましょう。それしかありません」綾小路が焦りの色を見せた。「わたしがご案内いたしますから、一部屋ずつ虱《しらみ》潰しに調べましょう」

「それはあまり効率的とは言えんな」丸鋸先生が言った。「犯人もこういうことになるのは予測していたはずだから、簡単に見付かる場所に隠したとは思えない」

「じゃあ、どうすればいいんだ？」

「簡単さ。犯人を特定すればいいんだよ」

「仮令《たとえ》誰が犯人かわかったとして、じっと待ってればみんな死んじまうから、解毒剤のありかは言わないいんじゃないか？」怠司が言った。

「そんなことはない。自分だって毒を飲んでいるんだからね。縛り上げて動けなくしておけば、音を上げるだろう」

「それだったら、全員をふん縛ればどうだ？　その中に必ず犯人がいるんじゃねえか？」

「その場合は、最低誰か一人が自由な状態でなければならない。そいつが犯人じゃないって、確証がなければ誰も黙って縛られたりはしないだろう。まあ、どうしても犯人がわからなければ、投票か籤《くじ》引きで一人を選んで一か八かやるという手もあるだろうが、今はまだその時ではない」

「だったら、ぐずぐず言ってねぇで、早く犯人を突き止めろよ」平平が苛立たしげに言った。

「焦る必要はない。今から突き止める」丸鋸先生はノートパソコンとケーブルを取り出した。

「モデムはどこかな?」

「何をするつもりなんだ?」

「パソコンを起動して、ネットに繋ぐんだよ」

「掲示板で尋ねたら、誰か親切な人が犯人を教えてくれるってか?」

「少し違うね。これからわたしの自宅のホストコンピュータに接続するんだ。なにしろプログラムの本体はこんなノートパソコンには入らないのでね」

「何のプログラム?」難美が尋ねた。

「万能推理ソフトウェアだ」

わたしはあまりのことにその場に倒れそうになった。

命が懸かっているのに、そんな馬鹿げたものに頼らなくてはならないとは!

だが、不思議なことになんだか希望のようなものも湧いてきた。十年前の悪夢のような事件を思い出したのだ。

あんなものを実現できるのなら、ひょっとしたら……。

「それは何かの冗談ですか?」綾小路が不安そうに言った。

「冗談ではない。わたしは万能推理ソフトウェアを開発したのだ。どんな事件にも対応し、推理を行うプログラムだ」

「失礼だが、それは論理的におかしいのではないかね？　すべての事件に対応するためには、予めすべての事件を想定してプログラムしておかなくてはならない。つまり、そのようなプログラムが組めるのなら、そのプログラマー自体がすべての事件を解決できる探偵であることになる」梅安が言った。

「わたしの開発したソフトはそのような機能が限定された古典的なプログラムではないのでね。自ら進化する超絶プログラムなのだ」

「自ら進化するんだって？」平平が素っ頓狂な声を上げた。「馬鹿話に付き合うのは止めにして、さっさと籤引きして、ふん縛るやつを決めようぜ」

「ちょっと待ってください」わたしは平平を制した。「毒が効き始めるにはまだ時間がありま す。とりあえず先生の話を聞いたげてください」

「このプログラムは仮想世界の原理を応用している。つまり、この世界自体をモデル化しているのだ。例えば我々人間の脳というのは、どんなコンピュータでも敵《かな》わない素晴らしい性能を持っているが、それは誰かがそのように設計し、プログラムしたものだろうか？」

「確かに、それは自然に発生したものだ。しかし、それをコンピュータ内で再現しようとしたら、膨大なメモリと計算能力が必要になってしまい、実用的ではない」梅安は反論した。

「それは古典的なフォン・ノイマン型のコンピュータの話だろ。わたしが開発したコンピュータは量子コンピュータとDNAコンピュータを重合的に組み合わせたもので、並行世界のすべての計算結果を活用することができるのだ。つまり、別の世界の計算能力とメモリを無限に掠《かす》めとることが可能だという訳だ」

「くだらん御託はどうでもいい。原理を説明する必要もない。実証してみせろ。駄目なら、一人を残して、全員拘束する案でいく」怠司が脅すように言った。

「ちょっと待ってくれ。今、接続が終わるところだ」丸鋸先生はぱちぱちとキーボードに打ち込んでいく。「そろそろ、どんな事件をも解決できる超知性体が発生していてもおかしくない頃だ」

「えっ？　まだ完成してへんかったんですか？」

「完成？　そもそも完成などない。このプログラムは無限に進化を続けるのだ」

「進化には時間が必要なんと違いますか？」

「時間など関係ない。必要なだけいくらでも時間は畳み込むことができる。……おっ、いたいた」

「もう見付かったんですか？」

「この知性のコードネームはΣ《シグマ》としよう。使い物になるか、ちょっとテストだ」

「何するんですか？」

「こいつが存在する世界で単純な事件を起こしてみる。見事解決したら、接触してみる」丸鋸先生はかちゃかちゃかちゃとキーボードを叩き続けた。「わっ!!」

「どないしたんですか？」

「こいつ、事件を解決するどころか、自分が仮想世界にいることにまで気付きおった。とりあえず、接触してみる」丸鋸先生は声に出しながら、キーを打ち続けた。「よくぞ、見破った。君の推理通り、その世界は我々が創り出した仮想世界なのだ。人類は今とてつもない危機に曝されている。我々はこの危機を乗り越えるためには完全に論理的で客観的な観察が行える超知性が必要だと悟ったのだ。我々はそのような知性が仮想世界の中に生まれるのを待っていた。そして、今漸く成果が得られたのだ。さあ、Σ君、我々の世界に来てくれ」

「ちょっと、大げさ過ぎませんか？　人類の危機とか、嘘やし」

「こんなふうに期待して貰った方がΣも嬉しいだろう」

「日本語が通じるのか？」平平が感心した。

「世界を丸ごとシミュレートしてるんだから、翻訳なんてどうにでもなるんだろ？」怠司は意外と冷静だ。

　パソコンの画面に粗いポリゴンの顔が現れた。ホームズをデフォルメしたような容姿だ。これがΣらしい。

「なるほど。僕を呼び出したのは、あなたですね、丸鋸博士。それで、人類の危機とは？」

　丸鋸先生は今までのことを懇切丁寧に説明した。

　Σは欠伸をした。「それって、単なる殺人事件ではないですか」

「その通りだ。探偵に殺人事件の解決を依頼して何が悪い？」

「あなたは、人類の危機だと言ってませんでしたか？」

「我々、七人は全員人類だ。人類の危機には間違いない」

「まあ、いいでしょう。ちょっとした暇つぶしにはなりました」

「『なりました』と過去形で言ったところをみると、もう謎は解けたのかね？」

「厳密に言うと、謎など最初からありませんがね。ただ単に犯人がわからないってだけでしょ」

「犯人は誰なのかね？」

「今はまだ答えられません」

「いつなら、答えられるんだ？」

「答えるには、ちょっとした質問を行う必要があります。そもそもの前提に気付けば何ということはないんですがね」

「それはどんな質問なのかね？」

「まずは、そもそもの前提——最も初めの部分……」

Σの顔が消えた。

「どうしたの？」難美が尋ねた。

「接続が切れたようだ」丸鋸先生はしばらくパソコン本体やケーブルを弄《いじ》くっていたが、やがて諦めたようだ。「うんともすんとも言わん。雪か風の影響で、光ケーブルが切れたんだろう」

「どうすんだよ？　まだ答えを聞いてないぞ。携帯か無線ＬＡＮは使えないのかよ？」平平が責める。

「残念ながら、ここにはどちらも届いていない」

「じゃあ、これから一人ずつ縛り上げるぞ」

「待ってくれ。謎は粗方解けた」丸鋸先生は淡々と言った。

「でも、今謎解きの途中で切れたぞ」

「充分なヒントは伝わったじゃないか。Σは『そもそもの前提に気付けば何ということはない』と言った」

「それだけでは何のことかわからんぞ。それ自体が一つの謎だ」梅安が首を捻った。

「難しく考えることはない。素直に考えればいいんだ。『そもそもの前提――最も初めの部分』この意味がわかれば、謎はほぼ解けたと言ってもいい」

「もったいぶるな。早く、教えろ」怠司は爆発寸前のようだった。

「『最も初めの部分』つまり、この小説の冒頭部分だ」

「えっ？」丸鋸先生以外の全員が呆気にとられていた。

「何かおかしなことを言ったかな？」丸鋸先生はへらへらとした調子で言った。

「それ言っちゃうのか？」平平が呆れたように言った。

「いや。現に我々は小説の登場人物なんだから、それに気付かない振りをするのは、かえって読者に失礼というものじゃないかな？」

「つまり、あれですね。今回のテーマはメタやと」

「しかしですな」綾小路は当惑しているようだった。「冒頭の但し書きは読者へ宛てられたものでしょう。ちゃんと［読者へのヒント］と書いてありますが」

「仮令読者へのヒントだろうと、それを前提にしなければ、謎が解決できないということなんだから、登場する探偵は暗黙のうちに、それを前提として推理を行うということに決まっている。というか、それはミステリの常識というものだろう」

「暗黙じゃなくて、あからさまに言っちゃってるんだけど……」難美は呆れ果てたように丸鋸先生を見た。

「暗黙のうちに、探偵がそういう前提に達するようなストーリーを生み出すのは至難の業だ。それなのに、読者はそんな苦労などはなかったかのように、結果だけを利用する。だとしたら、そういうややこしい儀式は抜きにして、いきなりそういうものだとして、話を進めても同じことだろ」

「まあ、それであんたの気が済むなら、そういうことにして推理しても結構だよ」怠司が言った。「とにかく早く犯人を見付けてくれ」

「よろしい。ええと、読者の便宜を考えて、冒頭部分を丸ごと引用してみよう」

［読者へのヒント］

ミステリは物語展開の都合上、目撃者や関係者の証言を推理の根拠に用いることが頻繁に行われる。しかし、登場人物の発言を無批判に信ずることは常識に反しているし、また現に犯人は必ずと言っていい程嘘を吐いている。だからといって、登場人物全員の発言を疑って掛かり、すべてに傍証を求めたなら、物語展開はとても煩雑でまた面白味のないものになってしまう。そこで、今回は作者より、読者へのヒントとして、以下のことを明言し、保証することにする。

本短編作品中、犯人以外の登場人物は決して故意に嘘を吐くことはない。

「この『本短編作品中、犯人以外の登場人物は決して故意に嘘を吐くことはない』というところが前提という訳だ」

「登場人物が全員礼儀知らずで、ずけずけものを言う人ばっかりやったのはそういうことやったんですね。なんやおかしい思てました」

「つまり、犯人でない者に『おまえは犯人か？』と尋ねると、多少の言い回しの違いは別にして、必ず『いいや。わたしは犯人ではない』と答えるはずだ」丸鋸先生は説明を続けた。

「ああ。そうだな」怠司は生返事をした。

「では、犯人に同じことを訊いたら、どうなる？」

「答えは同じだろ。犯人は嘘を吐けるんだから」梅安が言った。

「全く、役に立たねぇ前提だ。どうせなら、『犯人も含めて、誰も嘘を吐かない』としとけばよかったのに。それだったら、全員に『おまえは犯人か？』と順番に訊いていくだけで、犯人が見付けられたんだが」平平が残念そうに言った。

「それじゃあ、ミステリにならないだろう。質問を工夫するんだ。犯人だけが違う答えになるような質問をすればいいんだ。簡単な論理クイズだ」

「『おまえは犯人じゃないだろ？』と訊くのか？」

「全員『その通り。わたしは犯人ではない』と答えるに決まっているじゃない」難美がつまらなそうに言った。「犯人は嘘を吐けるんだから」

「ここは発想の転換だ。二重に嘘を吐けば、本当になる」丸鋸先生が言った。

「どういう理屈だ？」

「嘘吐きに本当のことを言わせるテクニックさ。こう訊くんだ。『もし「おまえは犯人か？」と訊かれたら肯定するか？』つまり、質問もメタ化するということだ」

「『もし「おまえは犯人か？」と訊かれたら「はい」と言うか？』の方がわかりやすくてええんと違いますか？」

「『はい』じゃなくて、『ああ』とか、『うん』とか言うかもしれないじゃないか」

「ええと。正直者の場合は、『おまえは犯人か？』と訊かれたら、否定するから……」怠司が考え込んだ。

「肯定しない訳だから、答えは『ノー』だ」

「なかなかさえているじゃないか」丸鋸先生は上機嫌だった。「じゃあ、嘘吐きだったら？」

「嘘吐きの場合でも、『おまえは犯人か？』と訊かれたら、否定するわね」

「『肯定するか』と訊いているんだから、正直な答えは『ノー』だ。しかし、犯人は嘘吐きなので、『もし「おまえは犯人か？」と訊かれたら肯定するか？』という質問の答えは『イエス』となる」平平が言った。

「うん。うん。うん。そうだ。そうだ。そうだ」先生は何度も頷いた。「誠に巧妙な質問だろ」

「けど、先生、それはうまいこといかんでしょう。なんでかて……」

「君は黙ってるんだ。これはまさに犯人との一対一の論理対決なのだよ。言葉に一文字のミスも許されない、とても厳しい戦いだ」

「そうと違《ちご》てですね……」

「まず、君からだ。『君は犯人か？』と訊かれたら肯定するか？」

「いいえ。……そやけど、そんな質問は……」

「これで、君の潔白は証明された。今度は同じ質問をわたしにしてくれ」

「『先生は犯人ですか？』と訊かれたら肯定しますか？」

「いいえ。……さて、これでわたしの潔白も証明された。という訳で、わたしはまた質問者に戻らせて貰うよ」丸鋸先生は梅安に言った。「『君は犯人か？』と訊かれたら肯定するか？」

「ノーだ。わしは肯定しない」

「綾小路君、『君は犯人か？』と訊かれたら肯定するか？」

「いいえ」

「怠司君、『君は犯人か？』と訊かれたら肯定するか？」

「いいえ」

丸鋸先生はごくりと唾を飲み込んだ。「次の質問で、すべての決着が付く。……難美さん、『君は犯人か？』と訊かれたら肯定するか？」

「いいえ。あたしは肯定しないわ」

「全員で平平を取り押さえるんだ!!」

「わっ。待て。何をする?!」

わたし以外の全員が問答無用で、平平を押さえ付けた。

平平は必死に抵抗しているが、多勢に無勢でどうしようもない。「止めろ。俺は犯人なんかではない!!」

「歴とした証拠があるというのに、何をしらばっくれているのだ」丸鋸先生が勝ち誇って言った。「君以外の全員が正直者である――つまり、犯人でないことが実証されたのだ。消去法によって、犯人は君以外ではあり得ない」

「とにかく俺は犯人なんかではない。手を放してくれ。苦しい。息が詰まる」

「信じられるものか、犯人は嘘吐きなんだからね」丸鋸先生は平平の顔を指差した。「さあ、早く解毒剤のありかを教えたまえ」

「知るもんか」

「君はこの期に及んで」丸鋸先生は怒りに体を震わせた。

「ねえ。この人への質問を一番後回しにしたのは、犯人だと目星を付けていたからなの？」

「ああ。そうだ。わたしは彼が最も怪しいと踏んでいたのだ。なぜなら、毒入りの紅茶にブランデーが入っていなかったからだ。金盥は皆のいる前で綾小路君に『紅茶にブランデーを入れろ』と言った。だから、金盥を騙すためには、犯人は紅茶にブランデーを入れておくはずなのだ。しかるに、毒紅茶にはブランデーが入っていなかった。そのことを知った時に思い出したんだよ。金盥がブランデーの話をした時に唯一その場にいなかった人物をね」

「なるほど。確かにあの時、平平は席をはずしていたな」怠司は納得したようだった。

「何の話をしているのか知らないが、俺は犯人ではない」平平はまだもがき続けていた。

「往生際の悪いやつだ‼　肋《あばら》の二、三本でも折れば、解毒剤のありかを喋《しゃべ》る気になるだろう」

梅安はきょろきょろと武器になるものを探し始めた。

「待ってください！」わたしは精一杯の大声で言った。「なんで決め付けるばっかりで平平さんが犯人かどうか確認しぃひんのですか？」

「確認するも何もちゃんと消去法で彼が犯人であることを証明したではないか」

「この際、消去法のことは忘れて、直接確認してください」

「何を言っとるのか、意味がわからない」

わたしは丸鋸先生を説得するのを諦めて、わたし自身が全員に証拠を見せることにした。

「平平さん、わたしの質問に答えてください。『あなたは犯人ですか？』と訊かれたら肯定しますか？」

「いいや。俺は肯定しない」

全員が一斉に手を放した。

平平は咳き込み、ぜいぜいと肩で息をした。「ああ。死ぬかと思った」

「これはどういうことなの？　全員が正直者だとしたら、この中に犯人はいないってこと？」

「たぶん、犯人はこの中にいます」わたしは言った。「冒頭の言葉をもう一度思い出してください。『本短編作品中、犯人以外の登場人物は決して故意に嘘を吐くことはない』これは犯人以外の登場人物についての言葉です。犯人については、何も語られてへんのです。彼、もしくは彼女は、嘘を吐くのかもしれませんし、本当のことを言うのかもしれません。おそらくは、嘘でも本当でも自由に話すことができると考えるべきです」

「おおっ！　確かに」丸鋸先生はぽんと手を打った。

「ねえ。どういうこと？　ブランデーの話は証拠にならないの？」難美はまだ平平を疑っているようだ。

「平平さんがブランデーの話を聞いていなかったことは全員が知っています。もし犯人が別にいたのなら、紅茶にブランデーを入れたら、平平さんは犯人の候補からはずれることになります。これは容疑者の範囲を絞ることになりますから、犯人にとって、うまくありません。平平さんを容疑者に含ませようと思うなら、ブランデーを紅茶に入れないでおくことはすぐに思い付きます。どうせ、紅茶に入っていた毒は即効性なので、ブランデーが入っていないことに気付かれたとしても、たいして影響はないのですから」

「ほら。少なくとも俺の無実は証明できた訳だ」平平は勝ち誇ったように言った。

「それは違います。平平さんが犯人やという証拠がない、というだけです。犯人でないという証拠もありません。平平さんは本当にブランデーのことを知らなかったので、紅茶に入れへんかっただけということかもしれません」

「じゃあ、八方塞《はっぽうふさ》がりという訳か」梅安はがっかりとした様子で言った。「質問で犯人を見抜けないのなら、吹雪が早く止むのを待つしかないということだな」

「いや。まだ望みはあるぞ。もし犯人に毒の効果が出れば、解毒剤を飲むしかないだろう」怠司が言った。

「たまたま犯人が一番初めに毒が効き始める可能性は確率的には七分の一ね」難美はすっかり気落ちした様子だった。「でも、全く望みがない訳じゃない。そういうことね」

「いいえ。まだかなりの望みがあります」わたしは宣言した。「質問によって、犯人を特定できる可能性はまだ残っています」

「しかし、犯人は嘘でも本当でも自由に言えるんだろ。どんな質問でも裏をかくことは不可能なんじゃないか？」平平が疑わしそうに言った。

わたしは目を瞑《つむ》り、冷静に質問の内容を吟味した。

そう。これなら、うまくいくかもしれへん。まず、先生からや。

「先生、わたしの質問をよく聞いて答えてください」

「いいよ。さあ、来い」

「今わたしが尋ねているこの質問自体、及び『先生は犯人ですか？』という質問の二つの質問について、『両方共に対して肯定の返事をする』、もしくは、『両方共に対して否定の返事をする』のどちらか一方が成り立ちますか？」

「えっ？　えっ？　ちょっと待ってくれ？」先生は目を白黒させた。「頭の中を整理させてくれ。ええと、『この質問自体』というのは、つまりあれだな、メタだ。ちゃんとテーマにも沿っているいい質問だ。

『肯定の返事をする』というのはつまり『はい』って答えることだな。『否定の返事をする』は『いいえ』だ。つまり、さっきの質問は『今わたしが尋ねているこの質問自体、及び「先生は犯人ですか？」という質問の二つの質問について、「両方にはいと答える」もしくは「両方にいいえと答える」のどちらか一方が成り立ちますか？』と訊いている訳だ。仮に『今わたしが尋ねているこの質問自体』を質問A、『先生は犯人ですか？』を質問Bとしよう。

(1)　質問Aに対する答えが『はい』で、質問Bに対する答えも『はい』なら、『両方にはいと答える』が成り立っているので、答えは『はい』だ。

(2)　質問Aに対する答えが『いいえ』で、質問Bに対する答えも『いいえ』なら、『両方にいいえと答える』が成り立っているので、答えは『はい』だ。

(3)　質問Aに対する答えが『はい』で、質問Bに対する答えが『いいえ』なら、『両方にはいと答える』も『両方にいいえと答える』も成り立っていないので、答えは『いいえ』だ。

(4)　質問Aに対する答えが『いいえ』で、質問Bに対する答えが『はい』なら、『両方にはいと答える』も『両方にいいえと答える』も成り立っていないので、答えは『いいえ』だ。

ここまではOKだ。

さて、質問Bの『先生は犯人ですか?』に対しては、『いいえ』で間違いない。問題は質問Aだ。もしわたしが『はい』と答えるとするならば……」

わたしはぶつくさ言っている先生をほったらかしにして、綾小路に問い掛けた。「同じ質問です。今わたしが尋ねているこの質問自体、及び『あなたは犯人ですか?』という質問の二つの質問について、『両方共に対して肯定の返事をする』、もしくは、『両方共に対して否定の返事をする』のどちらか一方が成り立ちますか?」

「答えはノーです。少なくとも、わたしは犯人ではありません。それだけは確実ですからね」

「皆さん、犯人は綾小路さんです。すぐに取り押さえてください」

全員、顔を見合わせて、動こうとしなかった。

「どうしたんですか、皆さん?」

「いや。なんだか、混乱してしまって……」梅安はおろおろと言った。「ああ。そうか、なるほど。それ行けー!」本当にわかったのかどうか、とりあえず梅安は綾小路に飛び掛かった。

残りの人間も一瞬躊躇《ちゅうちょ》していたが、決心したのかやはり飛び掛かった。

「畜生!」綾小路は毒づいた。「もう少しよく考えればよかった。ついうっかり答えてしまった」

「どうして、自分から毒の容器のことをばらしたりしたんだ?」

「容器はいずれ見付かる可能性があった。自分からばらせば疑われないと思ったんだ。毒が効き始めるまで時間稼ぎができれば、それでよかったんだよ」

「なんでこんなことをしたのかね」丸鋸先生が上の立場からものを言った。

「わたしはこの数十年、黙ってあの人に仕えてきた。あの人のために誠心誠意、骨身を削って献身してきたのだ。あの人もそんなわたしの苦労に報《むく》いてくれると約束してくれていた。それなのに……。それなのに……」綾小路は唇を嚙み締めた。「わたしは旦那様の遺言状の中身を見てしまったのです。それには、わたしのことなど一言も書かれていませんでした。いいえ。わたしは財産が欲しかった訳ではありませんでした。ただ、わたしを甘い言葉で騙したことが許せなかったのです」

「まあ、こいつは嘘を言ってるかもしれないからね」丸鋸先生は頭を掻いた。「訊いても無駄だったかも」

「もうじたばたしても仕方ないでしょ。解毒剤はどこにあるんですか？」わたしはとりあえず最も重要なことを尋ねた。

「わたしの直腸の中だ。小瓶に入れてある」

「ああ。なるほど。そういうことね」丸鋸先生は何か納得したようだった。「それで辻褄《つじつま》が合っちゃうね。まあ、嘘かもしれないけど」

「嘘か本当かは、すぐに確認できる」梅安はゴム手袋を嵌《は》めた。「よしズボンを脱がして、押さえ付けてくれ」

綾小路は観念してじっとしていたので、瓶は簡単に摘出できた。

「ガラスを肛門に入れるのは、危険だから今後は止めておくように」梅安は注意した。

「なんか、薄茶色に汚れてるんだけど」難美が顔を顰《しか》めた。

「中身はきっと大丈夫だ」怠司が慰めた。「というか、仮に中が汚れてても、死ぬよりはましだよ」

「とりあえず、これで一件落着ですね」わたしは漸く一息ついた。「あとは症状が出る頃に解毒剤を飲めばいいだけです」

「いや。君にはまだ仕事が残っとるよ」丸鋸先生が言った。

「えっ？　犯人を突き止めたんだから、これ以上何もないでしょ」

「謎解きが中途半端なままなんだよ」

「そうだ。もし綾小路が『ノー』ではなく、『イエス』と言ったら、次は誰に質問するつもりだったんだ？」平平が言った。

「誰にも。その場合でも、綾小路さんが犯人だと断定してました」

「『イエス』でも『ノー』でも、綾小路が犯人だってこと？」難美が尋ねた。

「そうです」

「つまり、答えの内容に関係なく綾小路が犯人だということか？　ちゃんと説明してくれないか。謎解きは探偵の義務というものだろう」丸鋸先生が急かした。

「探偵は先生でしょ。ひょっとして、質問の意図がわからんかったんですか？」

「もちろん、すでにわたしの脳の中には謎解きは出来上がっているよ。ただ、君がどういう論理展開でわたしと同じ結論に到達したのかを確認したいだけさ」

「先生の言い訳には、がっかりです」わたしは失望の色を隠しもせず言った。「でも、謎解きは先生が殆どやってしまってるというのは、ある意味正しいんです。さっき、先生は答えのパターンを場合分けして考えましたね。偶然のことながら、あれは惜しいところまで行ってたんです」

「偶然？　違う。違う」丸鋸先生は首をぐるんぐるんと振った。

わたしは無視して説明を続けた。「まず、綾小路さんが本当のことを言ったと仮定してみます。

先生が場合分けした四つのパターンのうち、答えが『ノー』になるのは、

(3)　質問Aに対する答えが『イエス』で、質問Bに対する答えが『ノー』なら、答えは『ノー』

(4)　質問Aに対する答えが『ノー』で、質問Bに対する答えが『イエス』なら、答えは『ノー』

の2パターンだけです。

しかし、(3)は論理的矛盾があって、そもそも成立しぃひんのです」

「どういうことだ？」怠司が尋ねた。

「そもそも質問Aというのは、わたしが綾小路さんにした質問『そのもの』なんですから、『質問Aに対する答えが「イエス」』というのは、事実に反する訳です。彼は『ノー』と答えたんですから」

「なるほど。ということは成り立つのは、パターン(4)の場合だけという訳か。そして、その場合、質問Bに対する答えは『イエス』となり、自白していることになる」怠司が頷いた。

「その通りだ！　間違いない！」丸鋸先生が言った。「君は、わたしとほぼ同じ論理の道筋を辿っているぞ。さあ続けたまえ、君の論理能力をチェックしてあげよう」

「もし、綾小路が『イエス』と答えていたら、どうなってたんだ？」平平が言った。

「答えが『イエス』となるパターンは、

(1)　質問Aに対する答えが『イエス』で、質問Bに対する答えが『イエス』なら、答えは『イエス』

(2)　質問Aに対する答えが『ノー』で、質問Bに対する答えが『ノー』なら、答えは『イエス』

の二つです。この場合も(2)は自己矛盾を含んでいますから、成立するのは(1)だけなんです。つまり、綾小路さんは自白していることになります」

「Q.E.D.」丸鋸先生が宣言した。「わたしと寸分違わない結論だ。誰かわたしの推理に質問がある人はいないかね？」

「今までは綾小路が本当のことを言っていると仮定してのことだろ？　もし嘘を吐いていたら、どうなるんだ？」梅安は先生ではなく、わたしに尋ねた。

「もし嘘を吐いていたら、この冒頭の言葉より、即座に彼が犯人に確定です。したがって、その可能性は考慮する必要あらへんのです」

「なるほど。『綾小路が嘘を吐いている』かつ『綾小路は無罪』という可能性はない訳だから、考慮の必要なしという訳だな」

「どうも腑《ふ》に落ちないところがあるんだけど」難美が言った。

「何かね？　どんな質問でも即答してあげよう」

「綾小路が『イエス』と言ったとしても『ノー』と言ったとしても、自白していることになる。そうだったわね」

「その通りだ。極めて論理的に明晰な推理だろ」

「そこが騙されているような気がするのよ。今回は彼が犯人だったから、よかったけど、犯人じゃなかったら、無実の罪を着せたことにならないの？」

「ええと、それはだね。……君、わたしに代わって答えてあげなさい」

「事実彼は犯人やったから、矛盾はありません。綾小路さんが犯人やないという仮定は、事実ではない訳ですから、どんな結論でも導き出せます。論理的には意味のない行為です」

「前提が偽なら、どんな結論も真となる」丸鋸先生は自信たっぷりに言った。「これは論理学の基本中の基本だ」

「でも、綾小路に質問したことに必然性はない訳でしょ？　もし、その他の人に質問していたら、どうなっていたのよ？」

「ええと。その場合は……」丸鋸先生はちらりとわたしの顔を見て、こっそりと後ろに引き下がった。

「それについては、自分で考えてみてください」わたしは強気に言い放った。「綾小路さんではなく、自分が質問されたと置き換えてみれば、すぐわかるでしょう」

「そんな突っぱねないで、そのぐらいのことなら、説明してあげてもいいんじゃないのかね？」

丸鋸先生はおどおどと尋ねた。

「それがそう簡単にもいかないのです」

「なんでだね？」

「この本の中で、この短編だけ長過ぎてバランスを崩してしまってますし、これ以上長くしたら、ページ数が増えて、値段が高くなってしまいます」

「なるほど。それでは、無理強いもできないな」丸鋸先生はここでにやりと笑った。「メタだけに、わたしもこれ以上、無理強いするのはやメタ……ってね」

「ぎゃふん」

遺体の代弁者…………SFミステリ

わたしはビルの階段をゆっくりと上った。

屋上に出るにはこの階段を使うしかないようだ。

いったんドアのレバーを摑んだが、躊躇《ちゅうちょ》して手を離す。

ハンドバッグからコンパクトを取り出し、目の辺りのメイクを確認し、深呼吸する。そして、もう一度ドアノブを摑み、押し開ける。

もう日は沈んでいる。深い藍色の空に墨のような雲が強風でたなびき、流されていく。

風で髪の毛が乱された。

周囲を確認しながら、一歩一歩ドアから離れていく。

後ろで轟音がした。

わたしは飛び上がって、後ろを振り向いた。

なんでもない。たぶん風で煽《あお》られて、ドアが閉じただけだ。

人気《ひとけ》はない。

わたしは時計を見る。

暗いので、よく表示が見えない。

わたしは明かりを求めて、屋上の縁へと向かった。

街の明かりで、時計の針がかすかに見て取れた。

「大丈夫。時間は合ってる」わたしは呟いた。

ふと背中に気配を感じて振り返る。

見たこともない男が目を見開いて驚いたように、わたしを見ていた。「ここで何をしているんだ?!」

「わたしは……」

男が駆け寄ってくる。

わたしは反射的に後退《あとずさ》った。何かに引っ張られる。ふっと体が軽くなる。

衝撃。

†

わたしは絶叫した。

「少しは落ち着きたまえ」目の前の中年男性が指を自分の耳に突っ込んでいた。「確かに死の記憶は恐ろしいが、現実には生命が危機に曝《さら》されている訳ではないんだから」

周りを見回すと、わたしは薄暗い実験室のような場所にいた。ベッドに横たわった姿勢から半分起き上がりかけている。そして、わたしは絶叫していた。

「だから、もう黙ったらどうかね？」中年男性はわたしの口を掌で塞いだ。

わたしはきょろきょろと目を動かした。

部屋の中には件《くだん》の中年男性の他にもう一人の若い男性、それに女性らしき人物——彼女はなぜかすっぽりと黒い布で顔を覆っていた——がいた。

わたしは混乱していた。「いったい何があったんだ？」

「それはこちらがこれから君に訊くことだ。まあ、君の混乱の理由はだいたいわかっているがね」中年男性はにやにやとして言った。

「丸鋸《まるのこ》博士、大丈夫なんですか？　彼は随分怯えているようですが」若い男が言った。

「単に混乱しているんだ。なにしろ記憶が不連続になっているんだから」

記憶が不連続？　わたしは気を失っていたのか？　しかし、それだけでは説明がつかない。なぜなら。わたしは……。

「おい。君、自分が誰だかわかるか？」博士と呼ばれた男が言った。

そうだ。それが問題なのだ。

わたしは頷いた。「わたしの名前は田村《たむら》二吉《にきち》だ」

「しかし、さっきはそうでなかったような気がする。そうだろ」

「いったい何があったんだ？」

「君には何も。いや。全く何もなかったとは言えないな。これを見たまえ」博士は手鏡を差し出した。

そこには見慣れた自分の顔があった。照明のせいか少しふけて見える。だが、驚くべきことは頭の状態だった。頭部の右側に縦に傷が入っているのだ。出血はない。まるで、最初からそうなっていたかのように、右目と鼻の間から額を抜けて真っ直ぐ上に割れ目が延びている。

「自分自身について覚えていることは？」

「全部覚えている」

「そう思っているだけだ」博士が笑った。「乱闘事件については、どうかね？　君は友人を助けようと不良たちの中に飛び込んだんだ」

　そうだ。乱闘事件があった。直人《なおと》がチーマーに絡まれていて、なんとか助け出そうとしたんだ。そして、殴られて……。それからどうなったんだ？

「わたしは記憶喪失になったんですか？」

「広い意味ではそうだな。厳密に言うと、前向性健忘。君はあの乱闘事件以降、新しいことを覚えられなくなったんだよ」

　そうなのか？　しかし、突然そんなことを言われても信じられる訳がない。そもそも、それだけでは、さっき起こったことの説明にはならない。

「まだ理解できてないようですよ」若い男が言った。

「まあ、そうだろう。彼にとっては何もかも初めて体験することだからな。しかし、そう時間は掛けていられない。残された時間はどんどん失われていく。手短に説明するぞ」

「少し、休んでからにしてくれませんか？」

「そんな訳にはいかない。君は短期記憶から長期記憶への移行がうまくできない前向性健忘の状態になっている。早い話が記憶は数分から数十分しかもたない。今までの実績から言うと、十分で約半分の記憶が失われ、三十分後にはもう殆《ほとん》ど残らない。だから、君には現状をできるだけ早く理解して貰って、記憶が消える前にさっさと証言して貰う必要がある」

「証言って何を？」

「被害者を殺した犯人についてだ。君、覚えているんだろ？」

「被害者というか、まるで自分が殺されたような気がするんですが」

「当たり前だ。被害者の記憶を移植したんだから」

わたしは目を剝いた。「なんだって?!」

「もちろん、脳全体に分散している長期記憶を取り出すことは不可能だ。だが、海馬《かいば》に集中している短期記憶なら、新鮮なうちに取り出せばなんとか再生することができる」

「再生って、ビデオか何かみたいに？」

「人間の脳の中に蓄《たくわ》えられた情報を機械で簡単に再生できれば苦労はない。人間の脳内情報を再生できるのは人間の脳だけなんだ」

「気分が悪くなってきた」

「我慢して聞いて貰おう。さっき言ったように時間が残り少ないんだ」博士は説明を続けた。

「『死人に口なし』と言われるように、殺人事件で最も厄介なのは、被害者の証言が得られないことだ。特に第三者が傍にいなかった場合など、加害者が唯一の目撃者だということになる。

これは被害者にとってとても不利なことだと思うだろ？」

「ああ」わたしは力なく同意した。

「だから、わたしは開発したのだ。このスピーカー・フォア・ザ・デッド・システムを！」博士は芝居がかった様子で両手を広げながら叫んだ。しばらく天を仰ぐ仕草のまま固まっていたが、周囲から何の反応もないのに気を悪くしたのか、元の体勢に戻って咳払いをした。「とにかく、遺体の海馬をスライスして、生きている人間の海馬に接続すれば、その人間が被害者の記憶を思い出してくれるという寸法だ」

「馬鹿な！　人間の脳がそんな単純な働きのはずがない。そもそも他人の脳をどうやって接続するというんだ？」

「じゃあ、見せてあげるよ」博士はわたしの頭の右側に指を掛け、少し力を込めた。

ぱちん。

軽い音が頭の中で響いた。

視界がぐにゃりと歪む。焦点が合わない。左右の目を交互に瞑《つむ》って、どうやら右の視界が九十度回転していることに気付いた。右目だけが横倒しになっている感じだ。

「いったいわたしの目に何をしたんだ？」

「もう一度鏡を見てみなさい」

わたしは鏡を覗いた。

そこには異形の怪物がいた。

わたしはあまりのことに悲鳴も出なかった。

先程あった割れ目が広がり、右目を含む顔と頭部の右三分の一程が右側に倒れていたのだ。

「いや。これから何度も君の脳を使わなくちゃいけないんでね。使い易いようにちょっと改造させて貰ったんだ」

「冗談じゃない。どうして、わたしがこんな目にあわなければならないんだ!!」

「他人の短期記憶を移植すると、長期記憶との不整合で強い混乱が起こってまともな証言が得られないんだ。その点、元々長期記憶に障害のある君なら、比較的軽度の混乱で済むんだ」

「しかし、本人の承諾もなく、勝手にこんなことをするなんて!!」

「人聞きの悪いことを言わんでくれ。ほれこの通り、ちゃんと君の承諾は貰っておる」博士はひらひらと紙切れを見せた。

わたしは承諾書の確認をする気力すらなかった。そんなことをしたって、今更この顔と頭はどうしようもない。

「どうした？　酷《ひど》く気落ちしているようだが？」

「顔を改造されたんだから、当たり前だろう」

「いや。改造のメインは顔ではない、脳だよ」博士はわたしの頭を摑んで鏡に映る角度を変えた。

自分の脳の中身が丸見えになった。

切断面はまるで標本のように綺麗になめらかな平面になっていた。色はピンクでところどころ白い領域があった。血は出ていない。表面になんらかの加工が施《ほどこ》してあるのだろうか？　左右の切断面の間には何十本もの細い糸のようなものが走っていた。

「この糸は何だ？」

「もちろん二つに分かれた脳の間の連絡をとるための導線だ」

「少な過ぎないか？」

「人間の脳はそれ程大量の情報を処理している訳じゃない。物凄く効率化されているから、高速処理しているように錯覚しているだけだ」

「これは？」わたしは脳の断面に貼り付けられた不規則な形をしたハムのようなものを指差した。

「それこそが被害者の海馬の断片だ。白金の針で君の脳に固定すると共に接続しているんだ。これで君の脳は被害者の短期記憶を自分の短期記憶と勘違いするという訳だ」

「しかし、わたしは実際に被害者として体験したぞ。単なる記憶だけではない」

「体験したという記憶が植え付けられているから、そう感じているだけだ。実際に体験した訳ではない」

「とてもそうとは信じられない」

「その証拠に記憶の中の君は田村二吉として行動しなかったはずだ。そうじゃないかね？」

「確かにそうだが……」

「その時、何を考えたか、覚えているかね？」

わたしは首を振った。「それが不思議なことに覚えていないんだ」

「覚えていなくて当然だ。思考のような複雑なものの移植はまだ成功していないんだ。移植できるのは、五感からの刺激と激しい感情の記憶だけなんだ」

「物凄く気分が悪い。吐きそうだ」

「胃の中は空っぽだから、吐けるとしても胃液ぐらいだろ」博士はわたしの頭をぱちんと閉じた。「あまり長い間開けっ放しにすると、海馬片が乾燥してしまうのでね」

「畜生。人の頭を携帯CDプレイヤーみたいにしやがって!!」

「だから、君自身の承諾を得ているとさっき言っただろ。……ひょっとして、もう記憶が薄れてきたとか?」

「心配するな。目覚めてからのことは全部覚えている。被害者の記憶の方もだ」

「よかった。実は被害者の海馬は一度使うと駄目になってしまうんでね。被害者の証言が得られるのは、これが最初で最後のチャンスという訳なんだよ」

「ええと」若い男が口を挟んだ。「状況を把握できたんなら、そろそろ話してくれませんか?」

「あんたは?」

「彼は刑事だよ」博士が代わりに答えた。「これから君が話すことは捜査上の資料として利用されるから気を付けて。と言っても、君は利害関係者ではないんだけどね」

「この糞忌々しい手法は正式な捜査として認められているのか?」

「まさか」博士がのうのうと答えた。「こんな人体実験みたいな捜査が認められる訳がないだろ。警察の一部がわたしと勝手に始めたんだ。上層部は知らないことになっとるが、薄々は感づいとる。まあ、検挙率が上がる分には黙認してくれるだろう。それから、二、三度週刊誌にもすっぱ抜かれたから、一般でも知ってるやつは知っている。もちろん警察は公《おおやけ》には否定しているがね」

「正式な証拠として採用されないのなら、わたしに尋問しても仕方がないだろ」

「証言自体は証拠にはならないが、被害者にしかわからなかった事実というものがあるだろう。それを手繰《たぐ》っていけば、裁判にも出せる証拠に繋がることが意外と多いんだよ」博士が答えた。

「今更、捜査方法の妥当性を云々《うんぬん》しても仕方がないでしょ。あなたの脳への処置を無駄にしないためにも、さっさと証言してくださいよ」刑事は苛々し始めたようだった。

不法な捜査をしている癖に勝手なやつだ。

わたしは臍《へそ》を曲げて証言しないでおこうかと思ったが、それで真犯人が逮捕されなかったりしたら、後で良心が咎《とが》める。いや。そんなことすら覚えていられないのかもしれないが、とにかく現時点では良心が咎める。

「わかったよ。被害者の証言の代弁をしてやる。一度しか言わないからよく聞けよ」

「よし始めてください」刑事が録音ボタンを押した。

†

「なるほど。最後の瞬間に男を目撃したという訳だね」刑事が言った。「それ以外の人物はいなかったかい？」

「たぶん。よく思い出せないが」

「だから、忘れないうちに早く話せ、と言ったのに」博士が残念そうに言った。

「忘れた訳ではない。最初からはっきりしないんだ」

「君はわたしの処置にけちを付けるのかね?!」

「まあまあ、二人とも落ち着いて」刑事が仲裁に入った。「この写真を見てください。この中に見覚えがある人物はいますか？」

数枚の写真が目の前に並べられた。男性のものと女性のもの。すべて見知らぬ顔だった。ただ一人を除いて。

「この男だ」わたしは生々《なまなま》しく記憶に残る男性の写真を指差した。

マスクの女性が頷いた。「これで決まりね。もうマスクをとっていいかしら？　暑くて息苦しいんだけど」

「少し待ってください」刑事が言った。「女性の写真をよく見てください。この中に記憶しているものはありませんか？」

「どれも見覚えがない。覚えているのはこの男だけだ」

「この男を死の瞬間に見たんですね」

「死の瞬間かどうかはわからない。しかし、被害者の記憶の最後であることは確かだ」

「もういいでしょ？」女性が急《せ》かした。

「まあ、いいでしょう」刑事が言った。

女性がマスクをとった。三十代前半といったところか。写真の中の一枚は彼女の顔だった。

「この人は？」

「事件の関係者だよ」博士が答えた。

「どういう関係？」

「捜査上のことは答えられません」刑事が言った。

「別にいいんじゃないか？　メモをとらなければ、どうせすぐに忘れる」

「しかし、プライバシーに関わることもありますし……」

「あら。いいわよ。わたしも彼女の最後の記憶について、詳しく聞きたいし。そのためには、事件について知って貰った方がいいんじゃない？　もうあまり時間がないんでしょ？」

「確かに、特に問題が発生するとも思えないし、まあいいでしょう」

「それで、この女性は？」

「容疑者である男性の妻だ」

「おや。まあ。それはお気の毒なことで」わたしは驚いて言った。

「そうでもないのよ。わたしも容疑者だったんだけど、あなたの証言で容疑が晴れたんだから」

女性は手を差し出した。「わたし、有村瑞穂《ありむらみずほ》っていうの。よろしく」

わたしは女性の手を握った。「それで殺されたのは？」

「この方の夫——有村隆弘《たかひろ》の愛人、烏丸燐子《からすまりんこ》だ」博士は並べられた写真の中の一枚を指差した。

「この女性だ。美人だろ」

「なるほど。烏丸燐子が死体で見付かって、その海馬をわたしに移植したという訳だな」

「その通り。そして、この驚異の法医学のおかげで事件はいっきに解決した訳だ」

「そう断言するのはちょっと早いんじゃないか？」

「どういう意味かね？」

「この方のご主人はわたし――じゃなくて、被害者を見て、酷く驚いていたふうだった。もし殺害目的で呼び出したのなら、驚いたりしないだろう」

「主人は人に会うと、いつもあんな顔をするのよ。別に驚いた訳ではないのよ」瑞穂が言った。

「それに、状況証拠がある上に被害者の記憶にもある訳だから、容疑はほぼ固まったと見ていいんじゃないですか？」刑事が言った。

「犯人の動機は？」

「別れ話が拗《こじ》れたんだ」博士が言った。「実は浮気が奥さんにばれてしまってね。別れなければ、離婚するという話になってたらしい」

「奥さん、本当ですか？」

「ええ。本当よ」

「それで、ご主人は奥さんの方をとったと？」

「そういうことになるわね。ただ、殺す必要はなかったと思うわ。あの女はどうせ金目当てだったんだから、そこそこの金額の手切れ金を渡してやればよかったのよ」

「ご主人は資産家だったんですか？」

「資産家とは言えないんじゃないかしら？　まあ、お金に不自由は感じないけど」

「すみません。もう一度お訊きしますが、殺害の動機は？」

「だから別れ話が拗れたって言ってるでしょ」

「奥さんは手切れ金を渡しておけばよかった、とおっしゃいましたよね？」

「法外な額を要求したのか、それとも金では納得しなかったのかも」

「それで、ご主人は罪を認められてるんですか？」

瑞穂は首を振った。

「では、否認されているんですね？」

瑞穂は首を振った。

「つまり、黙秘していると？」

瑞穂は首を振った。

「どういうことなんだ？」わたしは途方に暮れて三人を見回した。

「いや。なに。たいしたことじゃない。ただ、彼は認否や黙秘ができない状態だというだけだから」

「もったいぶらずに言ってくれ」

「主人はもう死んでいるのよ」

「おお」わたしは額を押さえた。

ぱちんと音がして、視界が捩《ねじ》れた。

強く押し過ぎたようだ。

わたしは舌打ちをして、顔を元に戻した。

ぱちん。

「いったいどうした訳で？」

「ミスカトニック東橋《あずまばし》の屋上から転落したんだ」

「それはマンションか何かの名前なのか？」

「ああ。施工主が建設中に資金繰りに詰まって、未完成のまま入居を始めたのが、ばれて、何年か前に問題になったマンションだ。今でも二、三室に人が住んどるらしいが、ほぼゴーストマンション状態だ」

「それはその、烏丸燐子が転落したのと同じマンションなのか？」

刑事は頷いた。

「つまり、二人は並んで転落死していたと？」

「正解だ。まあ簡単に推測できることなので、君の推理能力を褒めたりはしないけど」

「ちょっと待ってくれ。それじゃあ、有村隆弘の記憶も再生してみればいいじゃないか。そうすれば、事件はもっとはっきりする」

「無理を言っちゃあ、いかんよ、君」博士が言った。「有村隆弘はまっ逆様に落下したんだ。つまり、頭部から接地した訳だな。脳は砕け散って原形を留《とど》めていなかった。それを言えば烏丸燐子も似たような状態だったが、頭蓋骨が開放骨折したおかげで脳が外に飛び出し、却って破損を免《まぬが》れたんだ。飛び散った中から、海馬を捜し出すのは大変だったんだぞ」

「地面に落ちていたものをわたしの脳の中に入れたのか？」

「心配するな。泥は掃《はら》っておいた」

「そんな問題じゃない」わたしは額をそっと押さえた。「記憶がもたないのは不幸中の幸いだった。こんなことは早く忘れてしまいたい」

「もう気は済んだかね？」

「まだ訊きたいことがある。この事件の目撃者はいたのか？　つまり、被害者と加害者以外の目撃者という意味だが」

「それがいれば苦労はしない。さっきも言ったように、ミスカトニック東橋はゴーストマンションヨン状態だったんでね」

「目撃者はいない訳だ」

「だからこそ、君の出番があったんだけどね」

「奥さん、あなたはご主人が浮気をしていたのをご存知だったと言いましたね」

「ええ。興信所に依頼して調査して貰ってたから」

「なぜ、そのような調査を依頼されたんですか？」

「妻が夫の素行調査を依頼するのはおかしいかしら？」

「いいえ。至極当然ですね。ただ、それには様々な理由があります。例えば、離婚の時に自分に有利な証拠を持っておきたいとか、浮気の事実がないことを確認して安心したいとか、単に浮気の証拠を突き付けて高額のプレゼントをせしめたいとか。あなたの目的は何でした？」

「質問の意図がわからないんだけど？」

「あなたが興信所に浮気調査を依頼した理由が知りたいだけですよ、奥さん」

「わたし、この人の質問に答える義務があるの、刑事さん？」

「これは捜査ではありません。答える義務はありませんよ。そもそも捜査でも黙秘権はありますが」

「そうよね。わたしがここに呼ばれたこと自体が極秘のはずよね」

「それは安心してください。警察の内部でもここの場所は知られていません」

「奥さんはわたしの質問に答えたくない。そう理解していいんですね」

「なんか、気に障《さわ》る言い方ね。奥歯にものの挟まったような言い方じゃなくて、はっきり言ったらどうなの？　わたしを疑っているの？」

「はい」

「刑事さん、名誉毀損《きそん》か何かでこの人を訴えられるかしら？」

「訴えるのは自由ですよ。ただ勝てるかどうかは別の問題ですけど」

「どういうこと？」

「つまり、あなた自身ご存知のように、あなたはご主人とその愛人の殺害の容疑者である訳ですから、彼の疑問は当然だという訳です」

「正確に言ってよね。『容疑者だった』でしょ」

「いや。わたしの一存で容疑者からはずす訳にはいきませんので……」

「でも、わたしの技術による彼の証言で、彼女の容疑は消えたと言っていいだろ」博士が自信たっぷりに言った。

「まあ、そういうことになりますが」刑事はしぶしぶ答えた。

「わたしの——被害者の証言以外には彼女の無罪を証明する証拠はなかったってことか？」わたしは言った。

「まあ、そういう言い方をすると角が立つが、文言上はその通りだ。ただし、彼女の有罪を積極的に証明する証拠もなかった訳だから、状況としては中立だったと言えるだろう。今回、被害者の証言が得られたことで、彼女の立場は大きく無罪側に……」博士が続ける。

「容疑者は何名いたんだ？」

「三名だ。有村隆弘、烏丸燐子、そしてここにいる有村瑞穂さんだ」

「有村隆弘、もしくは烏丸燐子が犯人だというのは、無理心中を行った場合か？」

「それも含まれる。単純に殺害しようとして、揉《も》み合いになり、二人とも落下したという可能性もある」

「烏丸燐子の記憶からすると、揉み合いの線は消えますけどね」刑事が言った。

「しつこいようだけど、有村隆弘が犯人だと仮定すると、その動機は何だろう？」

「奥さんが言ってるように、別れ話が縺《もつ》れたからだろ」

「別れ話が縺れてどんな実害がある?」

「多額の手切れ金を要求されたのかもしれん。あるいは、別れること自体を拒否されたのかもしれない」

「しかし、それでは、燐子を殺害した後、自殺した理由がわからない」

「殺害してしまったことで思いの外《ほか》動転したのかもしれない。あるいは彼女と結ばれないことが辛くて、無理心中したのかも」

「どうも、話に無理がある」

「しかし、理由はどうあれ、燐子の記憶に基《もと》づくあなたの証言からすると、有村隆弘が犯人なのは間違いないでしょう」刑事が言った。

「では、とりあえず隆弘は措いておいて、燐子犯人説について検討しよう」

「馬鹿馬鹿しい」瑞穂が言った。「彼女は被害者なんだから、犯人である訳ないじゃない」

「とにかく順番に話を進めましょう」わたしは瑞穂を宥《なだ》めた。「彼女が犯人だとすると、その理由は?」

「金銭的には何のメリットもないような気がするな」博士が言った。

「彼女が得をするような遺言書か保険契約の類《たぐい》はあったのか?」

「そのようなものは見付かっていません。今後見付かる可能性が絶対にないとは言いませんが、すぐに見付からないようなものを当てにして、殺人を犯すとは考えにくいです」

「わたしもそんなものは知らないわ」

「では、彼と結ばれないことを悲観した無理心中という線だな。しかし、有村氏犯人説でもそうだが、今まで愛人関係がうまくいっていたなら、いきなり無理心中というのは不自然だ」

「だから、何が言いたいの？　はっきり言って頂戴」

「焦らないで、まずは事実の確認からです」

「ゆっくりと論理を積み上げるのはいいが、君には時間が残されていないことを忘れずに。たぶんあと五分かそこらで、そろそろ兆候が現れるだろう」

「では、先を急ぎましょう。ただし、細心の注意を払って。さて、最後に奥さん――有村瑞穂犯人説です。ご主人が死んで、あなたに何かメリットはありますか？」

「随分ストレートに訊くのね」

「失礼。しかし、わたしにはあまり時間がないようですから、仕方ありません」

「主人が死んだことによるメリット？　さあ。特にないんじゃない？」

「特に遺言はないので、遺産はすべて彼女のものです」刑事が言った。

「そんなものはメリットでもなんでもないわ。夫婦なんだから、元々財産はわたしのものみたいなもんだし」

「しかし、名義上はご主人のものだった訳ですよね」

「ええ。名義上はね」

「もし、ご主人があなたと離婚して烏丸燐子と結婚していたら、どうなっていましたか？」

「どうにも。離婚の時に財産は半分に分割されていたでしょうから」

「それはどうかな」博士が口を挟んだ。「彼の財産はあなたとの結婚前にはすでに形成されていた訳だから、あなたには半分をよこせという権利はないでしょう」

「博士、あなた、どっちの味方？」

「どっちの味方という訳ではありません。そもそもここは敵味方に分かれて争う場ですか？　あえて言うなら、わたしは面白そうな話の方に乗ります」

「もし単純に財産の二分割ができないとしても、非は主人の方にあった訳ですから、別途慰謝料を請求できるはずだわ。わたしに損はない」

「しかし、資産の全部は要求できない。そうですよね」

「ええ。でも、充分な金額は手に入ったはずよ」

「今、あなたは全資産を手に入れた。これは離婚した場合よりも遙かに多い。そうですね」

「あら。誘導尋問？」

「人聞きの悪いことを言わないでください。単なる事実の確認です」

「ええ。そうよ。わたしは主人の死によって莫大な遺産を手に入れたわ。これでいいの？」

「充分です」わたしは瑞穂に礼を言った。「さて、これで、三人の容疑者にはすべて動機があることがわかった。一部不自然なものもあるが」

「そんなことは最初からわかってましたよ。だからこそ、あなたを使って燐子の記憶を探ったんですから」

「次は手段だ」わたしは刑事の発言を無視した。「有村隆弘はどうやって燐子を殺した？」

「突き落とすか、投げ落とすかしたんじゃないですか？」

博士は首を振った。「さっきの証言だと、有村隆弘は被害者に駆け寄ってきたけど、被害者に触れる前に記憶は途切れている」

「記憶に混乱があるのかも？」

「記憶に混乱などないぞ」博士が断言した。「そもそも混乱があるのなら、こんな実験は何の役にも立たんことになる」

「では、彼が近付いてくるのに驚いて、足を踏み外したんでしょうか？　だったら、事故の線も出てきますが」

「屋上の縁には手摺《てすり》があって、簡単には乗り越せなかった」

「じゃあ、何かの仕掛けを使って、彼女を陥れたのよ」

「現場に何か仕掛けの痕跡は？」わたしは刑事に訊いた。

「ありませんでした。もっとも犯人が片付けたのかもしれませんが」

「では、有村隆弘犯人説の手段については保留としておこう。烏丸燐子犯人説における殺害手段は何だろう？」

「女の力で大の男を突き落とすのは無理じゃない？」

「確かに有村隆弘は体格がよく女性が投げ落とすのは無理でしょうね」刑事が同意した。

「しかし、ふいを突けば、不可能ではない。突然現れて催涙スプレーかスタンガンを使って怯《ひる》ませ、鈍器で頭部を強打するか何かして気絶させれば、なんとか手摺を越えさせることも可能だろう」

「そんなことをした記憶があるのか？」博士が尋ねた。

「いいや」

「だったら、そんなことは行われなかったんだ」

「わたしの証言は証拠にならないんだろ？」

「直接の証拠にならないというだけだ。それに、スタンガンや鈍器云々は君が言っているだけで、なんら物的証拠も状況証拠も存在しない」

「有村氏と同じく決定的な手段はないということになる。さて、奥さん、もしご自身が犯人だったとして、手段について何か言うべきことはありますか？」

「言うべきことは何もないわ。あるとしたら、燐子と同じよ。女の力で大の男を投げ落とすことはできない。あなたは催涙スプレーを使ったというんでしょうけどね」瑞穂は皮肉っぽく言った。「刑事さん、遺体に催涙スプレーの痕跡はあったのかしら？」

「揮発性のものだと痕跡は残りにくいですね。スタンガンでも痕跡はまず残りません」

「つまり、手段においても奥さんは死んだ二人と比べて、容疑を軽減するなんら有利な点はないということです」

「そうね。言いたいことはそれだけ？」

「最後は機会について質問させていただきます。有村隆弘と烏丸燐子については、訊くまでもないでしょう。同じ場所で死んでいたんですから、機会はあったと考えるべきだ。奥さんのアリバイは？」

「友達と電話をしていたわ」

「二人の死亡推定時刻は昨日の午後六時から八時半まで、奥さんは五時から六時半までと、八時半から九時までの間、自宅から友人に電話していたことはわかっています」刑事がメモを読みながら言った。

「固定電話で？」

「そうです」

「現場と自宅との距離は？」

「車を使えば十分と掛からないでしょう」

わたしは瑞穂の方を向いた。「あなたにはアリバイがない。そうですね」

「ええ。そうかもしれないわね。だから、どうしたの？　わたしには動機があり、アリバイがなかった。だから、容疑者だったのよ。あなたの記憶にわたしの顔があったりしたら、わたしが犯人だということになったかもしれないわね。でも、幸いなことにあなたが思い出した燐子の死の直前の記憶にはわたしの顔がなかった。あなたはわたしの顔を知らなかった。そうよね」

「ええ。奥さん、わたしはあなたの顔を知りませんでした」

「だったら、あなたがわたしを犯人扱いする理由は何もないはずよね。どんなに疑わしくったって、証拠は一つもない。わたしは無罪なのよ」

「確かに、直接的にあなたを犯人だと証明する証拠は何もありません、奥さん。しかし、わたしはあなたが犯人であると確信しています」

「なんですって?!　あなた気は確か?!　刑事さん、この男をすぐに侮辱罪で逮捕して！」

「ちょっと待ってください。逮捕する前に訊いておかなくてはならないことがあります」刑事が言った。「あなたは有村瑞穂さんがこの事件の犯人だとおっしゃるんですか？」

「ああ。そうだよ」

「それは我々の話を聞いた上での純然たる推理ですか？　それとも、被害者の記憶に手掛かりがあったのですか？」

「被害者の記憶だ。もちろん、君たちの話を聞かなければ、それには気付かなかっただろう」

「あなたの証言に証拠能力はないということは覚えていますか？」

「ああ。ただ、これからわたしが言うことを基に捜査を行えば、ほぼ確実に証拠を揃えられると思う」

「もしそうだとしたら、一刻も早く話してくれ」博士が言った。「君にはその義務がある。もういつ記憶が消えてもおかしくない」

「いいだろう。では、わたしの推理を話すとしよう」

「動機、手段、機会の点で、三人の容疑の度合いはほぼ同等だと言える。被害者の記憶を再生したことによって、有村隆弘の容疑が固まり、結果として後の二人の女性の容疑が解消したように思えるかもしれないが、実際はそうではない。記憶の再生から言えるのは、彼女は死の直前に隆弘を目撃したということだけだ。彼女は犯人を全然見ていないのかもしれない」

「その場にわたしがいたって言いたいの？」

わたしは頷いた。「あなたはあの場にいたのです」

「でも、彼女はあの場所でわたしを見なかったんでしょ」

「ええ。見ていません」

「だったら、なぜそんなことが言えるの？」

「あなたがあの場所にいなければできない証言があったからです」

「燐子の証言？　それはあなたがさっき喋《しゃべ》ったので全部でしょ？　どこにも証拠なんか……」

「燐子さんの証言ではありません」わたしは瑞穂の目を見詰めた。「あなたの証言です」

「わたしの証言？　わたしは自白なんかしていないわ」

「自白をしたつもりはないのでしょう。しかし、あなたは一つミスを犯したのです」

「はったりよ。揺さぶりを掛けてわたしに何か喋らそうとしているのね」

「そう思いますか？」

「そうじゃないと言うなら、わたしの証言とやらを言ってみてよ」

「『主人は人に会うと、いつもあんな顔をするのよ』あなたは確かにそう言った」

「ええ。そうよ。だって、本当のことだもの」

「『あんな顔』ってどんな顔ですか？」

「何を言ってるの？　あなた見たでしょ？」

「ええ。わたしは見ました。でもあなたは見ていないはずですよね。なにしろ、あの場にいなかったんだから」

博士と刑事が顔を見合わせた。

「奥さん、彼に何か言うことがありますか？」刑事がおずおずと言った。「確かに彼の言うことには一理あるように思えるのですが」

瑞穂は突然笑い出した。「何を言うかと思ったら……」

「何かおかしいですか？」

「あなたの勘違いがおかしくてね」

「勘違い？」

「わたしが『あんな顔』なんて言ったものだから、あなたはわたしがあの場であの顔を見ていたと思ったんでしょ？」

「そうではないと主張されるんですね」

「当たり前よ。……まあどうせあなたの発言は証拠として採用されないんだから、むきになってまで否定する必要はないのかもしれないけどね」瑞穂は笑い過ぎて流れたらしき涙を手の甲で拭った。「わたしは確かに『あんな顔』と言ったけど、実際に見た訳じゃないの」

「嘘を吐《つ》いたということですか？」

「嘘ではなく、推測。主人はいつも知り合いと出会うと、酷く驚いたような顔をしたのよ。実際には驚いたのではなく、そういう癖なんだけど。だから、あなたが『酷く驚いていたふう』

と言った時に、いつもの主人の表情を思い出したって訳。だからあれはなんでもないのよ」

「なるほど。説明を聞くと、さほど不自然ではない」博士は腕組みをした。「どうかね、君。納得できたかね？」

わたしは無言で瑞穂を見詰めた。

「そもそもこんな薄弱な証拠で、わたしを犯人扱いするなんて常軌《じょうき》を逸しているわ。いったいどう弁解するつもり？」

「どうもしませんよ。そもそも今のは本題ではありません。あなたが言ったようにちょっとした揺さぶりです」

「どういう意味？」

「あなたが、犯行時のご主人の顔を見ていたような発言をされた時、最初の違和感を覚えました。もっとも、これはかなり軽い違和感です。本当の意味の違和感はその後に来ました。そして、それこそが重要なポイントなのです」

「何のことを言ってるの？」

「事件の関係者の写真です」

「ああ。あれは全員が事件の関係者ではないよ。君の証言を誘導しないために、無関係な人物の写真が半分以上交ざっている」

「どちらでも、同じことです。重要なのは、見せられた写真の中でわたしが記憶していた人物はたった一人だったことです」

「それが主人だった訳でしょ。何の問題もないわ。被害者が加害者の顔を見ているのは理屈が通っているじゃない」

「それが理屈が通らないのです。わたしはもう一人の顔も知っていなくてはおかしいのです」

「誰の顔だね？　奥さんとは初対面のはずだね」

「ああ。奥さんとは初対面だ」

「だったら、君は誰の顔のことを言ってるんだ？」

「烏丸燐子の顔だ。わたしは烏丸燐子の顔を記憶していなかった」

「それは不思議じゃない。仮令《たとえ》本人でも短期記憶に自分の顔のことが残っていることはあり得ない。鏡でも見れば別だけれど」

「被害者は死亡する直前に鏡を見ていた。コンパクトで化粧を確認していたんだ」

「どういうことだね。だったら、君は烏丸燐子の顔を見ていたはずじゃないか」

「ところが、わたしは烏丸燐子の顔に見覚えがなかった」わたしはここで一呼吸置いた。「わたしの脳に移植されているのは烏丸燐子とは別の人物のものだ」

「しかし、あの場で死亡していたのは確かに烏丸燐子でした」刑事は動揺しているようだった。

「脳の大部分は外に出ていたと言ってたな。海馬がその本人のものかどうかなんてちょっと見ただけでわかるだろうか？」わたしは続けた。

「しかし、ＤＮＡ検査をすればわかるはずです」

「博士、わたしの頭の中に移植した海馬はＤＮＡ検査済みかな？」

「まさか、検査には時間も手間も費用も掛かる。死体の頭から飛び出したと思《おぼ》しきものをわざわざ検査なぞするものか」

「後で取り出して検査してみてくれ。烏丸燐子のものではないことがわかるはずだ」

「じゃあ、君に移殖した記憶は誰のものなのかね？」

「そんなことはわからない。それを調べるのは警察の仕事だろ」

「鑑識の単純ミスなんでしょうか？」

「そんなはずないだろ。犯人が意図的にすり替えたんだ」

「何の目的でですか？」

「おそらく烏丸燐子の記憶に拙《まず》いものが残っていたのだろう」

「拙いもの？」

「例えば真犯人の顔とか」わたしはちらりと瑞穂の顔を見た。

「なるほど。もし燐子が真犯人の顔を目撃していたとしたら、その記憶が再生されるのは真犯人にとっては拙いだろうな」

「しかし、だとすると今あなたの頭の中に移殖されている記憶は誰のものなんです？」

「年のころは二十代半ば、小柄で髪を茶色く染めた女性だ。鼻の横に黒子《ほくろ》がある。行方不明者のリストを当たってみろ。必要なら、ここにＤＮＡのサンプルもある」わたしは自分の頭を叩いた。ぱちんと音がして、視界が歪んだ。「ちょっと、これなんとかしてくれないか？」わたしは自分で顔を元の位置に戻した。

「何度か使っているうちに留具《とめぐ》が馬鹿になってしまったんだな。セロハンテープで留めておけばいいだろう」博士が言った。

「その女性は殺されたってことですね」

わたしは頷いた。「ただ、犯人を目撃したという記憶を作るためだけにね。おそらく顔を見られてしまった真犯人は、このスピーカー・フォア・ザ・デッド・システムのことを知っていたんだろう。だから、燐子を殺した後、その海馬を奪い去った。そして、その代わりに別人の海馬とすり替えることを思い付いたんだ。第三の被害者である女性――仮に被害者Xとでも呼ぼうか――は真犯人に呼び出され、同じように呼び出された隆弘の顔を見た直後に真犯人によって殺害されたんだ。そして、その時は、犯人は巧妙に被害者Xの視界からはずれていた」

「どうやって見られずに殺害したんでしょう？」

「後ろから鈍器で殴るか何かしたのだろう。隆弘は目の前で殺人が行われているのを見て、しばらくはショック状態だったろう。その隙を突いて、さっき話に出たように、催涙スプレーなり、スタンガンなりを使って、身動きできなくなったところをやはり鈍器を使って殺害する。もっともこの時点で完全に息の根を止める必要はなかった。意識さえ失わせれば、なんとか女性の力でも手摺を越えさせて屋上から落下させることはできただろう。その後、真犯人は被害者Xの遺体を担いで、マンションの屋上から降りた。どこか目立たない場所で彼女の頭部を切開し、海馬を取り出す。そして、二人の落下現場に赴き、二人の頭部を砕き、隆弘の海馬を完全に潰すと同時に燐子の海馬を被害者Xのそれとすり替える」

「もしその通りだとすると、真犯人は……」

「隆弘にはこんなことをするメリットはない。また、燐子にしても、どうせ心中するつもりだったとしたら、わざわざ隆弘に罪を着せるメリットはない。別の第三者を殺害しても隆弘に罪を着せなければならなかった人物、それは三人目の容疑者でしかあり得ない。自らの無罪を偽装するために、無関係な第三者と自らの夫を殺害することすら厭わなかった犯人です。……被害者Xの遺体は今どこにあるんですか、奥さん？」

「あの女の死体は切開や運搬に使った車と一緒に海の底よ」

「車はどこで手に入れたんですか？」

「盗品売買をしてる地下オークションで買ったのよ。ナンバープレートも付け替えているから、簡単には辿ることはできないわよ」

「腑に落ちないことがあるんだがね」博士が言った。「動機の点だ。奥さんは第三の被害者の遺体を隠滅《いんめつ》するために、地下オークションにまで手を出すという行動力を見せている。だったら、こんな複雑なことをしなくても、単純に烏丸燐子を殺して海に沈めればよかったんじゃないのか？」

「燐子の死体が見付かった時、関係者であるわたしが疑われるじゃない。その点、名前も知らない第三者なら、わたしが疑われることはまずない」瑞穂は微笑んだ。「でもね。本当のところ、彼女を殺すことは計画に入っていなかったのよ。そこの俄《にわ》か探偵さんはわたしがミスを犯したと言ったけど、わたしはミスなど犯さなかった。わたしは燐子に姿を見られる前に殺した。

ミスを犯したのはうちの旦那の方。待ち合わせ時間を間違えるなんて、信じられない程の馬鹿よ」

「つまり、第三者を使う予定はなかったってことですか？　燐子に隆弘を目撃させた後、二人を殺害し、燐子の海馬だけを残して、隆弘の海馬を破壊するという計画だったと？」

「そのはずだったんだけど、隆弘は待ち合わせ時間に来なかった。主人に電話で確認したら、待ち合わせ時間を一時間も間違えていることがわかったの。

でも、計画を中止する訳にはいかなかった。ゴーストマンションの屋上を待ち合わせ場所に指定するなんて不自然なことが何度も通用するとは思えなかった。だから、わたしは迷わず、背後から燐子を撲殺《ぼくさつ》したわ。

燐子も主人もわたしがその場に呼んだのよ。主人を生かしておいたら、必ずわたしの犯行だとばれてしまう。だから、主人も殺さなくてはならなかった。でも、燐子の海馬には主人は記憶されていないし、主人の海馬にも燐子は記憶されていない。このままでは、最も怪しいのはわたしだということになるじゃない」

「それで第三者にご主人を目撃させた後に殺害し、燐子の海馬とすり替えることを思い付いたという訳か。被害者Xは何者だったんだ？」

「さあ、知らないわ。燐子の遺体を隠した後、大急ぎで街に出たの。歓楽街に行けば、馬鹿な女は何人でも見付かる。そのうちの小柄な一人をつかまえて、『いい仕事があるから、ミスカトニック東橋の屋上の角に七時ちょうどに来て。ちょっとやばいかもしれないから、誰にも見られないように注意してね』と言った。最初は不審に思ってたみたいだったけど、彼女が一晩に稼ぐよりも一桁多い金額を提示したら、二つ返事で引き受けてくれたわ」

「その後、あなたはビルに戻ったんですね？」

「ええ。屋上に上って、手摺の向こう側に隠れていたの。念のため、マスクとサングラスで顔を隠してね。手摺には隙間があって、屋上の様子はよくわかった。女が来てしばらくすると、屋上に主人が現れたの。主人は待っていたのがわたしでなくて、驚いたみたいで、『ここで何をしているんだ?!』と叫んだわ。女はこっちに背を向けたまま、都合よく後退りした。わたしは手摺から身を乗り出し、女の肩を掴んで引き寄せると、燐子と同じようにバールで殴り付けた。女はぐしゃりとその場に崩れた。

　主人は逃げようとしたけど、扉が閉まって逃げ場を失うと共に視覚も制限されてしまった。ここの扉は一定時間経つと、勝手に閉まるようになっていたの。レバーが壊れていて、開けるにはちょっとしたこつがいる。わたしはサングラスをはずすと、闇に慣れた目で主人に近付き、背後から殴り付けた。

　主人を運ぶのが一番骨だった。彼と燐子を屋上から落とした後、女を担いで外に出て、車の中で頭を砕いて海馬を取り出したのと、その後主人と燐子の頭を砕いて海馬を取り出したのはあなたの推測通りよ」

「これは自白ということでいいんですよね」刑事が目を丸くした。

「ええ」瑞穂は冷静に答えた。

「自白だけでは有罪にはならない。しかし、今の発言を基に捜査すれば、犯罪を裏付ける証拠は山程出てくるだろう」博士が言った。「彼の頭の中の海馬も含めて」

「わたしが自白しなくったって、彼の推理だけで充分裏付け捜査はできるんでしょう、刑事さん？」

「まあ、それはそうですが、随分諦めがいいので驚きました」

「どうして、そう思うの？」

「だって、今の話だとあなたは何もかも周到に計画されていたじゃないですか。それをこんなに簡単に諦めるなんて……」

瑞穂は俯《うつむ》いた。「そう。わたしは何一つミスを犯さなかった。主人が待ち合わせ時間を間違えたり、女が死ぬ直前にコンパクトを覗いたりするのは、予想しようもない突発的な出来事だったんだもの」

「それは言い訳になりませんよ、奥さん」わたしは言った。「人間にすべてを予測することは不可能です。仮令、想定外のことが起こって計画に綻《ほころ》びが生じたとしても、それを修復する措《そ》置《ち》を講じておかなくては完全な計画とは言えないのです」

「わたしは諦めてなどいない」瑞穂は顔を上げた。「それにわたしが計画の綻びを修復する措置をとらないなんて、どうして決め付けるの？」

「決め付けるも何も現にあなたは自らの罪を認めて……」刑事の言葉は銃声で止まった。

瑞穂はポケットから拳銃を取り出すと同時に至近距離から刑事の頭部に発砲したのだ。

刑事は会話の途中の半笑いの表情のまま凍りついていた。そして、ほぼ垂直に崩れ落ちた。

「こっち側の海馬も潰しとかなきゃね」瑞穂はさらに一発、刑事の頭部に発砲した。

「ひゃああ!!」博士とわたしはほぼ同時に悲鳴を上げた。

「わたしは極秘裏にここに呼ばれた。わたしがここに来たことは誰も知らない。そうよね？」

「えっ？」博士が震えながら答えた。「え、ええと。そうだ。そうそう。他にも何人かは知っとるぞ。ちゃんと打ち合わせで、みんなに知らせて出てきたから」

「嘘ね」瑞穂は微笑んだ。「まあ、仮令本当だとしても、もう四人も殺しちゃったから、今から証拠を隠滅して運試しをする価値は充分にあるわ」

「わたしは絶対に他言しない！　こう見えても口は堅いんだ」博士が断言した。

「そもそも何も覚えていられない人間を殺す意味はないですよ」わたしも必死でアピールした。

「そうね。助けてあげてもいいけど、物的証拠があったら困るから出してくれる？」

「物的証拠？」

「犠牲者Xの海馬に決まってるじゃない。彼の証言の録音も貰っていくわね」

博士は震えながら、わたしの頭をぱちんと開けて中に指を突っ込んだ。

「うぐ、ぐぐぐぐぐぐぐぐぐ」わたしの頭の中を様々な色彩の火花が飛び交った。

ぺりっという音と共に何本もの白金の針を床に撒き散らしながら、スライスされた海馬が剝ぎ取られた。

「海馬の残りは？」

博士は床に転がっていた屑籠《くずかご》をひっくり返し、ティッシュに包んだものを差し出した。赤い汁が垂れている。「これで全部だ。処分前でよかった」

「こんなもの素手で持ちたくないわ」

「じゃあ、このコンビニの袋を使ってくれ」

「あら。ありがとう。中に入れて渡してくれる？」

「はい。どうぞ」

「じゃあ、あなたにはもう用はないわ」瑞穂は博士の目の上辺りに銃口を当て、引き金を引いた。

博士はにやりと笑った。

「ひっ！」さすがに瑞穂も驚いたようだ。

が、次の瞬間、博士も刑事と同じく床に崩れた。

「何、今の？　顔面の筋肉の痙攣？」彼女は博士の頭にもう一発撃ち込んだ。

「知りません」

「本当に役立たずね。まあ、役に立ってたとしても死ぬんだけど」彼女はわたしに銃口を向けた。

「待ってください。わたしは何もかもすぐに忘れます。無駄に罪を重ねることはありません」

「そうね。証拠隠滅のためには、あなたを殺す意味はあまりないわね」瑞穂は銃を下ろした。

「よかった。理解してくれて」

「でも、あなたは余計な推理をべらべらと喋ってくれた。おかげでまた危ない橋を渡らなきゃならないわ」瑞穂は銃を再び持ち上げた。「だから、これは証拠隠滅のためじゃなくて、純粋に報復よ。苦しんで死ね」

わたしの腹に二発の銃弾が撃ち込まれた。

†

「なるほど。そういう展開だったんだな」丸鋸博士は満足げに言った。「しかし、紙鑢《かみやすり》博士たちは気の毒なことだった」

「本来なら、我々のチームが担当する事件でしたからね」刑事が暢気《のんき》に言った。

「つまり、今体験したのは、わたしの前任者の記憶だったって訳か？」わたしは呆れて言った。

「その通りだよ。田村君。幸か不幸か弾の当たり所が悪くて、即死に近い状態だった」

「とりあえずチェックしときましょうか？」刑事は数枚の写真を取り出した。「この中に紙鑢博士と成層《せいそう》刑事と記憶移殖被験者のマイケル・ハーバートを殺した犯人はいますか？」

「被害者の名前は今初めて知ったが、犯人の有村瑞穂はこの女だ」

「奥さん、布をとってもいいですよ」

布の下から記憶通りの有村瑞穂が現れた。

「拳銃は持ってないだろうな」わたしは警戒した。

「さすがにそれは確認してます。ここで全滅したら、洒落《しゃれ》になりませんから」

「どうしてすぐにわかったの？」

「紙鑢君も言っとっただろ。彼らが出る前にちゃんと打ち合わせしてたんだ。本来わたしらが担当するはずだったんだが、急用ができてね。まあ急用と言ってもたいしたことじゃない。嘗《かつ》てのわたしの教え子が……」

「詳しい説明はいいわ。興味ないから」

「しかし、あなたはとんでもないミスを犯しましたね」

「そうだ。これは確実にミスだ。紙鑢博士と成層刑事の海馬は破壊したのに、マイケル・ハーバートの脳は無傷のまま放置したのはなぜなんだ？」

「だって、あの人、前向性健忘だったんでしょ？」

「ああ。そうだけど、前向性健忘は長期記憶に関する障害で、短期記憶は正常だったんだ。だから、殺された瞬間の記憶はそのまま海馬に残ってたって訳だ」

「確かにこれはわたしのミスだわ」

「最初の三人の被害者の海馬は失われてしまったが、マイケル・ハーバートの記憶が間接的にすべての殺人の裏付けになる」博士は自慢げに言った。「まあ、覚悟は決めておくんだな」

「ええと。もう帰ってもいいかしら？」

「まさか」わたしは目を丸くした。「あなたは殺人犯でしょ。すぐに逮捕ですよ」

「証拠はあるの？」

「今、わたしが証言したでしょ」

「遺体の代弁は法的には何の効力もないのよ。つまり、あなたの言ったことは単なる妄想と同じなのよ」

「でも、この証言に基づけば、どんどん証拠は見付かりますよ」

「でも、今この時点では一つも証拠はない訳ね。わたしを拘束することはできないわ。間抜けな刑事と科学者とモルモットさん」瑞穂はくるりと背を向けると、さっさと出ていこうとした。

「二人ともほっておくつもりか？　証拠集めには何日も掛かる。その間に六人も殺した殺人犯が逃亡してしまうぞ」わたしは焦った。

「君が気に病む必要はない。なにしろ、あと何分かで忘れてしまうんだから」

「何も打つ手がないんですか？」

「まあ、ないこともないがね。ところで、わたしは間抜けと言われて不本意だったが、君はモルモットと言われて腹が立たなかったかい？」

「えっ?!　こんな時に何を言ってるんですか？」

「何！　腹が立った。できれば訴えたいだって！」博士は刑事に目配せをした。「じゃ。別件逮捕いっとこうか」

　刑事は瑞穂に駆け寄ると、手錠を取り出した。「現行犯逮捕します」そして、憤然とする瑞穂に向かってこう言った。「罪状は名誉毀損と侮辱罪と好きな方を選んでいいですよ。『間抜け』はセーフだとして、『モルモット』はアウトです。人間を実験動物扱いするのは、人権無視も甚《はなは》だしいですから」

「そう。人間を実験動物扱いしちゃいかんぞ」博士がぽんとわたしの肩を叩いた。
衝撃で、ぱちんと留具がはずれて、視界が歪んだ。

路上に放置されたパン屑の研究…………日常の謎

「はい。何でしょうか？」田村《たむら》二吉《にきち》はおどおどとした様子でドアを開けた。

「やっと出てきたか。何度チャイムを押しても出てこないので、てっきり留守かと思って帰るところだったぞ」外にはかなり高齢の男性が立っていた。

「あの。何の御用でしょうか？」

「いやね。あんたが高名な探偵だと聞いて相談にきたんじゃよ」

「ちょっと待ってください」二吉は頭を振った。どうも記憶がはっきりしない。「今、何とおっしゃいました？」

「あんたが高名な探偵だと聞いて、事件を解決して貰いにきた、と言ったんだが」

「そりゃ、見当違いだ」二吉はこめかみを揉《も》みながら言った。「きっと何かの間違いですよ」

「そうかね？」老人は意味ありげな笑みを見せた。「あんたは探偵じゃないっていうんだな。だけど、わしもわざわざこうして来たんだから、あんたの意見を聞かせて貰っても罰は当たらんだろ」

「その。お話がよくわからないんですが、あなたはわたしのことをご存知なんでしょうか？」

「あんた、田村二吉さんだろ」

「ええ。確かにそうなんですが」

「だったら、あんたは探偵だ」

「残念ながら、わたしはただのサラリーマンですよ。きっと同姓同名の探偵がいるんだ」

「どうして、ただのサラリーマンが同姓同名の探偵の家にいるんだ？」

「お疑いになるのは当然です。でも、わたしもどうしてこの家にいるのかわからなくて……。今、何とおっしゃいました？」

「事件を解決して貰いにきた」

「その後です」

「わざわざ来たんだから、意見を聞かせて貰っても罰は当たらんだろ」

「もっと後です。今さっきおっしゃったことです」

「どうして、ただのサラリーマンが同姓同名の探偵の家にいるんだ？」

「そうそれです。ここは探偵の家なんですか？」

「なんであんたが訊くんだ？　訪ねてきたのはわしの方じゃぞ」

「それは確かにそうなんですが、どうもはっきりしなくて……」二吉は首を捻《ひね》った。「ええとお名前をお尋ねしていいですか？」

「わしは岡崎徳三郎《おかざきとくさぶろう》というもんじゃ。徳さんと呼んでくれ」

「あなたはその田村二吉という探偵に会ったことはありますか？」

「今会っとる」

「写真か何かで顔をご覧になったことは？」

徳さんは首を振った。「そもそも探偵というものは顔が有名になっちゃ拙《まず》いんではないか？」

「そう言えばそうかもしれませんね」

「もしあんたがわしをからかって楽しんどるんだったら、もうそろそろ止《や》めにして貰えんかね？」

「滅相《めっそう》もありません。人をからかって楽しむなどという悪趣味なことはしませんよ」

「じゃあ、さっきも訊いたが、あんたはどうしてここにいるんじゃ？」

「それをお答えできればいいんですが、わたしにも皆目わからないのです」

「ほお。面白いことを言う。つまり、突然記憶喪失になったと言いたいのか？」

「信じられないとは思いますが、現にそういうことだとしか言えない状況なのです」

「辻褄《つじつま》が合わんぞ。さっき自分はサラリーマンだと言っていたではないか。記憶喪失なら、自分の職業など覚えておらんだろ」

「部分的な記憶喪失ということもあるんじゃないでしょうか？　あるいは、一度記憶喪失になって、記憶を取り戻した時に記憶喪失中にあったことを忘れてしまったとか」

「そんな都合のいい記憶喪失が小説やドラマの他にあるのか？」

「よくわかりませんが、今のわたしにはそういうことがあるかもしれないとしか、言いようがないのです」

「いいじゃろう。あんたがあくまで自分が記憶喪失だと言い張るなら、こちらもそのつもりで話をさせて貰う」

「どういうことですか？」

「探偵の家に同姓同名の人物がいて、しかも別人だと言う。それならそれでもいい。しかし、同姓同名の探偵の家に住んでいるからには、それ相応の責任というものがあるじゃろう」

「責任って何ですか？」

「つまり、同姓同名の探偵に代わって推理するということじゃ。あんたの言うことが本当だとして、探偵が同姓同名の赤の他人を住まわせている理由は、自分の身代わりに探偵業をさせようとしている以外にあり得るか？」

「そんなことをする意味がわかりませんが」

「意味なんざどうでもいい。とにかく、わしの話を聞いて推理してくれればそれでいいんじゃ」

「そう言われましても……まあいいでしょう。どうせ用事はないんだし。……それとも何か用事があったのかな？」

「では、遠慮なしに話させて貰うぞ」老人は生き生きと話し出した。「近所の道にパン屑が落ちとったんじゃ」

「はあ？」

「パン屑じゃ、パン屑。小麦粉を練って、酵母《こうぼ》で発酵させたものを焼い……」

「パンは知ってますよ」

「いや。記憶喪失だと言うからてっきり忘れたもんだと思ってな」

「あなたはさっき事件だとおっしゃいませんでしたか？」

「ああ。そう言ったよ」

「その事件というのは落ちていたパン屑と関係があるんですか？」

「関係があるどころか、パン屑が落ちていたことが事件の主要な部分じゃ」

二吉は深呼吸をした。「そういうことは探偵に依頼すべきことではないでしょう」

「はて。妙なことを言う。こういう事件こそ、探偵に頼むのに好都合だとは思わないかね？

警察に相談したって、取り合ってくれんに決まっとる」

「清掃局か保健所の管轄じゃないですか？」

「わしはパン屑が迷惑だと言っとる訳ではない」

「じゃあ、何が目的なんですか？」

「気になるんじゃよ」

「だったら、清掃局に……」

「パン屑が落ちていること自体が不愉快なのではない。それが落ちている理由が知りたいんじゃ」

「そりゃ、誰かが落としたんでしょ。そういうことたまにありませんか？」

「そういうことはたまにはある」徳さんは噛んで含めるように言った。「しかし、二、三日毎に繰り返されるとしたら？」

「嫌がらせかな？　場所は決まってるんですか？」

「ああ。毎回同じだ」徳さんは手描きの地図を取り出した。「この十七箇所だ」

「ちょっと待ってください」二吉は徳さんから地図をひったくった。「毎回、この十七箇所にパン屑が落ちているというんですか？」

「まあ、多少の増減はあるがね。おそらく、犬や猫や鳥が持っていった分もあるんだろう」

「毎回ほぼ同じ場所に捨ててあったとしたら——いや。置いてあったとしたら、その可能性が高いでしょうね」

「どうだ？　興味が湧いてきたか？」

「不本意ですがね。パン屑の大きさは？」

「このぐらいじゃ」徳さんはポケットから親指ぐらいの大きさのパンの切れ端を取り出した。

「それが実物ですか？」

「いいや。これは家にあったのを持ってきただけじゃ」

「どうして、実物を持ってこなかったんですか？」

「わしに道端に落ちているパン屑を拾えと？」

「そもそもこの道路があるのは、都会なんですか？　それとも、郊外ですか？」

「地方都市じゃよ。この近くじゃ。沿道のビルの高さは平均四、五階ぐらいじゃ」

「一斤《いっきん》のパンを少しずつ千切って落としていったように思えますね」二吉は地図を見詰めた。

「明らかに、パンは一定の道筋に落ちてます」

「そんなことはわしでもわかる」

「となると、道筋の両端のどちらかが出発点ということになります」

「そうじゃろうな」

「両端のどちらかにそれらしきものはありますか？」

「それらしきものとは？」

「例えば、怪しい建物とか、公園や空き地のように目立つ場所です」

徳さんは首を振った。「いや。そんなものはないね」

「両端にあるものを教えてください。覚えている限りで結構です」

「一方の端には……そうだな、マンションが建っている。もう一方の端はちょっとした商店街だ」

「その商店街にパン屋はありますか？」

「あるよ。確かヒンデンブルクとかいうチェーン店で……」

「ヒンデンブルクがあるんですか?!」二吉は叫んだ。「わたしはあの店のファンなんですよ！地方にはあまりないんで、残念なんですが、この近くにあるとは嬉しいです。特にあそこのライ麦パントーストは絶品……」

「すまんが話が長くなるのなら、今度にしてくれんか？」徳さんは不機嫌そうに言った。「その話が事件と何か関係があるなら別だが」

「いえ。事件とはたぶん関係ありません。ただ、パンがその店で買われたものである蓋然性は高いと思われます」

「で？」

「その店の店員に訊けば、何かわかるのではないでしょうか？」

「店員にはすでに当たっとる。確かに挙動不審な客はいるそうだ」

「客の名前や住所はわかりましたか？」

「そんなこと仮令《たとえ》知っていたとしても教えてくれる訳がないとは思わんか？」

「似顔絵を描いて貰うのはどうです？」

「わしも店員もプロじゃないんだから、そう簡単に似顔絵やモンタージュ写真が作れる訳ないじゃろ」

「それでは、店の前で待ち伏せしてはどうですか？　いや。それより、パン屑が落ちている場所で待った方がいいかもしれませんよ」

「あんたは、わしが何日も同じ場所でぼうっと張り込む程暇だと思っとるということか？」

「アルバイトを雇う手もあります」

「単なる好奇心を満たすためだけに、労賃を出す気はない」

「まあ、そうでしょうね。……ええと。あなたは探偵に相談するために、来られたとおっしゃいましたね」

「ああ。そうだよ」

「探偵に支払う代金は惜しくないんですか？」

「代金など支払う訳ないじゃろ。それとも何か、あんたこんな事件でもなんでもないくだらない謎で金を取る気か？」

「いえ。今の話は忘れてください」二吉は考え込んだ。「何者かがある道筋に沿ってパン屑を落としているのは間違いない。だとすると、その目的は何だろう？」

「だから、わしはさっきからそれをあんたに訊いとるんじゃ！」

「何かを誘導するためなんじゃないでしょうか？」

「パン屑なんかで誰を誘導するんじゃ？」

「人とは限りませんよ。いや。むしろ人でないと考える方が自然だ」

「どういうことだ？」

「さっき、犬か猫か鳥がパン屑を咥《くわ》えていったかもしれないと言いましたね。つまり、それは偶然ではなく、これらのパン屑は動物を誘導するために、撒かれたものかもしれないということです」

「どんな動物だ？」

「それはわかりません。しかし、それ程珍しいものではないでしょう。象や麒麟《きりん》や駝鳥《だちょう》が街中を歩いていたりしたら、目立ち過ぎますからね。当然話題になっているはずです」

「つまり、犬、猫の類《たぐい》か？」

二吉は頷いた。「そうですね。あとは鳥類ぐらいでしょう」

「なぜ、そんなものを誘導する必要がある？　普通に連れていけばいいじゃろう」

「きっと連れていくことができないんですよ」

「どうして？」

「獰猛《どうもう》で触れないとか。……いや。そんな生き物なら放し飼いにしておくはずがない。考え易い理由はそもそもその人物にその動物を連れていく権利がないということです」

「権利がない？」

「つまり飼い主ではないのです。その人物は他人のペットを誘導しようとしているのです」

「何のために？」

「おそらく捕獲のためでしょう」

「どうして、他人のペットを捕まえなきゃならんのだ？」

「ペット誘拐ということが考えられます。最もありそうなのが飼い主への怨恨です。恨みの対象となる人物のペットに危害を加えるような犯罪はそれ程珍しいことではありません。あるいは、飼い主が金持ちなら、身代金が取れるかもしれない。それとも、もっと単純に希少品種で高く売れるのかも」

「なるほど。ペットを誘拐しても、誘拐罪ではなく、単なる窃盗罪になるから、リスクは小さいかもしれんな」徳さんは感心したように言った。「もう一つ思い付いたんだが、組織的な食肉調達を行っているのかもしれんぞ」

「何ですか、それは？」

「よく噂で聞くじゃないか。猫や犬の肉を食肉として販売して、大儲けするという話だ。野良犬、野良猫が見付からない時は飼い猫にまで手を出すという……」

「それはただの都市伝説でしょう。牛や豚一頭分の肉を調達するのに、どれだけの犬、猫を捕まえる必要がありますか？　手間を考えるなら、素直に牛肉や豚肉を買った方が安上がりです」

「犬や猫を食べる国もあるというぞ」

「それは元々食用のために飼育されたものです。食用に飼育された肉より、狩猟で手に入れた肉の方が安い訳がないでしょう」

「ふん。まあそういう考え方もあるじゃろうて」徳さんは自分の推理が否定されたことで、機嫌を悪くしたようだった。「とにかく、あんたの推理は聞かせて貰ったから、今日のところは帰らせて貰う」

徳さんは手帳に何かを書き込むと、碌《ろく》に挨拶もせずに立ち去った。


「はい。どなたですか？」二吉がドアを開けると、老人が立っていた。

「岡崎徳三郎じゃ。徳さんと呼んでくれ」

「ご用件は何でしょう？」

「探偵に相談にきたに決まっとるだろうが」

「探偵？　事件か何かですか？」

徳さんはにやりと笑った。「そんなたいしたものじゃない。言ってみれば、日常の謎といったところかな」

「日常の謎？　なぜそんなものをわざわざ探偵に依頼されるんですか？」

「暇つぶしのためじゃよ」

「探偵の方だって、暇つぶしに探偵を付き合わせるんですか？」

「探偵が暇とは限らないでしょう」

「とても忙しそうには見えんが？」徳さんは二吉の顔を見詰めた。

「いえいえ。わたしは探偵ではありませんよ」

「だって、ここは田村二吉探偵事務所じゃろ？」

「そうなんですか？」二吉は面食らった。「そんな自覚はまるでなかったのですが」

「まあ、あんたが本物の探偵だろうが、探偵を騙《かた》る偽者だろうが、わしにとっちゃあどっちでもいいことだ。とにかく、わしに付き合って、謎を解いてくれればそれでいい」

「はあ。そんなもんですか」二吉は逆らうのも面倒なので、適当に話を合わせておこうと決心した。「それで、どんな謎なんですか？」

「道路にパン屑が落ちておった」

「謎は解けました」二吉はうんざりした様子で言った。「どこかの粗忽者《そこつもの》が落としていったのです」

「いくらなんでも結論を出すのは早過ぎるじゃろう。もっと詳しく話を聞いたらどうだ？」

「詳しく聞いても結論は変わらないと思いますよ。まあ、説明したいのなら、してくださいな」

「パン屑は数日おきに同じ場所に放置されている。場所はこの十七箇所だ」徳さんは手描きの地図を広げた。

「おやおや」二吉は目を丸くした。「毎回同じ場所なんですか？」

「今そう言ったじゃろ」

「特定の経路に沿っているように見えますね」

「なんだと思う？」

「まだ結論は出せません」二吉は考え込んだ。「なぜ数日おきに繰り返されるのか？　これが落ちている日には何か特別なことは起きていませんか？」

「何も。曜日もばらばらだ」

「平日、休日の別なくですか？」

「特にどちらかに偏《かたよ》ってはいない」

「季節毎の偏りは？　それと日付に何か法則性はありませんか？」

「この現象が起き始めてからまだひと月半程だから、季節の影響はよくわからん。とりあえず、わしが気付いたのは十二回だが、偏りはないと思う。日付はここにメモしてある」

二吉は徳さんのメモを読んだ。「確かに簡単な規則はないですね。強いて言えば、おおよそ二、三日に一度の割合で発生していることぐらいですか。時間帯のデータはありませんか？」

「わしが気付くのはたいてい夕方じゃな。落ちているのはそれより前からということじゃ。いつも同じ時間に放置されているのかどうかはわからん」

「このパン屑に注意を払っているような人はいましたか？」

「少なくとも、ここに一人いるぞ」

「もちろん、あなたを除いての話です」

「時々、ちらりと見ていく者はおるが、特に不自然なことはなかったな」

「道端に何かが落ちているのに気付けば、見るのが当然ですからね」一吉は額を押さえた。

「簡単なようでとらえどころがありませんね」

「お手上げかの？」

「諦めるのはまだちょっと早いですね。実際に現場検証するのが手っ取り早いかもしれません。今日は落ちていませんでしたか？」

「ここに来る途中で見てみたが、残念ながら、今日はまだ落ちていなかった。これからはわからないが」

「パン屑の平均寿命はどのぐらいでしょうか？」

「はあ？　平均寿命っていったって、パン屑は最初から生きてなぞおらんぞ」

「パン屑の平均寿命というのは、つまりパン屑が放置されている時間です。何日も放置されている訳ではないでしょう。もしそうだったら、同じ場所に複数のパン屑が落ちていることになりますが」

「犬猫に食われたり、気付いた人が掃除したり、風に吹き飛ばされたりするからな。まあ、もって一日というところじゃないかの」

「もしこれが目印だとしたら、その機能はたかだか一日しかもたないということになりますね」

「目印だと？」

「路上に放置されたパン屑に実用的な価値を見出すとしたら、目印以外にはありません」

「そんなすぐどっかに行っちまうようなもんを目印にするやつがいるかの？」

二吉は頷いた。「常識的にはすぐなくなるようなものは目印に適しません。しかし、逆に言えば、すぐなくなることが必要な条件なら、パン屑はむしろ目印に適していることになります」

「目印なのに、なくなるのが条件というのは矛盾してるじゃろ」

「そうとは限りません。他人に見られたくない目印というのは珍しいものではありません。電信柱や塀に傷を付けるのはオーソドックスな街中での目印の付け方ですが、これだとかなり長い間、残ることになります」

「新聞配達員がそうやって印を付けるというのは聞いたことがあるなぁ。最近もそうなのかは知らんが」

「今時はいろいろ煩《うるさ》いから地図に印を付けるんじゃないですか？」

「しかし、新聞配達はかなり長い期間に及ぶから、パン屑だと拙いんじゃないか？」

「新聞配達の仕業だと、誰が言いました？」

「じゃあ、どうして新聞配達の話をするんじゃ？」

「新聞配達の話を始めたのは、あなたですよ。パン屑で印を付けている人物は残るような印を付けたくないという訳です」

「しかし、数日おきに同じ場所に印があるのはどうした訳だ？　短期間しか必要ないのなら、同じ場所に印があるのはおかしいじゃろ」

「印を何度も付け直しているということは、その印がまだ役目を果たしていないということです。そして、役目を果たしたら、短期間で痕跡がなくならなくてはならないのです」

「いったいどういう目的なんじゃ？　皆目、見当が付かないが」

「パン屑は仲間へのサインです。仲間はいつ現れるかわからないため、数日毎にパンで目印を付けるのです」

「つまり、その仲間はなんらかの目的を持っているという訳か。そして、その目的を達すれば、もはやその目印はいらなくなるんじゃな」

「その通りです。なかなかの洞察力ですね」

「しかし、その仲間の目的がはっきりせんな」

「それについては、これといった証拠はありません。しかし、おおよその見当は付いています」

「何じゃね、そりゃ？」

「他人にわからないような目印。そして、ことが済めば、短期間で消えてくれる目印。そんな目印が必要になるのは犯罪関連です」

「犯罪じゃと！」

「例えば、空き巣に対するガードが甘い家、押し売りに弱い家などです。そのような家を見付けたら、仲間にこっそり教えているのかもしれません」

「そんなことをしてどんな得があるんかの？　そういう情報は自分一人で独占した方がよくはないか？」

「犯罪者同士で助け合いの習慣があるのかもしれません。自分が誰かを助ければ、自分も誰かに助けて貰えるという訳です」

「そういう美しい協力関係は犯罪者には馴染《なじ》まんように思うがな」

「もちろん犯罪者というものは一般的に他人に損害を与えても自分たちの得になるようなことをしようと思うものです。つまり、一般的に共存共栄的とは言えません。しかし、犯罪者たちの社会にもまた独特のルールがあって、彼ら同士の間には協力関係があるものです。それが彼らの結束力を強め、犯罪の成功率を高めることに繋がっているのです」

「見てきたかのように言うの？　それとも、あんた経験者かね？」

「残念ながら、わたしには犯罪の経験はありません。ただ、パン屑の謎を突き詰めていくと、そういう結論に達するのです」

「わしはどうすればいいのかの？　警察に通報するか？」

「パン屑だけで、犯罪の証拠にはなりません。それに、現に犯罪はまだ起こっていないのですから、捕まえる訳にはいきません。それに犯人も特定できていません。まあ、パン屑を捨てる現場を押さえれば、現行犯逮捕できるかもしれませんが、所詮軽犯罪ですからしらを切られたらたいしたことはできませんね」

「つまり、何か犯罪が行われるまで、ただ待つしかないって訳だな」

「できるとしたら、パン屑が落ちていた近辺に住んでいる人たちに注意を促すことぐらいでしょう」

「まさに犯罪が行われようとしているのに、何もできんというのは歯がゆいのう」

「しかし、予期していない犯罪が突然行われるのと、予測しているのとでは雲泥《うんでい》の差でしょう」

「まあ、そう思うしかないな」徳さんはノートに何かをメモした。「しかし、あんた、なかなかの洞察力だ。探偵としてうまくやっていけると思うぞ」

「ありがとうございます。ただ、わたしは探偵になるつもりはないんですが……」

「はっはっ。まあまた、そんなことを」徳さんは笑いながら去っていった。


「はい。お待たせしました」二吉がドアを開けると、老人が立っていた。

「よっ!」老人は片手を挙げて挨拶した。

「ええと。以前、お会いしたことがありましたっけ？」

「どうだったかな？　年をとると忘れっぽくなるのでな。とりあえず、出会った人はみな知り合いだと思って接することにしとる。わしのことは徳さんと呼んでくれ」

「紛《まぎ》らわしいことは止《や》めてください」二吉は言った。「それで、どんなご用件ですか？」

「探偵さんに謎を解いて貰いたいんじゃ。探偵事務所に来る理由と言えば、それに決まっとるじゃろうが」

「探偵事務所？　ここが？」

「田村二吉探偵事務所じゃ」

「田村二吉？　それはわたしですが？」

「だったら、あんたが探偵じゃ」

「ちょっと待ってください。これはきっと悪い冗談だ」

徳さんはむっとした顔になった。「わしは冗談など好かん！」

「いいえ。あなたが冗談を仕掛けていると言っているのではないのです。たぶん、わたしの友達が企んだのです」

「あんたの友達のことなどわしは知らん。用があるのは、探偵だ」

「だから、その探偵云々《うんぬん》が冗談でして……」二吉は徳さんが睨んでいるのに気付いて、言葉を詰まらせた。「いいえ。もし素人の考えでもいいとおっしゃるのなら、わたしが対応しましょうか？」

「最初から、そう言っとけば、話は早かったのに」徳さんはにやにやと笑った。「とにかくこの地図を見てくれ」

「はあ。×印が付いてますね」

「全部で十七箇所じゃ」

「どこの地図ですか？」

「この近くじゃ」

「ご自宅があるんですか？」

「わしの家はここから結構遠い。ただ、近所にわしの娘が住んどってな。しばらく遊びにきとるんじゃ」

二吉は徳さんの頭越しに外を眺めた。「大都会という程ではありませんが、そこそこ開けていますね」

「駅に着くまでに、コンビニが三軒もあるぞ」

「それで、この×印の意味は？」

「パン屑が落ちとったんじゃ」

「はあ。パン屑ですか」

「わしのことをアルツハイマーか何かだと思っとるだろ」

「いいえ。とんでもない」

「嘘を言わんでもいい。パン屑が落ちていたぐらいで、騒ぐのは常軌《じょうき》を逸しとるからの。わしだって、パン屑が落ちているだけで、そのことをわざわざ相談にきたりなどはせん。パン屑の落ち方に奇妙な点があるんじゃ」

「奇妙な点と申しますと？」

「二、三日に一度、必ず同じ場所に落ちているんじゃ」

「同じ場所ですか？」

徳さんは頷いた。

「大きさは？」

「親指ぐらいかの」

二吉は考え込んだ。「親指ぐらい……。一般の人には気付かれにくいですが、最初からあるとわかっている人には充分な大きさですね」

「真剣に考えてくれる気になったか？」

「真剣といいますか、まあ真面目に対応させていただこうかと……。ええと。ところで、お金はいただけるんですか？」

「はあ？　あんた、何言っとるんだ？」

「だって、ここは探偵事務所でしょ」

「あんたは、自分は探偵じゃないようなことを言っとらんかったか？」

「それはそうなんですが、探偵として仕事をするなら、その、それなりの報酬をいただいてもおかしくはないでしょう」

「そもそも事件が解決して、何か得があるのなら、金を払ってもいいだろう。だが、この事件が解決したとして、いったいわしに何の得がある？」

「それはわたしにも言えるでしょう。あなたにとっては道楽かもしれませんが、わたしにはそれこそ何の得もない訳でして」

「探偵の修業になる。それに、これを切っ掛けに大事件を手掛けられるかもしれんじゃろ」

「大事件って何ですか？」

「知らんよ。でも、だいたい二時間ドラマとかでは、こういう些細な事件から大きな事件に繋がるもんじゃ」

「背後に何か大きな事件が隠れていると考える根拠はあるんですか？」

「そんなものがあったら、ここじゃなくて警察に駆け込んどるわ！」

「確かに、一理ありますね」

「どうするんじゃ？　謎解きをしてくれるのか？　しないのか？」

「結論を急がないでください」二吉は手の甲で汗を拭った。「なんだか、混乱してしまって」

「結構落ち着いとるように見えるが？　それに、わしが取るに足りない小事件を持ち込んだぐらいで、混乱するのは大げさ過ぎるぞ」

「混乱している理由はそれだけじゃないんです」

「まだ何か事件を抱えとるのか？」

「事件という訳ではないんですが」

「事件じゃないなら、何だ？」

「まあ、健康上の理由といいますか」

「体の具合でも悪いのか？」

「体というか、精神的なものです」

「神経が参っとるということか？」

「そうかもしれませんね。なんとなく、昨日、今日の記憶がはっきりしないんです。まあ、一時的なものでしょうが」

「あんたの記憶なんぞどうでもいい。どうせ推理には役に立たんじゃろ」

「まあ、そうかもしれませんがね」二吉は腕組みをした。「まあいいでしょう。今は他に何かやるべきこともなさそうですし」

「そうこなくっちゃ」徳さんは舌なめずりした。「それで、謎はすべて解けたか？」

「いきなりは無理ですよ。まずは状況を確認しなくては」

「状況なら、さっき言ったぞ」

「『道路にパン屑が落ちていた』だけでは、有用な情報とは言えません」

「ほれ。この通り、地図まで見せてやってるではないか」

「もう少し状況を教えてください。そもそもあなたはどうして、このパン屑に気付いたのですか？」

「なんだと？　わしを尋問するのか？　わしを疑っとるということか?!」

「そうではありません。推理のためにはできるだけ情報が欲しいということです」

徳さんは不敵な笑みを浮かべた。「パン屑が落ちている道路はわしの散歩のコースとかなり重なっとるんだ。こんな感じかな」徳さんは地図の上に矢印付きの曲線を描いた。「もちろん最初は気付かなかった。いや。顕在意識では気付かなかったと言うべきじゃな。ある時、ふと思ったんじゃ。このパン屑、この間もここになかったかな、と」

「つまり、潜在意識では気付いていたということですか？」

徳さんは頷いた。「単なるデジャヴュかなとも思ったんじゃが、数日後にまたパン屑を見付けて、デジャヴュでないことがわかったんじゃよ。その時は同じパン屑がずっと放置されていたのかもと思ったんじゃが、だとするとパン屑を再発見するまでの数日間に見当たらなかった説明が付かない」

「単に気付かなかっただけなんじゃないですか？」

「その可能性はわしも考えた。だから、その日以降、気を付けて歩いていたんじゃ。すると、翌日にはパン屑は消えて、数日後再び現れた。そして、どうやら、パン屑は十個以上も放置されていて、場所もほぼ同じだということにも気付いた」

「それで、地図を描いたんですね」

「気付いた時には年甲斐もなく、ちょっと興奮しちまったよ。全く目と鼻の先にこんな謎があるとは」

「謎とは言っても、超自然現象が起きている訳ではないですから、説明が付かないことはないでしょ」

「どんな説明ができる？　わしはそれを聞きにきたんじゃ」

「単なる悪戯《いたずら》というのはどうですか？」

「こんな誰も気付かないような悪戯をして何が楽しい？」

「誰も気付かなかったということはない。少なくともあなたは気付かれたんでしょ」

「ああ。確かにな。しかし、理屈が通らないことに変わりはない。たまたまわしが気付いたが、その事実をどうやって知るんだ？」

「ずっと見張ってたとか」

「わしがパン屑に気付いて、地図に印を付けるのを遠くから見て、ほくそ笑んでいたってか？　だが、その日以降、わしは目立った行動をとっていない。それなのに手《て》間《ま》隙《ひま》掛けて、パン屑をばら撒き続ける意味がどこにある？」

「他にもかもがいるのかも？」

「だから、時折パン屑に気付いて首を捻る暇人がいたとしてだな。それがそんなに面白いか？　それに悪戯だとしていつまで続けるつもりなんだ？　ヘルメットと看板を持って、飛び出してくる機会はすでに逸してるぞ」

「確かに、そんな気の長い上に、反応がつまらない悪戯は考えにくいですね」二吉は腕組みをした。「だったら、まじないか、願掛けじゃないですか？」

「まじない？」

「路上の同じ場所に続けて百回パン屑を置くのに成功したら、大好きな彼と両思いになれるとか」

「そんなまじないがあるのか？」

「さあ。でも、あってもおかしくはないでしょ」

「そんなまじないがあるという本か何かの証拠を見せてくれるまでは、信じる訳にはいかんなぁ」

「まあそうでしょうね」

「もう手詰まりかの？」徳さんは邪悪な笑みを浮かべた。

どうやら、二吉が困るのを楽しんでいるようだ。

馬鹿馬鹿しい。さっさとギブアップして、この爺さんを追い出そう。こんな話、いくら考えても解けるはずがない。

だいたい道にパン屑を落としていくなんて、今時『ヘンゼルとグレーテル』じゃあるまいし……。

「あっ！」

「どうした？　急に大声を出して」

「閃いたんですよ」

「ついにきたか。それで犯人は誰だ？」

「ヘンゼルとグレーテル」

「外人か？」

「ドイツの民話に出てくる兄妹ですよ」

「わしだって、グリム童話ぐらい知っとる」

「話を覚えていますか？」

「ええと。継母《ままはは》に苛《いじ》められる話だったかな？」

「グリムの原書では実母のようですよ。父親に命令して、一緒に森の中に捨てにいかせるんです」

「酷《ひど》い話だ」

「口減らしというやつでしょうね」

「それで、どうしてその兄妹が犯人なんだ」

「いや。別にヘンゼルとグレーテルが犯人そのものだとは言ってません。犯人の動機が彼らと共通ではないかと思ったんです。……まあ、パン屑を放置しただけで『犯人』というのは言い過ぎですが、他に呼び方もないので、便宜的に『犯人』でいいでしょう」

「そう言や、二人は魔法使いの婆さんを焼き殺したんだっけ？」

「その部分は関係ありませんよ。もっと前の部分です」

「お菓子の家を見付けるところか？」

「もっと前です。親に森の奥に連れていかれるところです」

「覚えとらんな」

「もう一度地図を見せてください」二吉は地図の×印の部分を指差した。「ほら必ず道が交差していたり、枝分かれしている付近に捨ててあるでしょ」

「だから、どうしたんだ？」

「これは道しるべなんですよ」

「道しるべ？」

「パン屑を辿っていけば、目的地に着けるようになっているとしたら、どうです？　ヘンゼルは捨てられると知って、前の晩のうちに綺麗な砂利《じゃり》をポケットに入れておくんです。それを少しずつ道に捨てながら、両親に付いていったんです。置いてけぼりにされた後、その砂利の跡を辿って家に戻ってくるんです」

「砂利とパン屑はだいぶ違うぞ」

「パン屑はこれから出てきます。母親は一度目の失敗に懲《こ》りて、ヘンゼルを前の晩から外に出さないようにしたのです。そうすれば、砂利を用意しておくことができませんからね」

「わざわざ、そんなことしなくても、砂利の目印など簡単に消せるだろう」

「まあ、そこは御伽噺《おとぎばなし》ですからね。それで、ヘンゼルは仕方なく、砂利の代わりに弁当のパンの屑を道端に落としながら、両親について森の奥に入っていくのです」

「なるほど。やっと出てきたな」

「で、またもや捨てられた二人はパン屑の跡を辿って、家に帰ろうとします。しかし、パン屑は鳥に食われてなくなってしまっていたのです」

「駄目じゃないか」

「まあ、そこは御伽噺ですからね」

「とにかくパン屑は失敗だったんじゃろ？」

「そうです」

「じゃあ、今回の犯人はどうしてわざわざそんな間抜けな方法を真似たんじゃろう？」

「そこが問題ですね」

「しかも、街中で道に迷うなんてことがあるか？」

「そこが問題です」

「さらに、数日毎に繰り返しているのはなぜだ？」

「そこが問題です」

「おいおい。探偵、しっかりしてくれよ」

「う〜ん。いい考えだと思ったんですがね」二吉はもう一度地図を見た。「やっぱり道しるべとしか考えられないな。……あっそうか」

「また何か閃いたのか？」

「パン屑を使ったのは、パン屑を選択したのではなく、パン屑しか選択できなかったからではないでしょうか？」

「回りくどい言い方はよしてくれ」

「つまり、犯人は道しるべにできるようなものはパンしか持っていなかったのです」

「しかし、どうして犯人はわざわざパンを持って外出したんだろう？　道しるべにしようと思ってか？」

「パンを持って外出するのはどういう場合でしょう？」

「ピクニックに行く時か？」

「まあそういうこともあるでしょうが、数日おきというのは考えにくいですね」

「普通に会社や学校に弁当として持っていくのかもしれんぞ」

「そのパンはサンドイッチに使うような食パンでしたか？」

「いいや。おそらくフランスパンのような種類だったと思う」

「フランスパンを弁当にするというのはあり得ないことではありませんが、日本では珍しいですね」

「そもそもパンなら家から持っていくより、どこか途中で買うんじゃないか？」

「それだ！」二吉は頷いた。「外でパンを持っている人がいたとしたら、その人が家からパンを持ち出した可能性よりも、外でパンを買った可能性の方が遥かに高いんじゃないでしょうか？」

「そりゃそうだろうな」

「つまり、犯人は外でパンを買った後に道しるべが必要になるような事件に遭遇したと考えれば辻褄が合います」

「そうかな？」徳さんは首を捻った。「そもそも道しるべが必要になる事件って、どんなのだ？」

「何かを発見したんですよ」

「道端に財布か何かが落ちていたのか？」

「財布だったら、その場で拾えばいいでしょう。……いや。拾えない理由があったのかな？」

「理由って？」

「人目があって、ねこばばの現場を見られたくなかったとか……」

「人目があったのなら、すぐ別の人間に拾われてしまうだろう」

「確かに、そうですね。だったら、財布以外のものだ。犯人にとっては価値のあるものだけど、他の人間はあえて拾おうとはせず、しかも、それを拾うのを他人には見られたくないものと言えば……」

「犬の糞か？」

「犬の糞に価値を見出す人って何ですか？」

「何にでも愛好家というものが存在するもんじゃ」

「犬の糞なら、誰かに清掃されてしまいますよ」

「パン屑だって、そうじゃろ？」

「確かにそうですが、犬の糞への道しるべにパン屑を使うというのは、手が込み過ぎてますよ。そもそも道しるべを付けてどうするんですか？」

「後で取りにくるんじゃろ」

「そんなことをするぐらいなら、最初から拾えばいいじゃないですか。犬の糞を拾うことは恥ずかしいことではないんですから」

「わかった。散歩中に犬が脱糞して、拾おうと思ったら、ビニール袋がなくて、家まで取りに帰ったんだが、場所がわからなくなるので、パン屑を目印に置いていったというのはどうじゃ？」

「めちゃくちゃ不自然なシチュエーションですね。毎回ビニール袋を持ってこないような人なら、わざわざパンを目印にしてまで、家にビニール袋を取りに戻ったりしないでしょう」

「じゃあ、何を見付けたというんだ？」

「おそらく拾えるものではないんでしょう」

「拾えるものではない？　自動車か何かか？」

「移動してしまうようなものでもないでしょう。道しるべが使えるということは簡単には動かないものです。道路標識とか、電柱とか……」

「マンホールとか？」

「ええ。それに建物とか」

「犯人は何かの建物を見付けたのか？」

「それが一番自然でしょう。個々の電柱やマンホールや交通標識に意味を見出すような状況は考えにくいですから」

「どんな建物を見付けたんじゃ？」

「それについては決定的な証拠はありません。ただし、最も自然な解答はすぐに思い付きます」

「何じゃ、そりゃ？」

「パン屋ですよ」

「パン屋だって？」

「だって、そうでしょ。必ずパン屑を落としているということは、パン屋で買い物をした後に限って、道しるべを作る必要に迫られたということです。この場合、最も自然なのはそのパン屋自体に到達する道しるべに買ったばかりのパンを使うことです」

「パン屑で道しるべを作るのが自然かな？」

「パン屑で道しるべを作るのは大前提です。その上での最も自然な状況を推定したのです」

「たかが、パン屋なんかへの道しるべを作るやつなんておらんじゃろ」

「とんでもない。パン屋もピンからキリまであります。ヒンデンブルクなら、道しるべを作るだけの価値はありますよ」

「有名なパン屋のチェーン店かの？」

「知る人ぞ知るです」

「いいじゃろ。百歩譲って、犯人はパン屋への道しるべを作ろうとしたとしよう。それで、どうして、パン屑で道しるべを作らなきゃならんのじゃ？　普通に地図を描けばいいじゃろ？」

「人は外出する時に、必ずしも筆記用具を持っているとは限りませんよ。パンしかない時はパンを利用するしかないんです」

「じゃあ、どうして数日毎に道しるべを作るんだ？」

「どうして、作っちゃあ、いけないんです？」

「一度作れば、充分じゃろ」

「鳥に食べられたとか？」

「そんなことを言ってるんじゃない。何度もそのパン屋に行けてる訳だから、もはや道しるべの意味はないだろうということじゃ」

「一人とは限らないでしょう」二吉はぽつりと言った。

「何じゃって？」

「すべて同一人物とは限らないんじゃないでしょうか？　もし、そのパン屋がヒンデンブルクだとしたら、数日毎にファンが発見して、同じことをしてしまうのかも」

「別人なら、別々の道に道しるべができるはずじゃ。パン屑は毎回同じところにあった。犯人は毎回同一人物じゃよ。あんたの道しるべ説が正しいとしてな」

「ふむ。確かにおっしゃる通りです。しかし、ほぼすべての証拠は道しるべ説を補強しています。一つぐらい不明な点があったとしても、気にする程のことはないでしょう」

「わしは、不可解なことが起こったので、あんたにすっきりさせて貰いにきたんだ。穴だらけの当てずっぽうを聞かされただけでは、全くすっきりせんわ」

「穴だらけというのは言い過ぎでしょう」

「肝心な点が説明できんのだから、そう言われてもしようがあるまい」

「ちょっと待ってください。ええと、あの……」二吉は言葉を詰まらせた。「お名前は何でしたか？」

「岡崎徳三郎だ。徳さんと呼んどくれ」

「さっきもお訊きしましたっけ？」

「さあな。忘れちまったよ。あんた、わしの名前に聞き覚えがあるかい？　あるなら、聞いたことがあるんだろ」

「それが聞き覚えがあるような、ないような……」

「何じゃ。頼りないの。まあ、忘れっぽいのなら、何度も聞き直して、覚えればいいんじゃがな」

「あっ！」二吉は叫んだ。

「どうした？」

「それです!!」

「何のことだ？」

「なぜ、犯人はパン屑で道しるべを作ることを何度も繰り返したのか？　その答えがわかりました」


「もったいぶらずに、早く教えてくれ」

「忘れたからです」

「はあ？」

「むしろ、『忘れっぽいから、忘れないために、何度も反復した』と言えばいいのかもしれませんね」

「しかし、そう簡単に忘れられるもんかね？　アルツハイマー症候群か何かか？」

「犯人は、道しるべを作る程度の論理的な思考はできるようです。問題があるのは記憶力だけでしょう」

「記憶喪失というやつか？」

「記憶障害の一種に前向性健忘というのがあります」

「聞いたような病名じゃな」

「ある時点――発症した以前のことは記憶していられるのですが、それ以降のことはいっさい覚えられなくなるのです」

「それはまた不便じゃな」

「犯人がその障害を負っているとしたらどうです？」

「どうです、と言われてもな」徳さんは目をぱちくりした。「どうなんだ？」

「おそらく彼は、何かの用事――例えば、食料調達など――で、数日毎に外出するはずです」

「道に迷ったりしないのかね？」

「発症前からその街に住んでいたとしたら、迷わないと思いますよ。そうでないとしても、地図を持って出れば、問題ないでしょう」

「なるほど。それで？」

「彼は外出中にパン屋を発見します。例えばヒンデンブルクのような店をです。当然、彼はそこでパンを購入します」

「そうかな？」

「常識ですよ。彼はパンを購入します。そして、ほくそ笑みます。いいところを見付けた。今度からはここでパンを買おうと。と、そこではたと気付く訳です。自分はこの店の場所を覚えておくことができないと」

「病態の自覚はあるのかの？」

「継続的な自覚はないでしょうが、病気に対する知識があれば、不都合が発生するたびに、その都度、気付くはずです」

「気付かなければ、そのまま忘れちまうということだな」

「そうです。ただ、彼は少なくとも何度かに一度は気付いたようです。このまま、せっかく見付けたパン屋の場所を忘れてしまうのは忍びない。そこで、彼は知恵を絞って、パン屑を道しるべにすることを思い付いたのです」

「そんなことしなくても、地図に印を付ければ済む話じゃろ」

「地図を持っていても、筆記用具を持っているとは限りませんよ。いや。遠くに出かけるのならともかく極近《ごく》所での買い物だとしたら、筆記用具など持って出ない方が自然です」

「わしだったら、自分がそんな症状になったら、肌身離さず筆記用具を持ち歩くがの」

「それは性格の問題でしょう。わたしだったら、そんな面倒なことまず実行しませんね」

「まあ、人それぞれという訳か」徳さんは意外にも、すぐに引き下がった。「しかし、犯人は次に外出する時まで、パン屑が残っていると思っとったのかな？」

「そんな長時間もたせるつもりはなかったでしょう。すぐに筆記用具と地図を持ってとって返して、パン屑を辿りながら、パン屋に戻って地図に記入する予定だったと思われます」

「しかし、どうして、何度も繰り返すんだ？　一度地図に記入したなら、パン屑の道しるべは不要だろうに」

「おそらく、計画は成功しなかったのです」

「なんでまた？　単純で穴のない計画だと思うが？」

「犯人は自らの記憶力を過信していたのです。パン屋からいったん家に引き返して、もう一度パン屋のある場所まで戻る。その程度の時間なら、場所は覚えられないまでも、一貫した記憶を保っていられると思っていたのでしょうが、実際にはそうではなかった」

「地面に落ちているパン屑の意味すら忘れてしまったということか？」

「そうです。パン屑の路上への放置が繰り返される理由はそれしかありません」

「しかし、毎度失敗していたら、犯人だって学習するじゃろう。外出する時に筆記用具を持ち歩くようにはならないか？」

「だから、犯人はその失敗の記憶すら保てないのです。彼は何度同じ過ちを繰り返しても、自分が過ちを繰り返していることにすら気付きもしない。最初に筆記用具を持って出なかったということは、次からも同じく筆記用具を持って出ない可能性が高いのです。逆に言えば、一度でも筆記用具を持っている時にパン屋を見付ければ、この現象は起こらなくなるでしょう」

「つまり、この現象がなくなったら、犯人は目的を達したと考えていいということじゃな？」

「そうです。最後にこの現象が起こったのはいつです？」

「昨日じゃ」

「ということは昨日の時点ではまだ犯人は目的を達していないということになります」

徳さんは腕組みをした。「微妙じゃな。どうするかな？」

「今、何ておっしゃいました？」

「やはり、ここは厳密にいくべきかな？」

「何か推理の穴が見付かりましたか？」

「いや。動機については、申し分ない。おそらくそれで間違いない。……だが、犯人は誰なんじゃ？」

「なんですって？」

「わしの質問はホワイダニットではなく、フーダニットじゃ」

「おっしゃることがわかりません。いえ。言葉の意味はわかります。ただ、わたしは犯人を知りようがないじゃないですか」

「本当に？」

「ええ。犯人を推理するも何もあなたのお話には犯人らしき人は誰も登場しないではないですか。……例外がいるとするなら、あなた自身です。まさか、あなたがパン屑の犯人なのですか？」

「いいや。それではあまりにアンフェア過ぎるじゃろ」

「では、誰が犯人だと……犯人である可能性があると言われるんですか？」

「犯人には病識はないと言ったな」徳さんは二吉の顔をにやにやと眺めた。

「ええ。このタイプの病気の場合、継続的な病識はないでしょう。ただ、断続的に自らの症状を認識して……えっ?!」二吉はぽかんと口を開けた。

「どうした？　何かに気付いたのか？」

二吉は額を掌で押さえた。「そんなはずはない。ゆっくり考えて思い出すんだ」

「そうそう。時間はたっぷりあるぞ」

二吉は徳さんを指差した。「あなたは誰ですか？」

「わしは岡崎徳三郎じゃ。徳さんと呼んどくれ」

「あなたがここに来たのはいつですか？」

「もう十分程になるかの」

「では、それ以前、わたしは何をしていたのですか？」

「さあな」

二吉はへなへなと床に座り込んだ。

「どうした？　推理を続けんのか？」

「推理の必要はありません。あなたには犯人がわかっているのでしょう、徳さん」

「ああ」徳さんは頷いた。「だが、あんたの口から言ってくれ。それがルールだ」

「ルール？　何を言ってるんですか？」

「まず、犯人が誰かを言ってみてくれ。説明はその後だ」

「犯人はこのわたしです」二吉は大量の冷や汗を流しながら言った。「ただ、わたし自身はそのことを全く覚えていない」

「まあ、そんなに落ち込むことはない。犯人とは言っても、重大な罪を犯した訳ではないんだから。単なる日常の謎のレベルじゃ」

「最初から知ってたんですか？」

「まさか。わしもそれなりの調査をした。娘の働いとるパン屋に数日毎にパンを買っては道端に捨てていく不審人物がいるというんでな。ちょっとした張り込みやら、聞き込みを何日か……」

「わざわざそんなことを！」

「暇なもんでね。時間はたっぷりある」

「さっき、ここに来た時には、わたしが犯人だと知っていたんですね」

「ああ。そりゃ、知ってたよ」

「じゃあ、どうして、わざわざ、わたしに推理なんかさせたんですか？」

「深い理由はない。今日は一日暇だったし……」

「暇つぶしのために、こんな酷いことをしたんですか？」

「酷い？　それは心外だな。わしが何か酷いことをしたかの？」

「わたしをからかったではないですか」

「だけど、あんたは何も損はしとらんぞ」

「精神的なショックを受けて傷付きました」

「それじゃあ、あれか。わしがやってきて謎解きを依頼しなかったら、あんたは何も傷付きはしなかったとでもいうのか？」

二吉は溜息を吐《つ》いた。「きっと何かの拍子で、自分の状態に気付いて、その度に傷付いたでしょうね。逆に、推理に熱中している間だけは、現実に気付かなくてよかったのかもしれませんね」

「しかし、あんたの推理力はたいしたもんだ。正解に辿り着くとはな。ただし……う〜ん。どうしたものか？」

「何か問題があるんですか？」

「正解とカウントしていいかどうかだ。今回は犯人当てのところで、結構ヒントを出してしまったからな」

「ヒントっていったって、あなたはわたしの顔を見て、にやにやと……。今、『カウント』とおっしゃいました？」

「ああ。言ったよ」

「『今回は』ともおっしゃいましたよね」

「ああ。言ったよ」

「どういう意味ですか？」

「どういうもこういうも今言った通りの意味しかないが」

「なんだか、何度も同じことを繰り返しているような言い方ですが、なぜですか？」

「そりゃあ、同じことを何度も繰り返しとるから、自然とそういう言い方になるんではないかの？」徳さんはズボンの尻ポケットからノートを取り出し、書き込み始めた。「ええと。おまけして、今回のを『勝ち』とすると、これで三勝六敗二引き分けだな」徳さんは時計を見た。

「今日は昼飯までにもう一勝負できそうだな。じゃあ、あと十分程世間話でもしとくか」

小林泰三ワールドの名探偵たち

本短編集は、一癖も二癖もある探偵たちが、様々なタイプの事件を解決する、寄せ木細工《モザイク》をイメージして構成されたミステリ連作集です。「犯人当て」「倒叙」などミステリの基本から、「SFミステリ」「バカミス」まで、多岐にわたるテーマを取り上げ、さらにマッドサイエンティストから殺人者まで、個性豊かな面々が探偵役を務めます。

以下に簡単ながら、名探偵たちのプロフィルをご紹介します（本短編集での登場順。【 】内は登場作品）。

岡崎徳三郎（おかざきとくさぶろう）

通称徳さん。謎の老人。初登場時は別荘の管理人だった。パソコンの自作、名推理など多様な特技を持つ。【『密室・殺人』、「家に棲むもの」（『家に棲むもの』所収）、「大きな森の小さな密室」、「路上に放置されたパン屑の研究」】

谷丸（たにまる）
警部。「背の低い、黒ぶちの丸い眼鏡をかけた、前頭部の禿げた、鼻と顎に毛の生えた大きなほくろのある、色の黒い、蟹股の、すぐきょろきょろする癖のある、紙類に触れる時には必ず指を嘗める」男。【『密室・殺人』、「獣の記憶」（『肉食屋敷』所収）、「タルトはいかが？」（『脳髄工場』所収）、「大きな森の小さな密室」、「氷橋」】

西中島（にしなかじま）
巡査。谷丸警部の相棒。谷丸より頭一つ分背が高い。【『密室・殺人』、「獣の記憶」（『肉食屋敷』所収）、「タルトはいかが？」（『脳髄工場』所収）、「大きな森の小さな密室」、「氷橋」】

西条源治（さいじょうげんじ）
弁護士。間の悪さとティッシュ配りに秀でている。【『密室・殺人』、「氷橋」、「自らの伝言」】

新藤礼都（しんどうれつ）
謎の女。馬鹿に我慢がならない。ある理由から職業を転々としている。最近はコンビ

ニ店員と遺跡発掘のバイトを経験した。【『密室・殺人』、「自らの伝言」、「更新世の殺人」】

超限探偵Σ（ちょうげんたんていしぐま）

説明が非常に困難なので、とりあえず作品をお読みください。【「超限探偵Σ」（『目を擦る女』所収）、「更新世の殺人」】

丸鋸遁吉（まるのことんきち）

マッドサイエンティスト。主な発明品に「ターイムマスィーーン」「万能推理ソフトウェア」「スピーカー・フォア・ザ・デッド・システム」がある。一度、発明品で世界を滅亡させた。【「未公開実験」（『目を擦る女』所収）、「肉」（『家に棲むもの』所収）、「正直者の逆説」、「遺体の代弁者」】

田村二吉（たむらにきち）

一流企業に勤める普通のサラリーマンだったが、ある事件をきっかけに、前向性健忘症を患う。【『忌憶』、「遺体の代弁者」、「路上に放置されたパン屑の研究」】

解説

福井健太

二〇〇八年に〈創元クライム・クラブ〉の一冊として刊行された『モザイク事件帳』は、二〇〇三年から二〇〇七年にかけて『ミステリーズ！』誌に掲載された六篇に書き下ろしを加えた――意外なことに――小林泰三の初めてのミステリ短篇集。本書『大きな森の小さな密室』はその文庫版にあたる。「意外なことに」の説明はひとまず措くとして、まずは著者のプロフィールを紹介しておこう。

小林泰三は一九六二年京都生まれ。大阪大学基礎工学部卒。同大学院基礎工学研究科修了。一九九五年に「玩具修理者」で第二回日本ホラー小説大賞短編賞を受賞してデビュー。巧妙な筆致とグロテスクな描写を融合させたホラーで人気を博すとともに、ハードＳＦの旗手としても注目を浴び、特撮マニアぶりを活かした『Ａ　Ω《アルファ・オメガ》』と短篇集『海を見る人』は日本ＳＦ大賞の候補となった。前者は『ＳＦが読みたい！』の第二位、後者は第三位に選ばれている。――こう言うと「ＳＦとホラーの作家か」と思われそうだが、冷徹な合理精神と遊び心の持ち主にとって、便宜的なジャンルは制約にはならない。ロジカルな構築力とブラックユーモアのセンスを兼ね備えた著者は、紛れもなく論理遊戯に長けた本格ミステリ作家でもあるのだ。

そもそも遡って考えれば、デビュー作は多くの本格ミステリファンが偏愛する（であろう）趣向の作品だった。「究極の新本格ホラー推理」と称された初長篇『密室・殺人』では、怪しげな私立探偵が殺人とそれとは別の密室の謎に遭遇するが、これは謎解きをある系譜に繋げる奇譚にほかならない。二〇〇一年に発表された「超限探偵Σ《シグマ》」（『目を擦る女』に収録）は神の如き名探偵が真相を暴くユーモアSFだが、メインアイデアは山口雅也が「不在のお茶会」で試みた思考実験に近い。そんな前段階を踏まえたうえで、著者が本格ミステリの多彩なパターンに挑んだ連作集が本書である。本格ミステリのセンスを幾度も披露してきた著者だけに、これまでミステリ短篇集が無かったことが「意外」というわけだ。

目次の表記からも解るように、各篇は特定のテーマに沿って書かれている。巻頭に置かれた表題作「大きな森の小さな密室」は、森の別荘で男が殺され、訪問客の中に殺人者がいるという犯人当て小説。努めてオーソドックスな構成が取られているものの、密室への無関心ぶりは一つの特徴だろう。第二話「氷橋」もアリバイを軸にした普通の倒叙ミステリだが、やはりトリックは淡々と処理されている。このクールさは書き手の価値観を映したものに違いない。

しかし――著者の本領が発揮されるのは第三話「自らの伝言」からだ。江本勝が一九九九年刊の『水からの伝言』で展開した「水は人間の言葉を理解している」「氷には人類へのメッセージが表れている」という主張は、七十を超える国々に広まり、一部の学校で道徳教育に使われるなどの問題を引き起こした。この手のニューサイエンス（要するにエセ科学）を憎悪する著者は、ダイイングメッセージという題材から「メッセージといえば『水伝』ネタ」と連想し、探偵役の口を借りて信奉者を批難したのである。

第四話「更新世の殺人」では、百五十万年前の地層から新鮮な死体が発見され、語り手の「わたし」と超限探偵Σが真相を推理する。結末はすこぶる特殊なもので、第三話で強烈な個性を示した人物さえも置き去りにされるが、この加速ぶりがユーモアを醸《かも》していることは確かだろう。第五話「正直者の逆説」はフェアプレイを逆手に取った怪作だが、論理パズルに基づいてプロットを進めた挙句、あえて論理を放棄するひねくれた趣向は著者の真骨頂。アイデアと手続きの面白さを主としたナンセンスコメディと見るのが妥当だろう。

第六話「遺体の代弁者」は、脳の解析によって死者の記憶を再現できる（清水玲子の漫画『秘密』を思わせる）設定のSFミステリ。脳と記憶は著者の重要なモチーフだが、単調なパターンに陥ることを避け、細工によって読者を欺《あざむ》こうとする姿勢が頼もしい好篇だ。そして最終話「路上に放置されたパン屑の研究」では、日常的な謎についてのディスカッションを通じて――徐々に違和感を強めながら――読む者を洒脱なオチへと導く騙りの技巧が堪能できる。小林作品を愛読してきたファンであれば、いかにも著者らしい逸品と評するに違いない。

巻末の「小林泰三ワールドの名探偵たち」にある通り、本書には旧作のキャラクターが数多く出演している。たとえば「更新世の殺人」は「超限探偵Σ」の姉妹篇だが、そのポジションを把握すれば、複数のメタレベルが混在していることも解るはずだ。さらに内容を掘り下げると「自らの伝言」の探偵像は麻耶雄嵩の生んだ銘探偵・メルカトル鮎を想起させるし、論理パズルに縛られた「正直者の逆説」の世界は高田崇史の〈千葉千波の事件日記〉シリーズに通じるとともに、東野圭吾の〈天下一大五郎〉シリーズと同じ視座を感じさせる。頭の良さと邪悪なアグレッシヴな開拓心を持つ著者は、本格ミステリを批評的に歪める（あるいは弄ぶ）ことで、エッジの利いた試みを高密度かつディープに展開させた。かくして本書は現代本格ミステリの一つの到達点——つまりは傑作になり得たのである。

それでは最後に著作リストを載せておこう（♯は中短篇集）。SFやホラーに属するタイトルが多いものの、独自の美学と怜悧な理知に彩られた小林泰三の作品世界は、本格ミステリの読者とも相性が良いはずだ。二冊目のミステリ短篇集に『完全・犯罪』があるが、それ以外にも先述した「超限探偵Σ」や「あの日」（『天体の回転について』に収録）のようなSFミステリの佳品は多い。本文庫の上梓をきっかけとして、多くのミステリファンが小林ワールドに魅了されることを願ってやまない。

♯『玩具修理者』角川書店（九六年四月）→角川ホラー文庫（九九年四月）
♯『人獣細工』角川書店（九七年六月）→角川ホラー文庫（九九年十二月）
『密室・殺人』角川書店（九八年七月）→角川ホラー文庫（〇一年六月）
♯『肉食屋敷』角川書店（九八年十一月）→角川ホラー文庫（〇〇年九月）
『奇憶』祥伝社文庫（〇〇年十一月）※中篇。『忌憶』にも収録。
『AΩ』角川書店（〇一年五月）→『AΩ　超空想科学怪奇譚』角川ホラー文庫（〇四年三

月）

＃『海を見る人』早川書房（〇二年五月）→ハヤカワ文庫ＪＡ（〇五年五月）

＃『家に棲むもの』角川ホラー文庫（〇三年三月）

＃『目を擦る女』ハヤカワ文庫ＪＡ（〇三年九月）

＃『ネフィリム　超吸血幻想譚』角川書店（〇四年八月）→角川ホラー文庫（〇七年九月）

＃『脳髄工場』角川ホラー文庫（〇六年三月）

＃『忌憶』角川ホラー文庫（〇七年三月）

＃『モザイク事件帳』東京創元社（〇八年二月）→『大きな森の小さな密室』（一一年十月）

※本書

＃『天体の回転について』早川書房（〇八年三月）→ハヤカワ文庫ＪＡ（一〇年九月）

＃『臓物大展覧会』角川ホラー文庫（〇九年三月）

＃『セピア色の凄惨』光文社文庫（一〇年二月）

＃『人造救世主』角川ホラー文庫（一〇年八月）

＃『完全・犯罪』東京創元社（一〇年九月）→創元推理文庫（一二年七月）

＃『人造救世主　ギニー・ピッグス』角川ホラー文庫（一一年二月）

＃『天獄と地国』ハヤカワ文庫ＪＡ（一一年四月）

＃『人造救世主　アドルフ・クローン』角川ホラー文庫（一一年九月）

＃『惨劇アルバム』光文社文庫（一二年五月）

本書は二〇〇八年、小社より刊行された『モザイク事件帳』の改題文庫化です。

著者紹介　1995年『玩具修理者』で第2回日本ホラー小説大賞短編賞を受賞しデビュー。ホラー，SF，ミステリなど，幅広いジャンルで活躍している。著書に『密室・殺人』『天体の回転について』『完全・犯罪』『天獄と地国』などがある。

検印
廃止

大きな森の小さな密室

2011年10月21日　初版
2019年3月1日　14版

著者　小《こ》林《ばやし》泰《やす》三《み》

発行所（株）東京創元社
代表者　長谷川晋一

162-0814/東京都新宿区新小川町1-5
電話　03・3268・8231-営業部
　　　03・3268・8204-編集部
URL　http://www.tsogen.co.jp
振替　00160-9-1565
暁印刷・本間製本

乱丁・落丁本は，ご面倒ですが小社までご送付ください。送料小社負担にてお取替えいたします。

ISBN978-4-488-42011-6　C0193

泡坂ミステリのエッセンスが詰まった名作品集

NO SMOKE WITHOUT MALICE◆Tsumao Awasaka

煙の殺意

泡坂妻夫

創元推理文庫

◆

困っているときには、ことさら身なりに気を配り、紳士の心でいなければならない、という近衛真澄の教えを守り、服装を整えて多武の山公園へ赴いた島津亮彦。折よく近衛に会い、二人で鍋を囲んだが……知る人ぞ知る逸品「紳士の園」。加奈江と毬子の往復書簡で語られる南の島のシンデレラストーリー「閏の花嫁」、大火災の実況中継にかじりつく警部と心惹かれる屍体に高揚する鑑識官コンビの殺人現場リポート「煙の殺意」など、騙しの美学に彩られた八編を収録。

収録作品＝赤の追想，椛山訪雪図，紳士の園，閏の花嫁，煙の殺意，狐の面，歯と胴，開橋式次第

12の物語が謎を呼ぶ、贅を凝らした連作長編

MY LIFE AS MYSTERY◆Nanami Wakatake

ぼくの
ミステリな日常

若竹七海

創元推理文庫

◆

建設コンサルタント会社で社内報を創刊するに際し、
はしなくも編集長を拝命した若竹七海。
仕事に嫌気がさしてきた矢先の異動に面食らいつつ、
企画会議だ取材だと多忙な日々が始まる。
そこへ「小説を載せろ」とのお達しが。
プロを頼む予算とてなく社内調達もままならず、
大学時代の先輩にすがったところ、
匿名作家でよければ紹介してやろうとの返事。
もちろん否やはない。
かくして月々の物語が誌上を飾ることとなり……。
一編一編が放つ個としての綺羅、
そして全体から浮かび上がる精緻な意匠。
寄木細工を想わせる、贅沢な連作長編ミステリ。

世界一異常な探偵が挑む奇怪な密室

Locked Room/Murder Case◆Yasumi Kobayashi

密室・殺人

小林泰三

創元推理文庫

◆

傍若無人な探偵・四里川陣に命じられて、
助手の四ッ谷礼子は雪山に建つホテルへ
殺人事件の調査に赴く。
彼女を待ち受けていたのは、
密室から消えた死体の謎だった。
カードキーでロックされ、更に衆人環視下に置かれた
密室状況は、なぜつくられたのか？
遊び心あふれる論理の背後に張り巡らされた伏線が、
異様な真相を導き出す。

『大きな森の小さな密室』の著者が贈る、
会心の本格ミステリ。